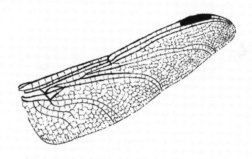

i**H**uman 新民说

成 为 更 好 的 人

三岛由纪夫
短篇小说集

I

上锁的房子

[日]三岛由纪夫 著

陈德文 译

GUANGXI NORMAL UNIVERSITY PRESS
广西师范大学出版社
·桂林·

上锁的房子

SHANGSUO DE FANGZI

KAGI NO KAKARU HEYA and other stories
by MISHIMA Yukio
Collection copyright © 1980 The heirs of MISHIMA Yukio
All rights reserved.
Originally published in Japan by SHINCHOSHA Publishing Co., Ltd,
Chinese (in simplified character only) translation rights arranged with
The heirs of MISHIMA Yukio, Japan
through THE SAKAI AGENCY and BARDON-CHINESE MEDIA
AGENCY.
著作权合同登记号桂图登字：20-2016-295 号

图书在版编目（CIP）数据

上锁的房子 / （日）三岛由纪夫著；陈德文译. 一桂林：
广西师范大学出版社，2017.7
（三岛由纪夫短篇小说集）
ISBN 978-7-5495-9682-9

Ⅰ．①上… Ⅱ．①三…②陈… Ⅲ．①短篇小说－小
说集－日本－现代 Ⅳ．①I313.45

中国版本图书馆 CIP 数据核字（2017）第 093200 号

广西师范大学出版社出版发行

（ 广西桂林市中华路 22 号　邮政编码：541001 ）
网址：http://www.bbtpress.com
出版人：张艺兵
全国新华书店经销
广西民族印刷包装集团有限公司印刷
（南宁市高新区高新三路 1 号　邮政编码：530007）
开本：889 mm × 1 240 mm　1/32
印张：9.125　　字数：200 千字
2017 年 7 月第 1 版　　2017 年 7 月第 1 次印刷
定价：45.00 元

如发现印装质量问题，影响阅读，请与印刷厂联系调换。

三島由紀夫

鍵のかかる部屋

目 录

彩绘玻璃

彩絵硝子　一九四〇年十一月

化妆品卖场摆满了盛装女子似的香水瓶。纵使有人伸过手去，她们也一概佯装不知。对于他来说，这些都像是冷面美人。范围和界限内的液体，透明如岩石。摇一摇瓶子，就会泛起女子睡眼般的泡沫，随即又沉默，回到岩石状态。

退役造船中将、男爵宗方氏，买了一大瓶香水，他是为自己买的。

天下着雨，薄荷般的雨丝。他回家去，走到街角邮筒附近，他想起来了，按规定，妻子要去参加四点到九点的歌会[1]。不过，女人们总喜欢实地考验一下自己打破常规的勇气，因此，老会员们两点之前就都到齐了。

宗方氏的令弟是新加坡分公司经理，他把在东京上学的儿子托付

---

1 围绕和歌开展各种活动的集会。

彩绘玻璃

给宗方氏家，自己赴任去了。宗方氏按了门铃。据出来迎接的女佣说，侄子不在家。玄关内摆满了漂亮的草鞋。这些草鞋的主人们，已经在本该镶银的伞柄上，装饰着五颜六色的彩绘玻璃。

他的书斋在后院的厢房。他在那里并非进行什么专门研究，书架上摆放着阅舰典礼的巨型军舰模型纪念品，以及举行舰艇下水仪式时各种铁、银、锡制作的纪念品。美洲木材的基座上躺卧着一只老鹰的标本。

书桌上放着一张他自己的名片。

正面——宗方祯之助。

反面——（两段八号铅印文字）被服改良运动委员会会长、少年海军知识普及会会长、日俄战争日本海海战纪念会理事等等。

就是说在这张书桌上，他只要读一读下面这些东西就足够了：誊抄在和纸册子上的本年度上半年支出决算报告，还有亲戚家的女儿来玩之后忘记带回去的杂志《少女歌剧》之类。

海军时代，他只管望着墙壁打发日子。墙壁上张贴着海图、统计表和蓝图。在军舰制造方面，每艘军舰都使他名声大振。他虽然对作为造船基础的完备技术一知半解，但提出了很多惊人的新方案，诸如舰长室窗户的开关装置，炮塔的电灯要安设特殊的装置……还有，通过统计对吊床和天棚距离的不足加以说明，指出应将吊床放低几寸几分。所有这一切，无形中使他在世上赢得了名望。养父宗方男尽管出身公卿，但喜欢大型海军，每当养子获得名望，他就夸耀自己择其为婿的先见之明。不久，他死了。（顺便说明一下，祯之助的生身父亲野崎豪昶氏，早在他三岁时就去世了。）

宗方祯之助氏的确是幸运儿。总之，他升了中将，继而成为男爵。社会上有头脸的同班同学中，他不低于前五名。

结婚使他感到"高兴"。仅此而已。经过平生第一次"洗礼"，他再度出行了……

年轻的夫人，经常在士官夫人们的集会上说自己丈夫的坏话，虽然都是老生常谈，但也颇为有力。其间，大家争相发言。宗方夫人退出之后，对自己感到非常满意。说起来，这或许正是出自对自己丈夫过度的信赖。

青春期过了一半，一种深刻的癖好征服了她。她动辄就说"死"，将自己比喻成舍弃尘世的人，喜欢写和歌。这也是具有公卿华族血统的人的一种表现。

宗方氏一直过着这样的生活：他几乎每天都无意识地很晚回家，翌日一早就离开家门。偶尔遇到一次放松身心的休假，一旦强烈意识到妻子的存在，便形成一种刺激。然而，长此以往，这刺激就变得不自然起来。在感受刺激的喜悦之前，自己"日常"所没有的寂寥摇撼着心灵。仅凭这一点，奉行暂时主义[1]的夫妇一时有些难于想象……

进入老境，从海军退役之后，他一下子变得年轻了。虽说处处"学习外国人"，但他雪白一色的夏装上，却系着一条近于大红的赤褐色斜纹领带。不过，他的趣味完全是在长年的海军生活中形成的，并不值得褒扬。

"干吗急着将自己改变成这种样子呢？"朋友们很惊讶。当他和

---

1 原文为英语：momentary，暂时的，刹那间的。

不良老年一起进入迟来的青春之后，他的清纯主义就受到了某位清纯的年轻女子的打击，于是，他又重新变回了严谨的老人……

眼下他打开书斋的障子门，这是两三年以后的他了。他已经是被别人称作"好人"并为之努力的善良的中老年人了。他说起话来很幽默，所以人们并不想利用他，只是漫不经心地友善对待他。他相信这是对自己的尊重。在他部分性格的形成过程中，有些因素使他感到困惑。如果认为那来自别人对自己的尊重，那么是打算立即羞辱对方呢，还是表示好感呢？看来只能用"善良"和"逗趣"两种形式了。他把自己置于这种超越阔达的富于亲爱之情的状态上。如果属于刚刚提到的那种所谓"尊敬者"，那就正中下怀；要是少有的真正的尊敬者，看到这位中将阁下那种放纵的样子，将会采取完全轻蔑的态度。因为不论什么样的尊敬者，最善于猝然变成态度鲜明的轻蔑者。

这个家庭增添了一个附属物——侄子狷之助。祯之助氏来做养子之前，和狷之助的父亲一天到晚吵架。哥哥做了养子，弟弟说："这下子清静了。"也不知哥哥从哪里知道了，便气呼呼给弟弟写了一封长信……现在，这对兄弟对此都不愿再提及，仿佛两个共同投资者，都在挖空心思想点子利用对方。

祯之助打算借助年轻的侄子使自己变得年轻起来，但大都未能奏效。因此，那种青春只是无情地映射在他眼睛里。他对侄子大致保持与自己年龄相仿的固执。不管怎么说，这似乎是他自身的镇静剂。

总之，如今的宗方氏是一位年迈的退役中将，他接受二流杂志的访问，和夫人一起站在盆景前合影，并在儿童杂志上登载不足一页的说教文章，还附着一张身穿金光闪闪衣服的照片。对于青春缺乏定见，使他依旧恋恋不舍，但对于生与死的考虑，总不免过早选择了死这一方。于是，他买来了香水。眼下就在他面前。购买时耐不住诱惑，如今看来实在有些不合适，因而觉得很无聊。

将悲伤装扮成喜剧，这是人的特权。宗方氏这么做了。"无聊"若映入人的眼里，我打算将它演化为喜剧。照他的说法，演员和观众，一人可以扮演两种角色。他自鸣得意，打开面对庭院的障子，隔着榻榻米走廊，立着一道玻璃窗。一只守宫为躲避雨水，紧紧贴在玻璃上，可以看到那仿佛里外翻转的粗糙而肮脏的纱布一般的肚子。拉开玻璃窗，猛然听到落在绿叶上的雨声变大了。他站在那儿，晃动着瓶子。他眼瞅着瓶内，也许那液体只是闷声不响地考虑自己的事吧。

女人睡眼般石竹花色的泡沫（总觉得像石女）向上泛起，并不想超越界线，只是封闭在自己的世界里寻求快乐。泡沫立即变成石头，一副若无其事的表情。他打开盖子，两三个残余的泡沫冲出小小的瓶口。宗方氏胡乱地喷洒在西服的前胸和腕子上，一股香气立即挥发，瞬间流溢而出……

※

化石般的性格藏在她心里。

从高原的村落骑自行车走十分钟光景，就来到鲜花遍布、玻璃纸般的广阔的原野。少女们从别墅地骑车到这里玩耍。天蓝色金属的光辉未能一直闪耀下去。支撑在斜坡上的货架立即倾倒，划出一道炫目的弧形的亮光，同一旁另一辆自行车的车把交叉在一起，稀里哗啦翻

彩绘玻璃

落在花丛中了。

高出原野一段的道路上走来猯之助和他的同学们。则子时常在街上看到他。不知为何，她总想见到他，因而她便用那无罪的恶言硬是将他编造一番。趁着大家都伸长脖子的当儿，那种个人"遥望"的责任减轻了，她也就和女伴们一道凑热闹，毫不客气地将视线投向远方。猯之助早注意到了，尽管半含着敌意和反感，但还是立即红了脸。这种敌意似乎也反映到她的身上了。以前的恶言之中，她只能看到憎恶，至少她在努力寻找这一点。她的这种异常的努力，其实是为了遮蔽她的双眼。努力本身的动机，大体来自这种反语的意思。

因而，她成了化石。她的心灵的琥珀中，只冻结着这种憎恶。

于是，她转变为某种人类化学家。相比作为有益的剧毒药，还是以易于保存的毒物原料原样贮藏。看来，爱与憎只不过是一种头衔。

但是，憎恶既然固定，此外它就不是任何东西了……

猯之助转移到伯父这里来了。伯父认识则子的父亲里见氏。猯之助并不知道里见氏是则子的父亲。一日过午，猯之助被指派驾驶公司的汽车，赶去迎接里见氏。他先在客厅里候着，看到院子尽头的山毛榉树下站着两位少女。其中一人无疑就是高原上第一个毫无顾忌盯望他的少女。他想，那位少女到这个家里玩是件好事。要不然，他还会感到几分畏惧呢。另外，他也不情愿一到里见家自己就成为一个不自由的人。看来少女们已经发现了他，朝着白格子玫瑰拱门跑去了。敏捷的植物般的禽或兽，在那里弥散着洁白的疾驰和体香……

——不久，里间夫人来信了。内容是：

因为建了网球场，便想于某日举行开球典礼和比赛。在那之前的一周里，请每天来练球吧，都准备好了。

看样子，伯父很早就宣扬狷之助是个网球迷了⋯⋯

球场旁边，高高耸立着一棵榉树。纤纤树影，映出一条崭新的白线，看起来犹如沉入水底的纸片。每天，狷之助和则子都不说话。他们似乎感到，一旦开口，最先必须谈到的就只有那种憎恶。宛若一个苦于应付单纯话题的人，则子的手只顾咕噜咕噜摆弄着硬球。此外还有众多的学生。处于这样的场面，所谓"性"，就像散落在桌面上的玻璃球，一旦混杂在一起，宝珠也会变得虚有其表⋯⋯

唯有憎恶才是两人的纽带。他们的爱，之所以产生于被称作"斗争"这种人们最熟习的形式，是因为他们都过于怯懦。他们惊恐地缩着身子躲避在篱笆的暗影下，望着对过的花儿，既想采摘又不敢伸手。看他们那副样子，只是侧目于心灵墙壁的两边，互相憎恶而已。

狷之助总是最先前来，堪称"准时"到达。他和则子两个很难等到集合的时刻。则子猜想他是"故意早到"，将他一个人抛在图书室里，不闻不问。这种猜测，使他觉得仿佛自己真的是有意早来。这样做只能是对则子心灵的接近，别无其他。则子的心目中也希望正如她所猜测的那样。

他们的休假一直持续到开球典礼后两三天，狷之助睡了个懒觉。今天是伯母出席歌会的日子。伯父有事到协会的事务所去，临出门时说回来会路过一下银座。狷之助先去朋友家，接着再去里见家。因为时间还早，又嫌回去麻烦，所以直接去那里了。

一到就吃了闭门羹，里间夫妇不在家。他们各自打来电话，说今天不能来。狷之助借了伞正要回去，则子像被追赶的勇武的母鸡一般尖声叫道：

"请不要回去！"

她等待着，心想，狷之助会被她这一声切实的叫喊镇住而停下脚步。这回则子真是焦躁极了。心里闪过的几分情爱，虽说好可怕，但她始终将此看作来自对狷之助的憎恶。

两人待在面对庭院的房子里，谁也不理睬谁。虽然有时也走近窗前，那也只是瞅瞅映在玻璃窗上对方的脸孔。女佣多次推门进来，说某某先生今天不来了，某某小姐也不登门了，等等。她讨厌那位女佣，把她看作是在两人之间制造紧张空气的使者。实际上，这种憎恶只会招来麻烦。她好几次想对狷之助说"您不要回去了"，但又犯起了犹豫。

屋内渐渐暗了，没有一丝灯光。她害怕一旦揿亮电灯，风景就会骤变。那样，说不定就会使得只有在这晦暗中才能保持的感情的秘密，一下子暴露出来。他俩不约而同地都想原样不动地待下去。

狷之助的视线倏忽从则子脸上闪过，要是一经追问，就可以即刻说是在看她身后的绘画，这使则子很气恼。看样子，他对自己的心情让人不明不白，这种视线就是证据。她一方面希望他绝不要对自己明白地表示出来，另一方面又祈求他用一种最暧昧的形式明白地表现出来。这就是她所表露的真情。

狷之助嫌屋内的空气太窒闷，随即转坐到窗边的小椅子上。身边就是则子的书桌，桌上摆放着女校时代已故同学的照片。他从第三者的立场想象着自己盯望照片的样子，于是立即浮现出则子嫉妒的表情。

他将笑颜转向则子，企图掩盖自己一时的迷惘。则子看着那张笑颜对面的女人的照片。嫉妒，这种无论多么聪明或愚昧的女人都共有的情感，将狷之助的微笑曲解为一种辩护。然而不久，她的敏感使得她为将他的微笑一直看成辩解的自己感到羞愧。本该装糊涂的她，也相应地强作笑颜。彼此的微笑，开始为他们俩唤起不具任何私心的爱情。同时，狷之助对自己由女人的照片立即感到则子的嫉妒这种超前的心思，颇为惭愧。

"这样一来，今天就不能打网球了。"

狷之助想由"网球"这类词一下子计算出包围着她的男人们。他沉默不语了。突然，则子站起身来，快速走向墙边放置在窄小台子上的花瓶。

"都枯萎了，该丢掉啦……"

她说罢，便让狷之助把盛满水的花瓶拿下来，亲自拔掉一根根花枝。狷之助抱着圆而重的大花瓶，不知不觉体验到那花瓶异常的触感。冰冷之下居然流动着幽幽暖意。他由此越发感觉到那花瓶仿佛就是则子的肉体，渐渐变得沉重起来了。

狷之助愤愤地望着则子。则子装出嗅嗅花香的样子，隔着花叶瞧看着他。渐渐地，他感到气闷起来，花间则子的容颜，像彩虹一般模糊了。

花瓶掉了。

仿佛花瓶是自动掉下来的，两人都没有喊叫，只是感觉到没有了花瓶，彼此的身体更加靠近了。于是，只能认为这是必然性所致。向下一看，花瓶破碎的裂口显露出锐利的白色，浮现于黑暗之中。这便缓和了有生以来即将炸裂般的某种冲动。

彩绘玻璃

"要擦一下。"则子递过一块手帕来……

——则子迅速关上百叶窗。房内一片漆黑，只有将要干枯的花色和水光微微闪现出来。两人若无其事地离开那座屋子。

※

"化妆这事儿，也被郑重地写进和歌里了……那种事儿，我觉得和服衬领之类的趣味最惹人注目。"A夫人才气横溢地说开了。A夫人是和歌杂志《勾玉》的主持人，夫君是众议院议员。她歪斜着精瘦的上半身，在面前的砚台上滑动着华奢的墨。于是，砚箱盖上的秋草花纹，喘息于墨香之中。

中央部分，登载着宗方夫人苦吟的样子。往昔的妇女杂志，每年都好几次刊登夫人的照片，隐耳式鬓发近旁纤细的空白处，印着当时一流诗人的抒情诗，用细微的小字排成圆形或山形：

纵然不是这样

小鸟之歌

朝朝暮暮

淡紫色的华彩和服

你那衣裾的无常之色

在云母般秋日森林的远方

闪耀着螺钿的黑暗

那确实就是《小鸟之歌》。那位名叫丰月的诗人，不久就同一位歌剧女演员殉情了。死者的怀里发现了宗方夫人的照片，一时引起骚动。《小鸟之歌》一旁梳着隐耳发型的夫人，稍稍扬起视线，抱着桌上的花瓶，猫儿一般在上面磨蹭自己的脸……

"纵然不是这样，小鸟之歌……"那歌词传唱四面八方。不久，照片上的夫人就被忘却了。那首歌插入新创作的歌剧之中，受到好评。夫人去看了，谁也没有注意到她的面孔。而且，舞台上如小鸟一般轻装的被称作玛丽安的马戏团少女，抱着膝盖咏唱着那首歌……

在座的夫人们多少都有一两个这一类的趣闻，也有的是自家创造的。其价值的大小，自然因各人吹牛术的巧拙而不同。

宗方夫人的茫然状态，对于大家来说，已经见怪不怪了。

"我说您啊……"

"什么？"

"刈谷小姐的那首歌……喏，听着，'射干玉的……'"

"嗯，是的，是的。"

"您知道的吧？"

她突然提高嗓门，大声说：

"嗯，知道。"

那群歌人将优雅娴静的九条武子女史当作典型看待。人们早已向她们推举夫人的名字，但夫人并不因此而满足。然而，她对自己的这种伪装又确实感到安慰。她的安慰究竟有多少？此种心理为她带来欢娱。即便同别的夫人们一起大骂丈夫，也缺乏那股子热情。首先，令她窒闷的反省和困难，使她无法彻底做到那一点。即使夫人是个十分蠢笨的女子，比起从前的鲁莽，她不认为会在如今的反省中找出对夫君更多的情爱。何况，夫人又是聪明的……

评选秀作前的轻松心情，更加给人们增添闲聊的兴味儿。B夫人前后保有二十余年美国上流社会的生活经验。即使说这个女人倡导姓名使用横写文字的妇女运动，也不是什么奇怪的传闻。那次运动在大正年间破产了。然而现在的她，在"女史"二字前头不冠以姓只附以名，那可是人人知晓、声名远播的妇女运动倡导者啊！她后来在美国生活，一直持续到最近几年。

报纸的妇女栏目以及号称"世界第一、日本最高级"的妇女杂志上，不难找到她的名字。不仅如此，很长一段时间里，她都保有"归国妇女"的头衔。

她十年如一日坚持批判日本男人的横暴。"单凭这一点，日本真的能称为绅士之国吗？"她的随感末尾，必然附上这句口头禅。接着第二句话"所以嘛日本的男人……"在她看来，大可不必再说什么"所以嘛日本的女人……"原来，她只用这句话辱骂自家那位十八岁的女佣。

遇到客人来访，孩子吵闹，这位现今世上最贤明的母性，便用美式英语噼里啪啦严加斥责。用这一手对待"那边出生"的孩子很有效。吃完饭赶快将孩子独自一人关进卧室，外头加上锁。夫人为此而骄傲。来客为之再三叹息……

——B夫人抨击男性的一番饶舌，使得满座的人有的连忙躲避，有的感到困窘。宗方夫人秋子发觉她的话语中带有小小的重音。那种重音是勾起宗方夫人幼时回忆的天蓝色的钥匙。用这把钥匙将门打开，对面站着身穿灰色外套、面容稍稍憔悴的宗方先生。

"您到哪儿去啦？"

"那边去了一下。"

"那边？"

"就是里见先生那儿呀。"

"里见先生那儿呀……"那最后一句话，仿佛是从彩色印刷上分离而出，倏忽变成鲜艳的真花飞上天空。不知为何，那束鲜花是用滑冰场空气般天蓝色的袜带儿扎在一起的。

"里见先生那儿呀。"这句话，一两个小时之前刚从狷之助口里听到过。看样子，刚才身穿灰色外套的宗方氏面孔的对面，确实有狷之助的身影，鼻子与鼻子重合在一起，而且大小一致。

"怎么会这般相同呢？"

"因为袜带子只有一个。"

"束袜带子的女人是谁？"

"喏，就是那位说话带重音的。"

最后一行两人的对话又重合在一起。自家的这位和阿狷总觉得有些不容忽视的相似点。再加上一个天蓝的袜带子，还有那一口重音……哎呀呀，究竟是谁呀？屁股有些坐不住了……这个，啊，是 B 夫人。

秋子带着晨起梦醒后的惺忪的眼神，仔细凝望着夫人。于是，她似乎逐渐明白了那根天蓝的袜带儿的意思。

——B 夫人和秋子从少女时代起就是在一起玩耍的好朋友。秋子以前的家里，有个神秘的角落，以三棵橡树为顶点可以描画成一个三角形。那里始终挂着从国外回来的叔父送的一张吊床，当时那东西在日本还很稀罕。吊床下面铺着花席子，两个疯疯傻傻的丫头跳上跳下地玩耍。每当玩过家家时，孩提时代的 B 夫人老是吵吵嚷嚷的，一旦秋子决定要做红小豆饭，她就加以反对，用小锅真的煮起米饭来。她的性格就是不玩真的就不得安生。然而，一旦大干起来，就四处奔走大肆准备一番。兴奋的情绪助长了她的行动力，一旦着手去做，就一塌糊涂了。其后，她也不愿意收拾残局。这就是她的脾性。那时候，秋子即便玩得很不踏实，也是因为受到 B 夫人的怂恿，对于这一点，秋子很不满……

当时，祯之助就住在附近，他也常来玩，同她们搅和在一起打打闹闹，惹是生非。而且冬天里，他始终穿着一件厚厚的灰色外套。她们劝他玩耍时脱掉，他回答说，家里人不准，会感冒的。正巧，他从对面走来，在她俩游玩的篱笆前停住脚步。

"你们干什么呀？"

"做家家。"

"什么呀，不是我要玩的。"这个肥胖的男孩儿执拗地说道。

"这个，给。"

阿祯从厚外套的口袋里掏出一件东西扔在花铺席上。B 子瞧着，不断向祯之助问这问那。男孩子回答起来，口气有点儿唯唯诺诺，不知说什么好。秋子呆呆听着那副腔调儿，于是，言语和意义尽皆消失，只有微带鼻音的重音传进耳朵。可以说，秋子同祯之助说话时那种孩子气的话语，始终有赖于这种连续性重音的伴奏。为什么呢？因为秋子一直同 B 子在一起，祯之助随时都到这里来玩。

"这是什么？"秋子问。

那是一件极好看的天蓝色的东西，却稍稍被泥土污染了，皱巴巴

鍵のかかる部屋

地弯曲着。秋子没有用手去拿，只是带着瞧看稀有昆虫的目光瞅着。

"袜带儿……在那边路上拾的。"

B子的重音夹杂着祯之助尖厉的嗓音，以及指着对面时外套袖口的摩擦声，一同传入耷拉着刘海儿的秋子的耳里。一听是"拾的"，这位女性发出命令：

"呀，太脏啦，快丢掉！"

祯之助犹豫不决。袜带儿这种东西，在当时只有外国人或极为尖端的小姐们才会拥有。他相信，此种漂亮的天蓝色绸缎，一经水洗必将光灿无比。至少秋子对那天蓝色很中意。缀有天蓝色皮革的那部分，镶嵌着同一色的玻璃球……

秋子嫁给祯之助后，曾有个时期很时髦，穿戴洋装。那打扮宛若披着一块肥大的破布，腰骨下勒着一根皮带。听洋装店老板说，如今的袜带儿，似乎天蓝色最流行。于是，这对夫妇不约而同想到一起去了，两人同时都笑了。身为海军士官的丈夫随即用俏皮的目光瞥了妻子一眼："怎么样？"……

——宗方夫人脑里所浮现的幻影，正是这段插曲。她回味着年轻时夫君的面影，于是就像投进信箱中的彩色明信片一般，蓦地抛入狷之助的面颜。当时她并没有表现出因思念一个人的面影而焦灼不安的心情。她很满足，而且确信，祯之助和狷之助的类似点，定是通过天蓝色袜带儿联结在一起的。

她一边这样想，一边又强使自己想象着，狷之助或许眷恋着那位吊着天蓝袜带儿少女也未可知。而且，那位少女多少有些像青春时代的自己。这种幻想，使得宗方夫人显得年轻了许多。隔了这道"天蓝

彩绘玻璃

色袜带儿"的墙，她更加浮想联翩。宗方夫人将此称为"预感"。

——以上这种联想的飞跃，便是秋子茫然状态的内容。

她确信，处于茫然状态的自己，同那些只靠吃回忆饭而活着的女人们迥然相异。然而，此种信念只不过出于她的诗人的特性。她认为以作诗的目光摸索过去就是诗人的特征。不过，印第安人的本能恐怕也是如此。这样一来，这种诗人目光的姿态，成为使得人们把她置于稍稍高于庸俗女子的地位的重要部分。

※

（这则故事三个场面的开头都冠以"化"字，由此展开直至次年的第二场面为止，作者打算以三位主人公日记的片断充填其中的空白部分。）

※

十一月二日。听到那件事我感到惊讶。我没有收留或养育过那种年龄的男孩子，所以惊讶的程度更加巨大。不过要说预感，倒也未曾有什么预感。当然，从心情上来说，如若考虑到自己处于那种"年龄"，加上对方也是相同年龄的小姑娘，即使谈不上什么预感，但感觉自然总会有的。尽管如此，我想，最近猊之助频繁外出，并且神色慌张，这些都未受到什么责备，实在太好了。猊之助向我坦白说："我很喜欢她。"或许他真想得到她。当时我是用看待从婴儿忽地成长为大人的目光看待那孩子的。心中一派明净，心想，真是太好了。这种事儿，老子那一代是很难办到的。必须打住……但既然说到这里，就进退维谷了。

十日，Mon.，考试范围——K.Jacklin 的 Essay Ⅰ 到 Essay Ⅵ。同秋山一起去○○剧场。

她告诉我明日去○○剧场，是前边的座席。秋山很好奇，很想好好看看她。我叫他坐在我后面的位置，秋山有些不高兴。我想单独一个人看看她。但不知何故，那女子终于没有来。

应大屋町氏之招，去黄鹤亭。整个上午在普及会办公室阅览文件。红叶黄叶都同样枯朽了，令人感到严冷的冬季逐渐逼近了。

（写在纸条上的潦草字迹）时常长着翅膀。某日早晨我去了旧书店。朝阳之中我竟忘记扇动羽翼了。光线若明若暗，其中一缕近于彩虹。蓝、焦褐、看不见的黄色、鼠灰、沉滞的红色……看起来都是些油渍渍的颜色。我用手一摸，温温的，连着心跳。真是荒诞，我蓦地想到那翅膀是否适合则子呢？她是荒诞型的少女。每当我从各个方面来看她，那翅膀的颜色总是不一样。其中之一是即便濒临死亡，对于她来说，那也是生命之色。不管怎么说，生之预感总比死更加美丽光艳。每当我看到她时，都借助她的心情，将我自己蠢动于内心的死的幻影装扮成生的幻影。

二月一日。A夫人家里举行歌会。除平时那些头面人物之外，还来了许多《勾玉》杂志方面的青年同好，热闹非常。但正因为大家都

彩绘玻璃

是良家少女，反而心情舒畅，使得歌会的气氛十分活跃。在这最高点上，连自己都感到吃惊，虽说这未必是一次人人充满自信的歌会。——今日，狷之助又不在。家里人为何都想离开这个家呢？实在有些不可思议。年纪大了，学校方面也都很好，这么一说，他回答道："这倒也是。"说着笑了，露出一副不言自明的表情来。虽然没有什么感触，但这阵子不知为何，从对待狷之助那种严格的——（这也是人们从退役中将的名义着眼加以想象的极普通的办法）——样子里，我总是强烈地感到，似乎有一种做作的、只有自己明白的勉强伪装出来的部分，不能一口咬定是因为年老。

关于这些事情，我也未曾预料到。只是被一种心情驱使，先写下来再说，不是为了给人看。狷之助的青春，使我稍稍变得顽固了。我的内心很想彻底弄清楚他的整个青春。然而，不多久，我在其心底的告白之中，发现我具有以此将他的青春还原于自身的愿望。反躬自省，感到有不少卑微之处。我果断地将此舍弃。舍弃之后再注之以爱。但不论如何舍弃，他都倏忽被看作我的敌人，他也似乎对我持有反感。我不再反省。不论怎样，如此遭人敌视的外貌，酷似世上顽固老爷子辈的作为，却知道此种表现将为世间教育者和儒学家所赞美。伯父之爱如何？至于推测他青春花季一旦具有达于顶点的恋爱之情，我将以彻底的顽固的态度面对。予之心底仍然愿意援助青春及恋爱，即使遭世人诽谤，也要力求深刻理解，此种心愿并非归于全无。予深知如此实行之外，自无其他保持予之体面之方法。

六月十七日。今年夏天，决定去弟（狷之助之父）之别墅。看来他将在新加坡熬夏了。他来信说，今年很忙，不能回来，就请自由地

鍵のかかる部屋

使用别墅吧。南轻井泽，雷雨稀少。我曾应邀在那里住过两三次，感觉非常舒适。房子由他自行设计，直到现在，我依旧佩服他的聪明能干。

房后紧挨着白桦树林，那里空气之爽净，形容起来，简直如饮香槟。穿过森林，可以听到水车咯吱咯吱咬牙似的声响。那副假牙已经咬碎了吧？看来，打那时候起，水车附近就开始陆陆续续建别墅了。

走到水车旁边，就能闻到古老烟草烟油般的香味儿。后来听说，那是一种芹菜。积木般漂亮的洋馆围墙边，茂密的葛蔓丛中，不断传来小鸟的鸣啭，那声音听起来，仿佛是从自己内心发出的。我在体内寻找着，看有没有可以保留这种声音的弹簧装置。轻井泽的空气，确实能使人过着疗养院一般机械的生活，具有将人的身体改变为机器的奇妙的魔法……

六月三十日——今年的假期，将同伯父伯母一道去别墅。真是个极好的机会，与则子的家相隔只有五六户！

轻井泽，给我们罗曼，给我们悲戚。那里的空气很特别。云在山头对面皱着脸，紧接着，远雷轰鸣。

不知为何，我对她房间里的窗帷十分在意。看到那窗帷，就像看到稚拙的草莓或樱桃的图画。我俩外出时的行仪中，那窗帷摇动起来，似乎为我们播撒天真的童话般的感情，就像天上的滑稽之星。

朝雾中，我发现她的帽子隐隐约约临近了。我佯装没看见而向她走去。牧场上，牛群浸润在雾的牛奶浴场里，正被挤着奶吧？我无意中撞上她了。她瞧着我若无其事的面孔，瞬间里品味着奇怪的心情，接着马上识破我的把戏。她略显娇嗔，扭曲着唇角。我假装不知交肩

彩绘玻璃

而过。

"干什么呀？等等。"

"哦。"

"什么'哦'啊？"她发出悦耳的人造宝石般的笑声，叫住了我……我迷迷糊糊走在路上，额头老是碰到树枝。

这时，松鼠弹跳起来，将尾巴贴在脊背上，慢慢腾腾逃走了。在那里，我又感受到隔着玻璃窗所看到的风景。仔细一瞧，玻璃已经碰到前额了。玻璃对面的景色一派清澄，不管走到哪里，风景和我们的距离都是一样的。这些景色相辅相成，布局合理，随便在哪里切割，都是一幅天然绘画。就这样，我们被景色戏弄着一直登到山坡顶端，立即向下瞭望。我看到了和圣诞卡上完全相同的洋馆、烟囱以及小小庭院。

※

键
の
か
か
る
部
屋

附近的朋友每天去教宗方氏谣曲 [1]。起初不太喜欢，一学起来，便产生了兴趣。朋友也很高兴，自以为教导有方。"不久，我打算把您拉进我们协会。"朋友当着宗方氏的面毫无顾忌地说道。宗方氏深知，这方别墅地的青春的朝气，不会反叛自己，只会给自己带来欢愉。他经常散步。那些日子，在夫人影响下作过和歌，有时也写写汉诗。柔和，以能面 [2] 般的老迈使他衰老下去。看来一时顽固的他，蓦地变得亲切起

---

1 能乐剧的舞台脚本。

2 能乐剧演员戴的面具。

来，这使夫人和猧之助多少有些害怕。难得的一场雨下了一整天，午后，宗方氏外出，夫人和侄儿呆呆地坐在露台的椅子上，谈论着先生的"柔和"。这时，突然两人不约而同地预感到先生的死。沉默之中，相互对视的面容十分苍白，双方都在对方内里立即读出了和自己相同的意思。为了淡化这种心理，夫人谈论起轻井泽的怪事来。于是，不知不觉将不安的悸动装扮成恐怖的悸动，转移过去加以改换了。古老的传奇确实像中药一般，比阿司匹林更有效。

其实，猧之助的青春是无所顾忌的。他从早到晚，不是骑马就是骑自行车到处乱转。则子以前的深刻，在这里也显得有些轻薄。她因而变化了。她的面孔像明艳的花朵。这使得猧之助快乐无比。为什么呢？因为那面颜与自行车的金属片和玫瑰花十分相似。和所有的男人一样，猧之助的爱使他养成以集邮者的目光看待她。这丝毫不是什么危险的事。因为每当写信给她，他就能从那枚邮票上感觉出她的发香。

秋子歌会中的老会员，三分之一的人都到这座村子避暑来了。女人们到旅馆吃饭，乘D夫人或F夫人的汽车兜风。秋子经常坐在车里，看到猧之助和则子，还有好几对年轻人骑着自行车疯跑。每当这时，她就体味到一种奇妙的感动。随后，从这种感动中，她不由哎呀一声，突然想到，眼下他们已经超出自己所在的这群人一段好远的距离了。为了寻求自我安慰，对于这种由年龄差而产生的奇妙的自我意识，她硬是觉得自己是用全体成员的眼光看待的。然而，可悲的是，她们每个人都是这种想法。

一天傍晚，雷雨交加。仿佛命运的预感，云彩发出耀眼的光芒。第一声雷鸣时，教谣曲的朋友回去了。他说，想守在自己家里慢慢欣

彩
绘
玻
璃

赏雷鸣。朋友撂下这句奇特的话语，慌慌张张回家了。祯之助送走朋友，再次打开自己房间的障子门，趁着哗啦的声响，惨白的光芒照亮了障子门和他的手臂。他发现朋友忘记将扇子带走了。祯之助拿起扇子打开壁橱。这时，镁光似的闪电照彻壁橱内部。

雷声隆隆。

宗方氏发现壁橱一角有件东西很眼生，在电光的映照下冷艳、美丽。拿过来一瞧，宗方氏大吃一惊。那是去年买的香水瓶，已经耗去一半了。看来，自买来那天起，他就顺手扔在棚架上了。整理家务的女佣很用心，曾经把它放进旅行箱子里。香水瓶有些变色，宗方看到它，回忆当年情景，也未引起多大感慨，就将瓶子对着玻璃窗映照了一番。这时，一束闪电贯穿瓶内透明的女子。

雷声隆隆。

光线黯淡之后，香水的透明死灭了。不久，他脑子里浮现出当时自己的姿影，想到现在手里近乎反叛的冷峭的触感。他心中升起一股喷烟般的怒火。接着爆发了。他站起身子，三步并作两步走过去，打开玻璃窗，瞬间里默默不语地站立在那儿……他将瓶子摔向庭院中的石头。恰似灰白的浊水结晶而成的岩石上，散落着碎片和液体，几乎听不到一点儿响声。倏忽一闪，那碎片宛若锐利的眼神，灿烂辉煌。远景的四面八方发出巨大的光亮，旋即消泯了。宗方氏深知那香水瓶的本质——香水瓶就像自己的灵魂，不管追索到哪里，它都不会死亡。

雷声隆隆。

——狷之助欢欣鼓舞。似乎脚光般的闪电给了他此种确信。

即便雷鸣不止，她也必然会守约。在那座小店……他打扮好了。

她像年轻的狼一样徘徊，吼叫……

祯之助走出屋子，瞧着狷之助的样子。看不出他有什么不高兴。静静运河似的青筋，描画在额头的地图上。

狷之助临出门时，先到伯父那里，告诉伯父自己打算出去一下。伯父望着外面，一副老人的姿态："这么大的雨……算了吧，啊？"娇生惯养长大的狷之助，任着性儿，忽而变成个孩子。于是，他生气了。

"为什么？"

"我叫你不要出去！"伯父依旧望着外面，语气激烈地说。这是寻常没过的。伯父那写在心头、一边实行一边加以改变的顽固方针，强烈地被唤醒过来，更加白热化了。由此，伯父已经看到一种别的意味。可是，他对此毫无办法。

"为什么？"刚说一半，侄子猛醒了。

伯父无言地站起身。"傻瓜！"他声音嘶哑地吼叫着追过来。侄儿的头脑里浮现出则子的芳颜，好似古老邮票上公主的肖像。狷之助跑出去了。他没有打伞，冒着大雨一跃而出。伯父也立即趿拉着木屐，迅速追赶。雨中的闪电，照亮了祯之助氏那张酷似能面的脸孔。

夫人未能拦住他。夫人一边吩咐慌忙跟着跑去的女佣，一边吩咐男佣快去追赶"哥儿"。她站在玄关内，眺望着门外雨声潇潇的远方。直到今天，她才明白自己是个多么糊涂的女人。于是，她对侄儿开始产生憎恶的情绪。

※

第二天，按预定在自家里举行歌会。秋子想到昨天傍晚的事，感到坐立不安。腿脚麻利的男佣和两位女佣，快速抓住宗方氏之后，他或许因为太焦急了，虽然没有显出多么疲倦的样子，但总是忘不了五六天前那种死的预感。夫人呢，或许自己也已到了担心丈夫随时会死去的年龄，心中备感寂寥。她强烈感到，这种寂寥多少也包含着自私的成分。这种清纯的牺牲主义，她究竟是何时何地学到手的呢？她的一颗心对于世上的所谓"九条型"[1]，一概加以肯定，并且想参与其中。这种肯定之中，正包含着迈向老朽的一切要素……

耳畔再次响起 B 夫人带有重音的语调。秋子想起天蓝的袜带儿。于是，她感到那里遍洒着苏打水般明丽的光线。

秋子今天仿佛感到，以往的事情应该全部了结了。因为，她也许见到了吊着天蓝袜带儿的少女。今天早晨，狷之助向她介绍过则子。为了躲避伯父的眼睛，有必要演一场戏。四点整，秋子出门，向南方的围墙走去。这时正巧遇到迎面疾驰而来的两辆自行车。情节结构就是如此。

今天又和去年一样，B 夫人满口抨击男性。昨天刚在报上发表随感，今天再次加温，效果极佳。然而，这次歌会取得轻井泽会员的谅解，三点钟结束。因为几乎每隔一天就有雷雨，她们甚是担心。

三点半，女人们乘坐 D 夫人的汽车，顺着像粉笔画出的干燥的高

鍵のかかる部屋

---

1 一种印花布花纹。

原道路一同回去了。宗方夫人这才放下心来。

丈夫在书斋里。她不断地看钟表。一想到这样就像赴约，觉得好笑。说来奇怪，那副表情使她年轻了许多。

鸽子钟敲了四响。

她说要去散步，怀着不安的心情，打着阳伞，慢悠悠走在光亮的道路上。这回，她没有前去赴约的想法。一个去会见儿子的母亲——她想在自己的身影中摸索这样的感觉。不过，她依然保有青春的气息。

两辆自行车从对面光闪闪地临近了。

"啊，伯母。"晒得黧黑的狷之助喊道。两人的车上都堆满鲜花。"咝——"（夹杂着微凉的沙子上的摩擦音）的一声，自行车停住了。

"你跟则子小姐在一起？"秋子问。少女宛如很少见到的花儿一般害羞了。蓦然间，回忆的翅膀起飞了，遂将秋子的头脑完全变成现实的姿影。

则子弯腰想调整一下车轮，狷之助也屈身打算帮她一把，听到伯母问话，又直起腰来。

"哎，则子小姐是否吊着天蓝色的袜带儿呢？"伯母像少女一般涨红了脸，小心翼翼地问。狷之助感到很不好意思，他怀着奇妙的心情（他想，在这种场合，伯母又在试探自己所知道的那种深层的关系。）倾听着，他巴望则子最好没有听清伯母的问话。

"不是，怎么了？"

"没什么，没什么，可是……"狷之助感到，以往伯母那可信赖的面颜，此时猝然崩溃了。不一会儿，伯母带着稍稍凄楚的眼神望着远方，就像望着一只飞逃的鸟儿……

祯之助在书斋里来回走动，猛然发现一扇窗户下边，有一团硬纸板碎屑般的东西。为了弄清楚是什么，他瞄准附近客厅的窗户下了楼。那扇窗户突出于低矮的篱笆墙外，敞着玻璃，只闭着百叶窗。他满怀激动地走在干爽的地毯上。当他挨近窗户时，听到一声问。

　　"则子小姐是否吊着天蓝色的袜带儿呢？"是妻子的声音。

　　宗方氏满怀洋溢的追忆终于支撑着他。他感谢神灵，使他在这儿又见了久违的妻子秋子。犹如两支音叉，他完全明白妻子说起那件事时的心情。他点点头，带着一副牧师般的神色。

祈祷日记

祈りの日記　一九四三年六月

古时候，遛乡小卖的生意人家的子女，从小都在井畔玩耍。长大以后，男女见面都觉得不好意思……[1]

序　段

一个月两个月躺在床上，一旦能起来走动，季节就像刚刚裁剪的新衣，令人倍感鲜丽。值此病愈之际，恰似风平浪静的海岸，虽有微波涌来，随即又退向远方。一度濡湿的双腿，眼见着很快干了。长年的疾病使我幼小的腰骨，好比苇舟载着水蛭子[2]漂走了。迷迷糊糊之中，

---

1 参见《伊势物语》第二十三段。
2 日本神话中，伊奘诺和伊奘冉两神所生第一子，名叫水蛭子，长到三岁未能独立。遂载于船上，放流大海。中世以后尊其为七福神之一，即惠比寿，加以崇仰。

有人为我剪趾甲的时候，只觉得那音响简直就像翻越山岭、渡过江湖的鼓乐声。与我自身渐渐无缘的腿脚还能使唤之时，这样的事大致是没有过的。倾听着庭园的树木窃窃私语，屋内和走廊宛如玻璃瓶内一般明净。尚未收走的脸盆里的洗脸水，淡影团旋，映射在天花板上，晃漾不定……这样的早晨，我必须抓住护士的手，自廊缘一端直到可以窥见晴空的寂静的窗棂跟前，来回练习走步。起初，每当我艰难地到达窗棂旁边，总是将梳着刘海儿的小小头颅倚靠在上面，死死抓住木格子，吁吁喘息。走累了，脚底板仿佛踏着灼热的沙土，拔出来的腿，又原地陷落下去了。心情甚是颓唐。

这样的日子不知重复了多长时间，可以说每天最快乐的事，当数护士松本小姐领我出外散步。空气爽然的夕暮，晚霞尚未升起之时，开始先在房舍周围转悠，接着随处自由走动……最后，我们来到无数鸽子聚集的树林后面的寺庙。有时候太累了，耳朵内频频响起水井辘轳旋转的沉闷的声音。实在忍受不住的时候，我就说："松本小姐，康子我疲倦了呀。"然后站在原地催促她歇一歇。"又想坐椅子吗？"松本小姐不管到哪里，都会毫无顾忌地卷起白净的护士长裙，为我蹲在地上。于是，我便褪掉散步穿的红鞋，弓着腰轻轻坐在那张洁白光亮的"椅子"上……

有时我提出要坐一会儿，那儿正当市场一旁。已经是晚霞满天的时刻，远处的天空悠悠飘荡着五彩的云层。市场上红、黄、绿的彩旗哗啦啦飘动。此时，只见对面街角一个银白的人儿，弯腰塌背，迎着逆光走过来了。到跟前一看，那是一位牵着男孩儿小手的护士小姐。大为扫兴的我，"啊呀呀，啊呀呀"地哼着莫名其妙的歌儿，把脸孔转向一旁。突然，我的身子脱离了那两只手臂，几乎被抛到地面上站着。我大吃一惊，看到松本小姐再也不顾及我，同那位护士小姐唠起家常来了。后来才听说，那女子是她的一位很久未见面的朋友。我被无情地抛在一边，心里十分不安，害怕脚下的泥土会随时塌陷下去。但我是个绝不哭泣的女孩子，平时人们这样表扬我，也帮助我拼命控制住眼泪。蓦地一瞧，对面那位护士小姐的裙裾之间，先前那个男孩儿，一双大眼睛里渗出了些许泪水，微微低着头，直把眼睛向上扬起。看着看着，面色痛苦起来，紧紧抓住大人不放。我若无其事地望着和自己相似的人，那种好奇混合着似有若无的同情，羞涩而入神地注视着他。于是，一种水滴掉落下来的奇妙的声音，漂浮上来。哎呀，想起来了！眼见着男孩儿的脸色变样了。那吓人的声音，正是男孩儿的哭喊。由于我一个劲儿盯着他看，弄得他十分窘迫，所以才放声大哭的吧？护士小姐的话语立即被打断，一边哄着小男孩儿，一边慌慌张张告辞了。若问我有何感觉，我感到一种稍稍朦胧的悔恨，以及再度萦绕自己心头的寂寞，还有那流水般潺潺经过身体的东西……

穿着同样制服的护士小姐，同一条道路，相同年龄的两个孩子，相同时刻的散步……所有这些相似点，激起一个渺小的我的兴致，使我异常振奋。那个男孩儿，似乎也有几分这样的情绪。在没有交谈过一句话的两人之间，这种事儿只能是未说出口的约定，是秘密的规矩，可以唤起孩子们常有的好奇心来。那男孩儿即使受到我的注视，也不再哭泣了，只是从对面表露出一副畏惧的神色，望着我罢了。我俩都像熟透的桃子似的，差一点儿含笑以对了。男孩儿对于那一直不知道的"椅子"这一重要的休息场所，看来是很感兴趣了。两张雪白的椅子排列在道旁，两位小贵客有时只是相视而笑，而那两张椅子却畅谈不止……这些事情所耗费的时间，于傍晚的散步之中都不是什么稀罕事儿了……

　　某日午后，松本小姐向母亲告假，说那位护士朋友看护孩子的那家人的丈夫今天不在家，说罢便走出厨房，同那位朋友聊天去了。松本小姐回来后，不知为什么，我发起高烧，她可怜兮兮地对母亲再三道歉。不过，我总觉得，我发高烧全是因为松本小姐不在家造成的，因而丧着脸大哭起来，吵闹着不敷冰袋也不吃药。因而，散步也暂时停止了。谁知高烧竟然很快退了，我躺在被窝里，望着布满天花板的花彩带和香荷包[1]，大声地唱起了儿歌。发烧后又过了两三天，一日过午，女佣进屋对松本小姐说了些什么，她慌忙跑到厨房去了。不多会儿，厨房里传来热烈的谈话声。我想，那位朋友又来了吧。当我正要挣脱被窝跑过去故意吓一吓松本小姐的当儿，松本小姐先跑回来了，对我说："那个男孩子要到这里来。"说罢又立即折回头去。我大吃一惊，不由想高声喊叫，但还是面对庭园呆呆地站住了。这时，身后传来低声的喧闹："小姐，哎呀，好奇怪，你在睡觉吗？小少爷来了呀。"听她这么一说，我竟然不可思议地变得老实了，目光从庭园转向围栏，又从围栏转向天花板，再从天花板落向松本小姐，转了一圈儿，只把脖子转向那边。不用说，这使得那男孩儿还有我都绽开笑容。"他叫弓男君，山岸家的公子。小姐，你叫什么名字呀？"听到问话，

1　原文作"药玉"（kusudama），装满各种香草的锦囊，端午节时悬于廊柱等物之上，以驱除污秽和辟邪。

我有些难为情，只是小声回答一句："康子。"那男孩儿不知因何缘故，怀抱一本十分漂亮的烫金的书。他把书放在榻榻米上，趴着身子说："我念书给你听。"……

抛离病苦之时，很难说已经获得了解放。这就像在漫长的迷途上徘徊，每每又回到原来的空地。因而，身处如此空地上的寂寥之中，为了领悟明天、后天，以及更加遥远的岁月，我走过一段漫长的旅程。

我和弓男君手牵手，走进自家附近的一座小小稻荷神社[1]。油漆剥落的众多红牌坊密密麻麻，每隔十多米就有一座。我们进入那里并非去参拜，而是为了验证一则附近孩子们深信无疑的传闻。我们蹦蹦跳跳像踢石子儿一般，走过牌坊下边那条细长的石板路，草草参拜完毕之后，这时，耳里听着闭合的铜铃大嘴[2]缝隙里的响声，悄悄溜到后院去了。祠堂后面是一片竹林。弓男君跪在乱草间的小石头上，当时是深秋的午后，静静上升的蚊柱，立即悄无声息地迸散了。祠堂内侧，露出一个搬掉巨石后留下的洞穴，这就是传闻中的狐狸洞。洞穴前边小型的白瓷器具内，放着人们上供的油炸豆腐。弓男君跪在洞前，两人十分紧张，胸脯内怦怦直跳。弓男君连连犯起踌躇，终于一头钻进了那座洞穴。我凝望着他，不由地伸手拍拍他的肩膀："看到了吗？看到了吗？"我大声询问，弓男君一边瓮声瓮气地叫道："疼死啦！闷死啦！"一边不停地扭动屁股，露出了脑袋。他哭丧着脸，刚刚剃过的闪亮的光头，粘连着蜘蛛网和落叶。两三根蛛丝从额际耷拉下来，

---

1 供奉狐狸神的五谷神社。

2 原文作"鳄口"，神社门口分作两瓣的大铃铛，香客参拜时拉动绳索，合十默祷。

飘飘荡荡。我看到这番情景，仿佛都是自己使的坏，带着一副阴郁而认真的表情，热心地询问："有狐狸吗？"

"不。"他一口否认，脸色显得更加痛苦不堪。我顾不得一切，也不怕弄脏刚做的洋服，学着弓男君的样子，跪在洞穴前边的泥土地上，两手支撑着洞穴的边缘，小心翼翼把头伸了进去。长满苔藓的湿地，凉冰冰地渗透膝盖骨，宛如打开古旧的衣箱，一股霉味儿冲鼻而来。黑暗仿佛浸染了双眼。为了看得更加仔细，再把头颅向里伸进，双肩几乎挨着洞穴边缘。这时，突然感到，对面黝黑的角落，倏忽闪过一团白糊糊的东西。我的脑袋胡乱撞击着洞穴边缘，慌忙退了出来，然后伫立于一脸惊奇的弓男君面前。"看见了，狐狸！"我睁大眼睛对他说。话音未落，我俩不约而同地浑身哆嗦，胸口一阵狂跳，一时惊吓得六神无主。不知为何，我们都坚持不看对方的脸色，两个人一溜烟逃出那座稻荷神社。

有段时间，我们迷上了一座空房子。我俩往来于空房周围铺着煤渣的黑漆漆的道路上。那样的道路在这一带城镇里并不少见，甚至有的小路经过几道拐角儿，最后变成死胡同。有一条道路，古老的樱花树从两侧的黑色板墙和黯淡的篱笆之中竞相突露出来。沿着这条道路一直走下去，走着走着，高大的篱笆堵塞了进路，右首木板墙的一角，出现一扇半朽的旁门。——通往那里的路上有某琴师的家。透过暗灰的窗棂，可以微微窥见房子里演练的情景。因此，我在通过煤渣小路之时，那双稍稍有些感应的足履，随着脚步，像啃咬着一件东西一般，触及那柔和的音调。透过那响声，脑子里一定会浮现出华美的琴音。

那琴音犹如和煦的春风，流水般吹向每一条小径。即便一时中断，那音响随之也会像柔软的肉瘤一般保留在耳里……

有一天，弓男君来我家玩，他对这种没有明确目标的嬉戏很快就厌倦了。他十分好奇地望着我书桌上的东西。最后，他拿起那个镀银的小盒子问："这是什么？"那是叔叔从国外带来送给我的礼物，小小的宝石盒的盖子上，镶嵌着小圆玻璃，贴着凡尔赛宫蓝色的照片。"这是宝石盒子，那幅画是法国宫殿。"我颇为得意地回答。那男孩儿呆呆地观看了好半晌，不久，战战兢兢打开了盖子。里头盛着五颜六色的碎宝石。这些大都是叔叔婶婶的戒指、首饰盒领带别针的残屑，以及众多极小粒的粗制珍珠。有一次，我将这些东西摆在白色搪瓷盆底面上，倒进清水观察过。透过日光，出现了美丽的葡萄紫、青蓝色和绯红色，闪闪放光，美艳无比。

弓男君拣起一粒来，又转眼瞧瞧我。这时，他蓦地想起什么似的，双目渐渐发亮了。他涨红了脸，支支吾吾地说："那座空房子里……"听到他这话，我不用问，完全明白了。我睁大眼睛，满心激动起来。"太好啦，太好啦！"我拍手喊道。

于是，我们两人之间形成的秘密，也会使得大人焦灼不安。——那些随处省去言辞交流，而只有"是吧，是吧"等众多的暗语，还有那眼神，以及疯狂的欢笑。

——离开那琴音，我们沿着黑色的小路，一边仔细观察周围，一边朝那所空房子走去。篱笆内的一座房子里，传来鹦鹉十分响亮的鸣叫，阳光淡淡地照射到那道篱笆墙上。经昨天的雨水浸润的那扇旁门，好不容易才打开。一旦敞开，天空奇妙地变宽广了，红蜻蜓飞来飞去，

祈祷日记

苔藓泛着幽香。旁门一侧栽种的茶梅，淡红色的花瓣儿，星星点点散落在绿苔上面……我俩愈加小心地向着两三棵橡树围绕的一片长满苔藓的凹地走去。这里不必害怕被人看见，即使偶尔有前来捉蜻蜓的儿童，也会被灌木丛生的岩石挡住视线，根本用不着担心。我们蹲在一边，悄悄挖掉一层又厚又湿的绿苔，弓男君用枯枝掘开一个又细又深的洞穴，再将从家中带来的有底儿的竹筒，一直插到深处。他一面说"好了"，一面带着认真的表情催促我。我从口袋里掏出用红纸仔细包裹的十粒碎宝石，重新数了一遍，沙啦沙啦全都放进竹筒里了。不小心掉在苔藓上的一粒红宝石，异常美丽。盖好竹筒，埋上泥土，再将临时揭开的绿苔小心翼翼照原样铺好，随后装作若无其事地走出空房子，回到家中。最后实在忍不住了，便相互对望一番，纵情狂笑起来。母亲带着怪讶的神情，一直看着我们。

此后，我和弓男君一起用彩色铅笔在一张大的画纸上画地图。地图中央用黄色蜡笔绘制一顶金冠印记，那是令两个海盗即便蒙着眼睛也会感到炫目的宝贝。弓男君在一个角落里画了一只帆船，涨满紫色的风帆，正在驶往黎明时分闪光的海面。我全神贯注望着透射日光的云一般白纸的背景以及光辉的画面。

我们对草地、秋千和滑梯毫无兴趣。每天放学回家，两人就悄悄商谈一番，制作几份秘密文件，每天必定看望一次那座宝石藏，以此打发日子。其间，冬天到了。北风从黑色的小径吹来，穿过整条小路。豆腐坊的喇叭在风中鸣响。有时，太阳照射下来，日光下堆积的尘土，散放着冬令特有的气息。冬季渐深的一天晚上，下雪了。第二天早晨，不知为何，我五时光景就醒了。我看到一派雪景，又惊又喜。可是，随后立即感到不安。我想，这样的早晨，别处的孩子们，肯定要到那座空宅子的庭院里堆雪人。薄薄的雪层不敷使用，还要到院子的各个角落搜集一些来。弄不好还会把苔藓、泥土粘着竹筒盖子一起运走。那些头脑灵敏的孩子一定会发现的吧……经过一阵胡思乱想，我再也待不住了。上学前还有一段时间，我火速跑到弓男君家喊他名字，他揉着眼睛，穿着睡衣出来了。"现在去挖掘出来吧。"我说。他立即表示赞成，说道："你稍等一下，我这就换衣服，洗把脸，马上就去。""你一定要一个人单独来。"我又叮嘱一句。"是的，你先到那里守着，我马上就来。我未到之前，你不要一个人先挖，我们要一起挖掘才行。"他说罢就奔里屋跑去了。我只好一个人向那所空房子跑去。朝阳映照着雪景，发出刺眼的光芒。阳光下，时而看到三三两两忙于扫雪的人们。那条黑色的小路只有一道木屐的印痕，这使我略微放心了。走着走着，那道脚印消失在一扇大门里了。眼前的积雪泛着青凛凛的美丽的光亮，令我目眩。那家的鹦鹉又不断鸣叫起来了……

我蹲在顶着滑落掉一半的棉帽子的灯笼旁边等着他。庭院的雪不断地从屋檐上掉落下来，闪闪发光，伴随着明朗的响声。等着等着，我实在等不下去了。听到有人说话，我缩下身子。那是大人们的声音，似乎不住狂笑着，拐向对面的道路去了……看来，焦躁不安这种情绪，总是同茫然的寂寥之感完美地结合在一起。一种是担心弓男君到达之前，别处的孩子抢先来到；另一种是焦急等待之后的寂寞，说不定会每每产生独自一人去挖掘宝石的欲望。然而，那可是生来第一次打破同弓男君的约定啊。每想到这里，我便上百遍反复寻思，也许会趁着某种机会，一口气跳过平时很难逾越的宽度。那宝石本是我的东西……这么一想，我忽然感觉心情放松了许多。于是，我一心一意要去掘土了。我打算把宝石全部装进口袋后，再把竹筒原样埋好。不知为何，我当时内心里涌出一股莫名其妙的狂暴之情。我特意将那竹筒扔到雪地中央容易被人看见的地方。青青的竹皮经白雪返照，闪着亮晶晶的光芒。我倏忽觉得"我干了一桩坏事"。随即，我打算想办法将竹筒掩埋起来……就在这时候，随着一阵喧闹声，那扇旁门迅速敞开了。弓男君站在前头，身后簇拥着班上五六个调皮的学生，吵吵嚷嚷。我的后悔一下子消失了。我凝视着弓男君的眼睛。弓男君带着十分认真而乞求宽恕的眼神，战战兢兢地望着我。然而，当那双眼睛看到掘出的泥土以及雪地上竹筒鲜丽的颜色，他的表情猝然改变，那副样子在孩童心灵里，清晰地留下了可怕的印记。我感受到难于断绝的寂寥，"弓男君也一样……"当我接连想到这一点时，更增加了我的悲戚之情。我默默穿过大伙儿身旁，钻出旁门来到外面，一阵风似的跑回家去。路上，一边簌簌流泪，一边脚步如飞……

至今我都忘不了他那满含哀诉的目光，同时也忘不了那迅疾改变的憎恶的眼神。或许他觉察自己稍稍晚了些，正在默默向那座空房子奔跑。雪地上打打闹闹的孩子们，虽然向他问这问那，但对于他的不加理会有些焦急，或许正在追他而来。要是这样，他只要讲明缘由，也是叫人难以驳倒的吧？随着距离空房子越来越近，孩子们正在计划着如何堆雪人吧？照这么看，他究竟哪一点做得不好，应该受到我的责备呢？我虽说还是个孩子，但反悔的日子从此就像居丧一般给我留下深深的记忆。

第二段

人们出于某些微不足道的动机，对于孩子身上常见的动辄变换和易于倦怠的情绪，很想从中寻找出某种重大的意义。我虽然一心想尽快同弓男君言归于好，但在学校里即使偶尔遇到，他也装作没看见，径直交肩而过。这当儿，缺乏耐心的我，只是同女同学们一道玩。然而，每当我想起那桩海盗游戏，有时觉得那规规矩矩的玩耍中，竟然饱含着很多不堪忍受的回忆。

弓男君的母亲是个寡妇。据说弓男君出生后三个月，他爸爸就去世了。我有父亲，但我同他一样是独生子女。而且，弓男君的母亲和我的母亲都很年轻。我父亲是养子，又是了不起的博士。但作为孩子的我，不能不时常感觉到，家中总是显得过于幽静，无形中飘溢着一种凄清的空气……

冬天过去一半，母亲开始到那位从法国回来的画家那儿学习绘画。日子一长，有时竟在院子草坪上支起画架，站在寒风凛冽的阳光下练习写生。春和景明的日子，我放学回家，悄悄挨近站在院中画画的母亲的身后，忘情地注视着蘸满颜料的笔尖儿斜斜走动的情景。一直面向画布、毫无觉察的母亲，猛回头看到了我。"是姐儿呀。"她说道，"去年经常到他家玩的那位弓男君的母亲，也和妈妈一样，到画家先生那儿学画去啦。""是吗？"我应和着，没有感到格外惊奇。

又过了两三天，弓男君的母亲到我家里来了。以前在路上遇到了，只是相互打个招呼，这回由于同去学画，显得十分亲密起来。她一眼看见我，亲切地说："呀，康子小姐，都出落成大姑娘啦。最近几乎不到我家去了，对吗？弓男正等着你呢，快去找他玩玩吧。"尽管如此，我依然没有主动去他们家玩，弓男君也同样没来我家玩。对方的妈妈说了些什么话，纵使没有毫不客气地完全抛却，可是一旦见面，弓男君大致会露出微笑来。然而，因为各人都有众多朋友，因此两人依旧像路人一样互不来往。而在心中一隅，把那种无人场合下的相视一笑，仅仅当作一种表白……

我迅速成长起来。升入六年级后，弓男君也进入了自己一直想读的那所学校。当时，我也为投考女中，什么也不顾地一门心思埋头温习。进入女校后，最初两年一眨眼就晃过去了。在那两年间，犹如花野之夜，猛然扬起采摘秋草的头颅，目送原野尽头火车远去。火车汽笛高鸣，震撼着萦聚于原野山谷间的夜雾，一时内沿河畔一路拖曳着滚滚白烟，眼见着像梳齿一般接连不断划过一排灯火明丽的车窗，随后隐蔽于山那边了。那汽笛在虫声如雨、香花满布的原野中央鸣响，又好像粗大、厚重的宝石，留在耳底。我怀着半是虚空的心情站在那儿，对于我来说，实在说不出究竟失去了什么。

女校三年级的五月，这是个同平时衣着感觉不同的季节。总想将自己打扮得漂亮些这样的心情萌芽了。与此同时，一种浮萍般飘忽不定的忧思，从此苦苦折磨着我。梅雨季节，仿佛在我头上遮盖着沉重

鍵のかかる部屋

的记忆。有一天，看守别墅的老爷子，给母亲写来一封絮絮叨叨的长信。内容是，我家别墅附近，有座适于居住的房子空出来了，他想托母亲务必把这个消息转告山岸夫人。那位无依无靠的弓男君的母亲，自打今年夏天起，就一心想住在我母亲的附近。这愿望终于可以实现了，所以赶快回信，一口应承了下来。

其时，树枝间漏泄的阳光逐渐增强变黄了。庭院外烈火般明朗的太阳底下，树林深处，微微传来断续的蝉声。站在花圃中央，头发干热，纵然如此，一阵凉风袭来，吹动香花丛丛。耳畔，虫的羽音早已笼罩着金黄，身子一旦靠在栎树干上，透过背上的衣服，立即渗进一股冷冷寒意。清晨，我偶尔在一滴掉落下来的露水中观望，无论是柔韧而强劲的叶脉，还是招人喜爱的绿毛，或者承载着这些叶脉和绿毛的草叶（横七竖八交织的众多草叶，在上面留下模糊的阴影）……所有这一切，仿佛聚合于显微镜下，一分一毫，看得非常清楚，令人不可思议。

如此的变化方式，似乎映现出季节的本身，奇妙的是，我又完全回归原来的自己。一度长大成人的我，再次折回孩童时代了。暑假来临，我和母亲到某海滨别墅去了。父亲忙于他的研究，留在东京。

轮船划开岸边的潮水向前行驶，一重重光明闪耀的门帘布般青绿的波涛，状如冰山挡住去路。稍稍纷乱的神奇的浪头上方，翻卷着炫目的夏云。乘着滚滚的海水，向远洋方向游动。随着前进的浪涛，清澈的海水仔细一看，网眼似的波影镶嵌着闪亮的光圈儿，摇曳不定地映现于那片海底。每逢这时候，我就注视着通过洋面的轮船的姿影。直到由左边地岬驶出的轮船，隐没于右边地岬背后，其间，连接着群鸥展翅飞翔、云峰苍翠欲滴的海面，看起来格外艳丽辉煌。船影一旦消失，先前积聚于胸中的空虚，如决堤的河水汹涌而出，再也制止不住，陷我于不堪忍受的苦恼之中。

　　七月临近末尾，海滨更加热闹了。山岸家新购的宅子，早已来过建筑师，修葺一新。然后，以满载行李的卡车为先头，阿姨乘坐汽车自东京而至。她指挥将这些家具安置妥帖，结果没有住进那座新家，而是住在我家的别墅里了。即便第二天装修完备之后，阿姨始终住在我家，只有两三天连续住在新宅子里。弓男君几乎是突然来到这 Y 海岸的，他纵然手中提着小型旅行箱，但总觉得浑身上下依然是一副儿童装扮。

　　打第二天起，母亲、阿姨，还有弓男君和我，每天等太阳升高后，我们就沿着松林一侧走向海滨。弓男君不久也和我那些年龄大的同学做了朋友。

　　——沿海滨走过一带宽阔的公路，尽头有一片从未涉足过的 H 避暑地。有一天游泳累了，大家躺在沙滩上，也未曾有谁提议过，便决定明天到 H 町去看看。于是，一伙人当中连年龄最小的弓男君和我也跟着一同去了。那天早晨，我的手提包里填满水果、三明治和巧克力糖，捆在自行车后头，骑车奔向那片松林集合地。领队是年龄最大的大学生佐佐木君。论起我，十五岁就有着一副爱急躁、不服气的性格，真是没办法。我感到，弓男君在大伙儿面前，好像总是对我躲躲闪闪。

　　时速三十公里的自行车水马似的疾驰，车后拖曳着飘带般看不见的空气的水波。左首，海水金光闪耀，车头镜中充满明丽的自行车影。

到 H 町的路程相当遥远，抵达时太阳已经升得老高了。这座町镇虽说在同一条海岸线上，我却一次也没有看到过……一旦骑车到这里一看，原来是卧藏在和缓海岸线上的山谷之中一座草木丛生的小镇。仅凭这一点，我们心中暗暗描绘的美丽的小镇，实在不同于长久怀恋着的真正的 H 町。因此，我们便登上布满石子的山坡，进入 H 町近郊的森林中了。登到山顶，一片平展展的美丽的草地被森林包围，我们一同坐在上面小憩。杉树根部柔软的草丛上，和大姐姐一块儿吃罢午餐，弓男君就夹在那边众多年长的学生中间大声吵嚷着什么。他大概想告诉我说："瞧，我这里也有朋友啊！"他不时冲着我这里自豪地微笑起来。我朦胧感觉到，那些年长的学生——多半对孩子气的弓男君有些反感，因为他这样的年龄，总有些任性，"话不投机三句多"——无形中总以为弓男君给他们添麻烦了。就连当事者的弓男君，也依稀有所觉察，这蓦然使我感到几分惊讶，几分落寞。

——吃罢饭，大家带着略显疲倦的神色，茫然地闲聊开了。我想到森林里散步，便独自离开那种嘈杂走出去了。这时候，我注意到了随后跟来的弓男君。我们俩肩并肩默默走在那条小路上，一直进入幽深的森林。阳光在各处的杉树根嵌上一圈金边儿，唯有这杉树的枝干染上高贵的雾一般浅淡的日影。小鸟不知在何处鸣叫不止……

此时，我们来到一个拐角处，从这里即将登上一段弯弯曲曲的斜坡。随着一阵咔嚓咔嚓的响声，一位高大的汉子，已经横跨在路中央了。我们差点儿惊叫起来，忽然发现那人是佐佐木君，于是我的嘴边露出一丝无可奈何的笑意。现在还记得，佐佐木君被我的微笑所引诱——更确切地说，他在我的微笑中开始醒悟，闪现出与之完全协调的笑容。

在露出那副笑容之前——本来，惊奇很难使人想起这一点——佐佐木不是摆出一副怒气冲冲的架势吗？总之，当时我想，我就是一个在杉树丛中忽闪忽闪地飘扬着雪白洋服走路的女人。我有些气不过，对佐佐木始终没说一句话，折回头迈开了脚步。这时，只听他"山岸君"一声叫唤，随之我觉察跟我而来的弓男君似乎回了一下头。而我却加快脚步，一个人继续朝前走去。不一会儿，弓男君追上了我，低着头走在我的身边。他几次想和我搭话，但又犯起犹豫。他自己显得有些焦急不安起来。这时，我要是主动问一声"你想说什么？"一切也都解决了。我朦胧知道他想说些什么，但就是顽固地紧闭嘴巴，不吭一声……

不久，同学们分别从各地回到了大伙儿之间，包括佐佐木君和今年女校毕业的和子小姐。和子小姐或因心绪不佳，脸色显得有些苍白。同时，怀抱花束的女学生们，也都加入了大家一伙，所以，那件事更不足以引起人们的注意了。

——归途。太阳还高高挂在天上，潮风却变强了。干燥的风散发出碳酸水似的味道。每辆自行车上都绑着一束野草和鲜花。前头的自行车时时有花草掉下来，散落在路面上。心里虽然想着不要碾碎那些香葩，但还是不小心轧了过去。车轮染上花色，随着不断前进，眼看沾满了泥土……

佐佐木君的自行车不知何时放慢了速度，向我靠拢过来。我想逃脱，拼命加快车速。于是，佐佐木君又追赶过来，两人跑到大伙儿的最前头了。佐佐木君凑近我的耳畔，带着大人挑逗小孩子的口气，说："你跟弓男君那么亲热，真叫人吃惊啊！"蓦然间，我的思绪被人搅乱，心中很烦，默默不响地退到后面，脱离了佐佐木君。这回他没再追过来。我呆然若失地只顾蹬着脚踏板。眼前银白的花朵，疯狂地接连不断地掉落下来，我望着，宛若凝视什么可恶的幻景。

——我记得，那天的晚霞绚烂无比，松林里落印着长长的松影，整个地面似乎啪地着了火，映照得十分美丽。抬眼望去，新生的松球，一个个濡染着茜红，悄然而立。松叶在天上描画着鲜明的剪影，历历如绘。在这座松林分手以后，我无意之中进入一条细小的捷径。我无法再骑着通过了，只好拖着沉重的自行车，向自家走去。刚才发生的事，装满了我的整个脑子。小河岸边的小路，两三只螃蟹迅疾横穿了过去……

我一留神，发现弓男君也走在同一条路上。看样子，刚才进入森林时，他就默默推着自行车随我而来了。这种巧遇不知为何，使我更加焦灼不安。弓男君看到我，稍稍有些口吃地说：

“佐佐木君叫你不要把那件事告诉大家。”

“是吗？”我一回头，自行车一个趔趄，身子猛地前倾，似乎感到一下子消融于弓男君的话声里了。我回过头不客气地问：

“你为何什么也不对我说呢？”弓男君好一阵沉默，忽然想起什么似的说：

“是吗？我什么也没有对你说吗？”

他冷不丁来了一句，随即又默默跟在我后头。那副神情很像一个小孩子……

因为父亲在家里等着，我和母亲很快回东京了。这个暑假的回忆，像冲开堤坝的湖水流淌出来。那些回忆既和每年的内容一模一样，又有些看不惯的不同的步调。有的本不想在意，但还是留在了心里。还有，那些没有多少因由的挂念，反而觉得是对自己的一番激励……

九月的一个午后，我放学回来，母亲不在家。我感到寂寞而又空虚，顺便向从未涉足的后院走去。从那里转过一个曲折的院落，一道高高的篱笆遮住整个内庭，一点也看不见了。

沿着内墙一带，种植着两年前我在南国休假期间获得的外来植物。我很珍惜这些已经开出硕大花朵的植物，任凭足背上几只幼小的蟋蟀爬来爬去，依然踏着难于行走的柔土，朝那些花朵走去。

那些植物有点儿像红蜀葵，大型的花朵宛如绉纱，密不透风地重叠开放，争妍斗艳。我呆呆注视着那朵绯红的花，头脑里蓦然感到，发生了唐突的极其微小的塌陷，犹如时针停摆的机械的文字盘，缺了一位数字。

与此同时，以往未曾注意过的那朵花——虽说一切如旧——也说不出哪里到底怎么样，只是觉得完全变成另外之物了。我像过去一样，继续观察它，心中猛然涌起一阵痛苦的不安，就像沙地蓦然涌出流泉，逐渐泛滥起来了。我生怕加速，又无法逃遁，其实是又被拉回到那里。犹如卧病期间的噩梦——那种潮涨潮落的心情开始萌芽，连自己也无法对付。

度过胶着而凝固的几秒钟，此时，我站在那里，耳畔开始听到小鸟的声音。紧接着，远近草丛中传来阵阵虫鸣……

鍵のかかる部屋

——打从看到那朵花那天起，我产生一种疑惑：我和从前的自己不一样了吗？在极力掩藏这种念头之余，一点点地失去了夏日丰丽的明朗。当然，梅雨时分又当别论，可以说那是另一类快乐。我仿佛被吸引到深不见底的境界了，可是也嗅到了一种新鲜的幼芽似的馨香。

　　秋深时节，父亲的老朋友从国外回来了。他研究一种完全和父亲无缘的植物，获得了博士学位。他又是父亲高中时代最要好的同学。因此，他想去采集很久未见的日本植物，但父亲一向对这些没兴趣，更不愿意外出，不过，也只得勉强应邀出外远足。那位朋友说人数愈多愈好，母亲吩咐我："那就叫上山岸阿姨和弓男君吧。"听到母亲的话，我自己甚感惊讶，无意中吓了一跳。为此，我老半天没有搭话。我只把这种可怕的茫然失措的表情，假装成是因为心思放在了别处，一直没有注意，于是哎的一声，又叮问了母亲一句。母亲露出稍稍焦急的神情，紧接着又把同一件事若无其事地重复了一遍。对于她第二次说的话，我已经能够凭借大人般的平静去倾听了……

　　过了不久，我产生了另一种后悔。我瞒着母亲，说了假话……虽然都是些小事，但这种小小的谎言，使我无地自容，追悔莫及。我到底怎么了？

　　父亲和朋友一起高唱着高中时代的校歌，迈着罕见的轻快的步调走在最前头。母亲和阿姨一边走一边愉快地交谈着，我走在她们身边。弓男君背着沉重的帆布包，紧挨着那位植物博士的身旁，对那些叫不出名字的花草，热心地一一询问。路边的枫叶发黄了，金光闪闪的五藏野远方，峰峦罗列，状如云朵……父亲那位朋友的采集袋装满了五颜六色的花草。穿过竹林，高坡上一条红土小路，不知不觉将我们引向小山顶端的古老的神社。

参拜神社之后，道路通向下坡。我一脚绊在小树墩上，跌了一跤。黏黏的红土沾满了袜子和衣裾。母亲她们又时时走到了前头，我真想大哭一场。我忽然听到泉水流动的声响。缓缓的斜坡中央，露出一片平平的泥土。我发现那里有一条小小流泉，正好溢满了一个小水洼。这时，背着帆布包落后一大截的弓男君，已经急急忙忙追了上来。我托他转告母亲一声，随后目送着弓男君的背影拐过弯路。接着，我便坐在泉水边湿漉漉的岩石上，脱掉鞋袜摆放着，静静地将腿脚浸在泉水里。凛冽的山泉渗满全身，我仿佛感到我的什么东西被猝然夺走了。阳光透过栗树洒落在泉水上和我的身子上。那样的光线，似乎将飘摇不定的和暖的空气，涤荡得更加美丽。清风飒飒吹过足跟的深处，落叶一片、两片，飘在我的腿上，发出干爽的声音，眼看着就落到水中流走了。这情景梦一般反反复复。栗树梢头，各种小鸟鸣叫着。忽然听到脚踏落叶而至的跫音，回头一看，那里站着满脸茫然的母亲。她的身后是略显腼腆而又担心地瞅着我的弓男君的身影。母亲听说我摔倒了，手里拿着伤药赶来。"让我看看。"说罢，她弯下腰来，为我腿上的伤涂上药。我的注意力全部集中到那里，好半天，我才发现弓男君一直盯着我的腿看。母亲一无所知，我的一条腿浸在泉水里，另一条腿搭在岩石上，她只顾为我岩石上的那条腿缠紧绷带，而我却无法抖动一下这条腿……我从弓男君那里挪开视线，反而更加感觉他的眼神死死盯在我的腿上。我慌慌张张扫视了一下母亲的衣领、落叶覆

鍵のかかる部屋

盖的地面，以及弓男君的脸孔。为此，母亲缠完绷带，稍稍扬起身子站了起来。"好了，没事啦。"听她这么说我才放心，不由地笑了笑。等我拂去泥土，穿上袜子，母亲又若无其事地说："康子，你的脸色不太好，简直像一个负了重伤的人。"她说罢笑了，这回我却成了满心怀着难言的痛苦、只顾倾听的角色了。我不能不想起走出夏天森林的和子小姐的脸色。我感到一种雾样的东西，以不紧不慢的速度渐渐萦聚于我的内心。我手中提着自己的行李，跟在母亲身后，踏上秋天五彩缤纷的坡路，默默下山了。

那天我回到家之后，心绪纷乱如砍下的真菰，我不知道应该如何对待我自己。因母亲的话语而产生的心灵之苦，真是一言难尽。这种痛苦为何不在被弓男君注视的时候到来呢？悔恨之极，我谴责自己，被弓男君注视期间，仿佛有些得意忘形。因为自遣而确实认为一切都是真的了……我把自己看作可怕的女子，闷闷不乐，陷入孤绝的悲痛之中。然而，这种不悦似乎被看成是一心寻求某种救助，我却顽固地不肯向这种救助转过头去。于是，重新处于一种愚痴的焦躁（以前从未出现在我的身上）中的我，真想告诉弓男君，他那样的注视已经成为一种不道德的行为。随着这种心情的出现，我逐渐认识到，先前被注视期间，那种明朗而毫无痛苦的心情，不正是真正的纯洁无垢吗？

打从那时起，我一直极力避免同弓男君见面。因为我认为，这样做反而能够缓解我的痛苦。然而，这种心情或许没有打下强固的根基，渐渐变得薄弱起来。过了一周或十天，我就把此种想法忘得一干二净。这种模糊不清、带有几分幼稚的心情过去之后，我已经开始产生动摇。

那种痛苦仿佛不再是什么痛苦。那种胸间崇高的觉悟，同各种幼稚的回忆一样，陡然变得明朗而又辉煌！我既不想见到弓男君，也不再有意避免见到弓男君。为此，我的所作所为，一切都将得以实现……我始终怀着这种近乎迷信的心情。

第三段

穷尽的秋天又产生冬天。弓男君最近将"弓"读作"onarai"，婢女对于弓男君将"弓"改成"onarai"感到很奇怪。本来"弓男"这个名字，是已故父亲为了脱俗，喜欢这个"弓"字而为儿子起的。想起这一点，就想起前辈的血液还归于弓男君身上了，这名字就是最好的凭证。冬季越来越寒冷了。弓男君一大早就去参加耐寒锻炼。我也不像小时候那样看到下雪就激动万分，而是守在家里不出门。

梦影依稀之间，春天来临了。庭院的草地新芽初放，薄薄蒙上一层淡淡的嫩黄色，似乎从地面渐次浸染过来了。那时，我开始学习花道了。说着说着，就到了樱叶润绿、光耀明丽的时节了。

每年，母亲娘家的舅舅都邀请我们到信州的山中别墅度夏，但我们从来没有去过。这回，我等到夏令到来，难得地到那里住了几天。母亲笑话我一时心血来潮，舅舅对我突然来访虽然有些厌烦，但还是把我当作稀客盛情招待。这座别墅所在的 A 村，从相邻的一座有名的避暑地乘巴士可以直达那里。整个村庄，多半飘荡着寂寞的古色古香的空气。依据这种特色而建的舅舅的别墅，零星地分布着几间闲散的房舍。舅舅有个和我同年的多愁善感、老实巴交的女儿。这位表姊妹，对我显得十分疏远，但丝毫没有怨恨，而是个颇为亲切的女孩子。她始终穿着粗鄙的衣服，令人对死去妻子的舅舅的这个家充满眷恋。失去母亲，使得这位名叫"信子"的女孩儿，变得更加内向而又怯懦。她用那副合乎自己柔弱性格的话语，细声细气讲述的故事，只限于幼年时代极为隐秘的家事。她已故母亲的亲戚，以及我无法知道的姨母和外祖父的故事——即便关于这些似有若无的回忆，她都含着一种不太协调的炯炯发光的眼神，不厌其详地向我诉说。论起我自己的感觉，简直就像春天野外的游丝，缠绕着这些漫无边际的话语而流动不止。有时远远逃逸于故事之外，有时又融化于以一副极为亲切而相同的语调所讲述的故事之中。每逢那时候，哪怕是一片微不足道的树叶，也会像刮风日子里的树林，撼动着我的身子，飒飒而过。我于青青山峦之间的一片旷野之上，一边步行，一边倾听这样的故事，不得不受到非比寻常的思绪所胁迫。这既是一种虚空和梦幻相互交接的无常的思绪，也是有时从两者缝隙里漏泄而出的一束美丽的光线。我应该怎么办好呢？随着萦聚于山头的云彩变得险峻起来，夏令罕见的寒冷而沉郁的日光，一起流泻到我的头上。

　　这座宅邸位于高台之上。因而，待在家中，透过走廊的玻璃窗，可以眺望对面的山腹和村景。夜间，那里的山脚一带点点灯火，在雨中闪闪烁烁。我所注视的各色灯光，似乎也在含情脉脉地注视着我。想到这里，我思绪万千，这边窗户漏泄的美丽的灯光，不就是和那些灯光中的一盏有着不绝的缘分吗？——这里的灯火和那里的灯火，彼此相接，难于割舍。这当儿，和这边灯光所映照的完全一致的场景，那边灯光不又开始映照了吗？这并不是一个谜。舅舅将喝了一半的茶水放在桌上，突然摘掉眼镜，用黄布全神贯注擦拭起来。急剧摇动的眼镜片映照着电灯，如同镶金嵌玉一般……从旁边望着这番情景的我，假若置身于那边山丘的一盏灯光之下，或许看到的也和这里的场面一模一样吧。我不厌其烦地追索这种思绪。这位扎小辫儿的娴静的少女，正如信子现在所做的，无疑一边用梦幻般的动作摆弄着衣袖，一边茫然地注视着舅舅吧？

山中这种过于闲散的日月，使我更加感到空虚。于是，有意将我引到山中来的连自己都不知道的缘由——这多半是存续于我心中的某种行为——就连这一点，我也完全忘却了。如今，既然已经遗忘，引我来到这座山中的心态也应该失掉了吧？随着留恋都市思想的产生，我听从这样的教诲："不能离开这里，决不离开这里。"

然而，这期间，眼见着我的柔弱的身体逐渐难以忍受这种寂寞的生活，我告别舅舅家，前往母亲所在的那片海岸。信子送我到邻村的车站。我从栽种向日葵和无名野草花的车站乘上了火车。随着火车渐渐远去，信子古风的茜红色的阳伞，也令人目眩地渐渐变小了。在我眼里，那阳伞像陀螺一样永远回旋。以往所见各种颜色的记忆——例如投在雪上的青竹筒——眼前飘散不止的白花，这些互不相连的情景，宛若彩虹一般，无比鲜艳地萦绕于我的心中。有时火车穿过大桥，发出不祥的轰鸣。不知为何，我就产生一种昏眩的无常的心情。仿佛向着凹陷的中央一个劲儿奔跑的火车的姿影，深感危殆而不安。

母亲带着婢女到车站迎接。当时，我从母亲的脸上看到平常未有的新鲜的面容。我幼小时代，因为故乡有不幸之事，母亲两三天不在家里。天黑之后，我寂寞难耐。然而，早晨起床一看，本该明日归来的母亲，早已回家。我又惊又喜，浑身充满自己无法抑制的可怕的兴奋，跑到了母亲面前。当时我刚见到她，虽说才隔两三天，母亲的面貌不可思议地变得格外年轻，仿佛是别人的母亲了。平素亲切无比，如今带着无所适从、哀切而捉摸不定的神情。我注视着母亲，仿佛注视着一个怯弱而凄清、悲欢交织，有时又阴森可怖的灵魂。这种可怖战胜了我，现在的母亲不再是平常的母亲了。现在的母亲不就是狐狸精吗？或许就是吧？从前的母亲要么死了，要么被吃掉了。如今的母亲，到了明天早晨，也许会变成一个金蝉脱壳般的女子吧？这样的幻想在我看来无比美丽，无比痛快！而那种可怖也不属于必须向人求助之类，最后反而会将那样的求助转向可怖的源头——"奇异的母亲"，撒娇般地央求她给予救助。被女儿看作狐狸精而一无所知的母亲，依然像一个天真活泼的小姑娘那样任其所以。到了第二天早晨，我只看到一个完全回到"母亲"之中的本来的母亲了。

小时候我曾经有过这样的想法："母亲和我之间仿佛镶了一道玻璃。"这种想法，表面上使我越发爱向母亲撒娇，但每次过后，我都不自觉地祈求通过爱，一下子将那道玻璃彻底熔化！从车站到家中，一路山乡野语——我只顾滔滔不绝地向母亲讲述着舅舅和信子的故事。母亲只有紧闭口唇、静心聆听的资格。我一边倾吐，一边走路。有时，母亲望着我的侧影温温而笑，她向我不住投射着满含深情的目光，不止一次地连连点头。我从母亲这样的形象上，渐渐地完全寻到了原来的母亲……

新铺的榻榻米的馨香，微微熏染着海风的潮腥。波音浩荡的海上天空，犹如珐琅质一般在远方闪现。母亲似乎觉得茫然自失的我有些寂寥难耐，我正思忖着用什么办法缓解她的疑虑。我和母亲之间已经无话可说，这样的空气越发严峻了。我走向庭院，听到身后母亲团扇的音响，这时我寻到一个消除误解的小小时机。团扇的响声停止了，或许放在铺席上了。想到这里，我蓦地回过头去，打算一边摇着团扇，一边对母亲说上三言两语。不想，手里一旦拿起团扇，要说的话便卡在喉头，什么也说不出来了。眼下，我握着母亲刚刚放到榻榻米上的团扇，默默无语的样子，是多么可恨而又可怕啊！这种令人痛心的失策，奇妙地赋予我一种粗野的心情，我再次转向庭院，用手中的团扇连连猛扇了几遍。这时，我才发现自己身子左侧，打刚才起就伸过来的那把崭新的团扇。当我望着它时，那是怎样一番揪心的痛苦啊！过了一会儿，母亲站起来，走出了屋子。我的焦灼不安引发的粗野，给我带来难以忍受的悲哀和惆怅。小心翼翼孕育而成的一副善心柔肠，被这二三月以来多少次莽撞的行为所疯狂玷污啊！究竟是什么力量驱使我变成这样，使我如此愚痴，一心被某种东西糊住眼睛呢？一味追寻这一想法的我，在一堵无形的墙上碰了壁，那是以后不太久远的记忆。溢满泪水的心情，固然来自那堵墙壁，但也可以说，不正是那堵墙壁，多少使我忍耐下来的吗？我将自身比作池面一枚朽叶。看样子，我将变得神智不醒了。

去年一年，展开着一种不可思议的奇异的日月。天气也不太好。

鍵のかかる部屋

酷热的暑天和蒸腾的雨日交替而至。与自身为敌方的痛苦的战斗，似乎依然辉映于眼前……

去海滩的日子少了，大都是待在家里看看书，在所有的小盒子上贴千代纸[1]，用法国小偶人为材料，一个接一个配对组合起来观看……大致都是干着这些无聊的事打发日子。这些小玩意儿摆满我的屋子，母亲取笑我说："专门去海岸搞副业来着。"而且，又是个多雨的夏季。一天早晨，母亲来到我这间堆满小玩意儿的屋子，含着无所适从的微笑，为坐着的我照相，说下次回东京时带给父亲看。我虽然感到有些内疚，但也无由变得坚强起来，这张照片权当作笑料听之任之好了。山岸家的阿姨看来听说了我的情况，一天见面时问我身体如何。她来我家，本来总要到我房间里玩玩，最后不再来了。看来，她是不愿意打乱我的心情。况且，她也不想向我传达弓男君的消息。还有，我之所以闷在家中，或许是因为害怕外出时见到弓男君不知如何是好。

长期过着郁郁不快的日子，自己浑然不觉之间，身子周围布满这样的空气：仿佛结了茧，连我自己都动弹不得了。正如茧子再次加速走向破裂，只觉得周围的空气，也在一股脑儿沉沦于某种东西的中央。这使我猛然回忆起发自那座山中的火车之旅。或许我从那时起，就预感到会有今天。要问当时的心境如何急迫，那就像冬天一到，所有的水池一律蒙上一层坚冰。我的冰层依然等待着被人打破的一天。冷彻而急迫的心情，越来越强烈了。

---

1 绘有各种花纹的彩纸。初起于京都，多半画龟鹤、松竹梅等物，具有祝贺长寿之意。

到了无法继续积存的一天，母亲去观看那位绘画先生的个展，顺便约上阿姨到东京买东西。

在日历上，今天是报告秋天来临的日子。进入夜晚，涛声高高轰鸣起来。母亲不在的家中，寂寞得令人难以忍受。吃罢晚饭，我登上二楼，坐在走廊的藤椅上。身边台灯微弱的光芒，描画出魔幻般小小的圆圈儿。庭院的暗夜简直就像蓝色染缸内里一样深邃。

我一面倾听幽暗树林远方的潮音，一面阅读《更级日记》[1]。比起日记里那位为捯弄一根美丽丝线而活着的少女，我一面为焦躁不安、毫无目标的自身抱愧；一面又仿佛将过去的阴郁抛掷于九霄云外，一味陶醉于梦幻，并渐渐沉沦其中……

——从大门至玄关的石板道上，突然传来一阵跫音，震荡着我的耳鼓。房柱上的挂钟，嘲笑我似的缓缓敲响了。紧接着，玄关的格子打开了。我被一种可怕的预感所撞击，即使努力抑制胸中的骚动，也未被什么东西所吸引，依然保持原来的姿势，继续阅读日记。不一会儿，似乎有人迟滞而沉重地登上楼来。我不由缩紧身子，原来是婢女。

"谁呀？"我焦急地问了一声。"山岸家的哥儿。""是吗？快请他上来。"我心情茫然地吩咐道。从乡间刚来的婢女，带着同样的表情，缓缓下楼去了。刚才那些傻乎乎的话语，猝然泉水似的浸满全身。

---

1 日本平安中期的日记，菅原孝标之女所作，是当时女流日记文学代表之一，成书于康平三年（1060）。日记内容自宽仁四年（1020）作者十三岁时从父亲任国上总踏上返京之旅开始，直到五十一岁同丈夫橘俊通死别为止。

我想叫住婢女，但犹如梦中的叫喊，那声音早已消散殆尽了。我感觉到自身就像一片吸水纸。为何这么说呢？因为使我魂系梦绕的东西只有外来的意念，能够感受到的就是现在的一切。

——楼上又传来了第二次的脚步声。我依然以相同的姿势面对书本，感觉就像一尊雕像，永远都不会动一动。倏忽抬头一看，弓男君站到了面前。"晚上好。"弓男君说完，在桌对面的藤椅上坐了下来。"晚上好。"我生硬地回了他一句，又把视线转回到书本上。这样的对话，似乎是全世界最愚蠢的语言。

"听说去Ａ村了？"

"哎。"

"不感到寂寞吗？"——对于这话，我有着另外的理解，于是直截了当地回答他：

"不感到寂寞。"说完，他似乎有点儿惊讶。

"真不愧是您母亲的女儿。"弓男君说，"正阅读《更级日记》吗？""嗯。""您有好多书啊！我待在家里无聊得很呢。""借给您阅读好了。"我忽然眼睛一亮地说。我当时只是认为，一旦借书给他，弓男君肯定马上就回家，他一定是寂寞之余才来这里的。当时的我，在放弓男君回家之前，尚未感觉到这种深深喜悦之情显得多么可笑。也许这只是借书给他的一种喜悦之感吧。

书橱置于浓暗的角落。我想打开房里的电灯。刚刚因松弛而熄灭的电灯，这回怎么都点不亮了。我焦躁不安，拧了拧开关。又旋了旋纹丝不动的灯泡，一心一意，白白浪费着一番气力。因为我觉得，在这静寂的暗夜，唯有这番辛苦才能稍稍保护着我。谁知越着急，电灯越点不亮。以往所经历过的周围温柔的暗夜逐渐浓重，加剧了窒息的感觉。清凉的沉默之中，不断流泻出红、蓝、银白等细小之物。留心身后的动静，回头一看，弓男君不就紧挨着站在我的背后吗？当时，我的双手颤抖起来……

"点不亮？"声音在我耳畔响起。"嗯。"——弓男君绕过我的右手走过来，将手伸向灯泡。（微微飘浮的黑底梨花白的上衫，至今依然在我眼前闪动。）就像一股电流猝然流贯全身，我立即缩回了手。弓男君很快地将灯泡卸下来交给我，笑着说："灯丝不是断了吗？"接着，弓男君拆下台灯上低度的灯泡替换上了。他弓着身子，热心扫视着书橱。好大一会儿，我呆然注视着他的一举一动。当时，我似乎感到一个怪物猛然掉落下来，附在我的身上了。度过这危机的瞬间，本来的意识这才回归于我的身上。痛苦使我面色惨白，差点儿晕倒了。当场满心里剧烈的憋闷几乎使我待不下去。我极力凝视不动，寻求脱离现场的借口。他想取下书橱上那本厚厚的全集，这时我注意到他的衣袖不知为何突然奇妙地展开了。"那个怎么啦？"坐着的我，一边努力稳定情绪，一边尖着嗓子颤声问道。"这个吗？哦。"他重新浮现出一直被忘却的无邪的微笑，说："被墙角里的枸橘树划了一下。""好大的口子呢。"

我表现出奇妙的冷静，好容易说了这么一句："我给您缝上，请稍等。"说着我就一阵小跑下了楼。

虽说这样，但人的心情这东西，实在是不可捉摸。刚才我还在想，尽量找个理由在下边多待些时辰，可是一旦找到针线盒，就急不可待地忙着往针眼儿里穿线。刚才我下楼时只奔着一个目的，那就是我如

鍵のかかる部屋

今可以为他补衣袖了。这就是我的真实想法。但我自己连这个也失掉了。话虽如此，但我当时并没有觉察到这一点。

我一手拿着纫好的针线，一手轻轻支撑着登上楼梯。我看到屋角里弓男君的脊背，房内的灯光照到眼前粗劣的墙壁上，显得非常暗弱。刚才他所坐的椅子周围，浸满了黎明时分浓重的晦暗。短时间内，我感受到一种灯芯燃尽般的宁静。树林一头嵌着无数星星的庭院那个方向，传来幽微的虫鸣。登完楼梯，我茫然失措地伫立在那里……

——这时，很早以前观望庭中花朵所引起的失落——因为和当时的心情十分相似，我又突然泛起那时的失落之感了。为何会这样呢？我甚感惊讶。我感到刚才紧贴身子时弓男君的灼热的呼吸，眼下又一次像喧骚的潮水一般在我的后颈轰鸣。那股危险的燠热的晦暗，千百倍在我身上汹涌泛滥，令我窒息。我再度迅疾地跑下楼梯……

我端坐在针线盒前，为了平静一下心情，缓缓地从针眼里抽出了棉线。我又像梦幻一般，倾听着胸中剧烈的心跳。

不久，我听到了下楼的脚步声。看样子，弓男君要在婢女的护送下回家了。使他作出这种决定的我，一边感受着自身所具有的可贵的坚强，一边又窥见自己竟然成为那样一个陌生的女强人。

深夜，母亲回来了。我眼巴巴地等待母亲回家后将情况告诉她。所以，等母亲一解开衣带，我就坐到她身旁，立即仰起脸来对她说：

"弓男君来过了，七点钟光景。"

"哎呀，是吗？"

母亲的回答有点儿叫人摸不着头脑。我只想靠着母亲的回答平静一下内心。我的紧张的心情，不能不感到明显地消解了。母亲这种毫

祈祷日记

不经意的问话并不能让我感到后悔，我也很清楚，若是再问一次也是不自然的……

结尾段

过了两三天，收到弓男君的信。

口头问候有些奇怪，还是写信吧。上一次，你下楼之后再也不上来了，我有点在意。不知因什么事惹您生气了。我因此患了神经病，任您怎么取笑我吧。我只是想知道，是因为我说了什么，还是因为别的事。请回信。

——上回的事情，因为这封信而如春日的薄冰骤然消融了。我打算马上写回信，但在我的心情完全恢复过来之前，即便坐到书桌旁边，一旦拿起笔来，心情又会低落下去。我想发一张明信片，又怕被他家阿姨看到。这回拿出邮票和信封一看，这封信未写之前，就感觉非常可怕。这种犹豫不决，使得先前明朗的心情，瞬间又蒙上了乌云。如此静待下去，越来越感到心情沉闷。我甚至又回到以往那种傻乎乎的心境中了。我拿着信下了楼。母亲在院子里架起画布，练习写生。

"弓男君来信了。"

"是吗？"母亲若无其事地回答。我害怕还像上次一样，所以硬是想引起她的注意。

鍵のかかる部屋

"您要看吗？"我问。

"写给你的？"

"嗯，相隔这么近。"我想将母亲的注意力引向这方面来。

"哪个是？"说罢，母亲用沾满颜料的手指尖儿，撮起一枚信笺的一头，嘴角边稍稍露出微笑，眼睛追索着每行文字。过后，她又默默交还给我，问道：

"怎么回事？" "家里只有我一个人在……半夜里他来了。"

"所以你就下楼来了？"

"是的。"

"这不好。康子你……"母亲说着，放声大笑起来。当时母亲的脸上泛出从未有过的青春的光彩。不过，对于她依然把我当成孩子，我心里很不服，又一心想使母亲变得更加轻率起来。"你回信了？"母亲问道。"没有。"我回答。这时，莫名的茫然无措的心情，逼着我不能不尝到一种奇妙的滋味儿。我一手拿着信，转过身背对着母亲。于是，正前方松林的上空，夕阳将令人昏厥的光线投射到我的脸上。我全力以赴忍受着直射的酷烈的阳光。这期间，正如浸入快速显影剂的底片，表面上渐渐露出画面一般，我心中渐渐结成一幅从未联想过的崭新的图像。于是，母亲猝然表现的奇异的青春容颜，十分清晰地凸显出来了。以往对于母亲来说，她那年轻的微笑，只能是属于我的，而今却是属于他人的了。那不是一种直感的富于微妙力量的表情，又是什么呢？经过这一痛楚而美丽的瞬间的母亲，为了再次亲切地向我展示对于新生的我所具有的诱惑力，她伫立于画架之前了。总有一天，我将回头凝视她的那个背影。

慈　善

……就这样，又开始每天三顿连续不断地吃饭了。正像俄国一位诗人所写的："我看到面前无限连续不断的食事的连锁。"真是受不了。然而，从战争中归来一看，为了这无限的食事的连锁而劳作，如今更加刺激了他的冒险心。因此，刚一复员，水野康雄就匆匆在大学里入了户籍，随后受雇于某家火灾保险公司，当了一名联络员。首先，因为他早已熟悉任何一种危险，而给他以新鲜刺激、引诱他跃跃欲试的，是他尚未熟悉的所谓"绝对安全""安全确保"，还有"安全第一"之类有关安全的标语。但是夜晚，他又是另一种存在：他参加了过去一道弹吉他的学友组织的爵士乐团，到各处的舞场赚取生活费。对于夜间的他来说，又恢复了往昔的自己。具有战前哥儿气质的他，从中学时代起，就尝到玩女人的滋味儿，因为轻薄，才会将那种纯情而聪敏的官能的玩笑，一个接一个在女人面前展露。在这家公司里，康雄为同类青年们所拥戴，充分保有绝对老大哥的地位。看来，康雄白天的生活，即那种不太相称的联络员的生活，除了出于他的好奇与一时的心血来潮，不具有任何别的意味儿。基于他的性格，他们压根儿就无法从他行为的动机中寻找出本质的东西来。

战后种种美国风潮的流行，高雅的绣花领带，花格子双排扣叠纹西服，奇异的发型，粗大的戒指……这些本来不大适合日本人老派面孔的流行物，如今硬是装扮着他的容貌和躯体，使他总是具有同这些东西不太协调的特质。那种所谓特质，多半来自他的罗马风的鼻官和微显蓝色的无情的眼眸。他还有着浅黑的皮肤和官能的厚重的脖颈。作者没有任何诠释他的血统的打算。问题仅在于由他的容貌所窥见的与流行微小的不协调上。而且，流行这一现象总是基于逃逸流行本身的要求。若此，他所具有的微妙的不调和，实际上或许正是流行本身。

生在富有之家，他长大前没有见过父母的面。父亲未被开除公职之前，另有两处住宅。母亲有两位情人。未婚时的姐姐，每周叫男友拎起皮包出去旅行。吃饭时，全家聚在一起，父母、姐姐都无拘无束，甚至没有一点儿悔愧的阴影，交谈时总是带着理想的明朗的神色。为了同这种明朗的家庭气氛协调一致，他必须极力用一种违背道德的行为加以配合。开始和女孩子接吻是十六岁那年的事。他将这个秘密悄悄对姐姐说了，姐姐一本正经答应不告诉任何人，谁知吃饭时她就向全家人透露了。父亲说干得好，母亲笑弯了腰。年幼的妹妹和弟弟，以为哥哥的代数难得考了一百分，瞪着大眼，停下筷子。

可是，在康雄心里，青年时代初期那种袭人的精神欲求也极早觉醒了。结果，使行为正当化即思想的实用价值这一狂妄的谛观，先于他人而获得。战争一开始，因青年主动奋身投入，这种幼稚而不受约束的谛观，使他寻到一种最富于理想的出路。为什么呢？因为唯有这种谛观，才将放荡与战争置于同一条线上。他在"学徒出阵"[1]时加入海军，表现勇敢。

——战争结束了，一个巨大而光辉的失望。这使他开始切实感到必须要有一种新的思考，千方百计不使自己的行动正当化。在这样的前提下，有必要力求寻找一种不会被正当化的行动，反过来再从那种行动中探求那样的思考——例如，就像一个孩子所做的那样，为了考验自己的叔叔是否真的爱发火而偷窃他皮包中重要的东西。

他的生活如此充满事务性的忙碌。由于女人介入生活，人也爱烦琐了。男女关系，从某种意义上说，就是极其事务性的欢乐。

每天早晨八点康雄醒来。八点，在这个俗恶的时间点醒来，世界看来平安无事，颇为愉快。早晨先去上班，因为一定要到外面转上一圈儿，所以乘上拥挤的都电[2]去S站。他必定靠右侧的窗口站立。当电车驶过Y桥这座小桥，他就从窗口探出身子向高台上方眺望。那一带是幸免于火灾的高台住宅区。绿叶扶疏的小巧房舍欢声迭起。这个村落中插入一幢不太美观的两层楼建筑。他看到楼上的挡雨窗只有一扇保留在那儿。这扇挡雨窗的一半掩映于茂密的庭树里，宛若某种标识

1　二战末期（1943年），为补充兵力，将二十岁以上二十六岁以下的文科系大学生征集入伍或充当预备役。

2　东京都营电车的略称。

一般清晰地浮现出来。上班时繁忙的电车，倏忽驶过高台，一瞬间那扇挡雨窗早已看不见了。

　　——十天前的过午时分，他拿着保险合同续约书，访问那户有挡雨窗的家庭。出来的夫人居然是他十八岁时的女友。他一家和她一家每年夏天都能在海水浴场见面。一天晚上，两人散步途中，顺便到海岸一起荡秋千。两人面对面双腿相互交叉在一起，同荡一架秋千。他用力较猛，十七岁的她浴衣衣裾完全敞开了。他的裤子碰撞着她的大腿，疼得直皱眉头。于是，她假装要从秋千上掉下来，突然用两手抱住他的脖颈。不过，那时候，他真正喜欢的是一位年龄大些的高傲的女性，因此就像达夫尼斯和赫洛亚[1]般十七岁女子的恋爱，过了那个夏天就忘却了。

　　年轻夫人对这位善于将青春和服饰融为一体的潇洒而傲慢的青年，满心狐疑地打量好半天。能用一种事务性的目光凝视男人，这是已婚女子的特权，是公私混用最为理想的特权。

　　接着，夫人用那种常见的倦怠的自甘落后的语调畅叙久阔。或许有丰盈体态的缘故，穿戴方面多少有些随随便便。那种松松垮垮，同艺妓的严谨打扮具有相反的意味。他知道，那是对于丈夫的贞淑的保证。那副随意和风骚同年龄很不协调，因此在她身上，一种老成少女令人痛惜的美丽复苏了。然而，她一边表明家里很杂乱，一边将他引入客厅，当他望着她那走去沏茶的背影时，突然联想到，她那倦怠的举止，不正是为防备他再次损害自己的矜持，于某种不安之中不知不觉产生

---

1 古希腊爱情故事中的男女主人公。

的自卫手段吗？

这座客厅的一头连接着镶嵌大玻璃的宽阔的走廊，上面晾晒着夏天的东西。其中有明石绉绸、平绸、大岛纺薄花呢以及乔其纱等衣类，樟脑和霉味，却唤醒了心中鲜烈的夏天的阳光和夏天的香气。可是，定睛一瞧，仅有的几件男用的衣物，被虐待般地抛在一个角落。独享晾晒效果的只有她本人的衣物和高级女用品。女人不自觉地深藏于自己内心的瞬间，应该是一种危险。她的丈夫难道从此种晾晒的琐细的表象上没有任何预知吗？康雄回想起来，十七岁的她也有过这样的一面。她不明白，仅仅过于热衷于活着，是这一前提可以预知的不幸。这是令人着急的。

她端茶来坐在桌子对面，她的话题始终不离自己的婚姻生活如何幸福这一点。而且，她本人的幸福分析法，给人以奇特的稍稍居心不良的感觉。

天阴下来，晾晒的衣类黯淡了。

"啊，该收衣服了。"

她颇显老练地郑重地说。幸福的话题如罪愆令人疲劳。她似乎不知道自己轻微的持续不快的原因在哪里。因此，她不经意地瞅准了收拾晾晒衣服的机会，尽管知道刚才的荫翳是云层临时经过的缘故。

康雄拎着皮包站起来。她再三劝止也未能留住他。他们俩一边向玄关走去，一边望着庭园一隅树荫下儿童用的小型秋千，在微风中摇晃。

"还有秋千架哩。"

"这座宅子以前的主人立的。我们早晚要生孩子的，所以保留下来了……"

"是儿童玩的秋千啊！"

康雄更加诡异的笑容在她看来就是讽刺。代替回答的是，她浮现出颇为轻松的微笑。这种琐细的倦怠的努力，给人的感觉是，这个女子几乎无意识的女人特有的偏执，不知为何，总使她对康雄产生某种一味想顶撞一下的心情。他走到廊下回头望了望，这只不过是近乎茫然状态的毫无意义的动作。但是由于块头很大，他一站住，谁也别想再通过。

"忘记什么东西了吗？"——直到说完这句话，她的声音都很平静。接着，从肩头一带到整个身子，突然僵硬起来，脖子也强直了，低着头用两手推拥着他的身子直奔大门口走去。

"不行……不行……哎，快回去吧……求您啦，我很痛苦。"

一副朗诵式的滑稽的调子。康雄只得用说不清是愉快还是不快的顽固的心情听她抢先诉说。她那大幅度的动作，仿佛发生在极为遥远的地方，只是不适当地扩大开来，映入了眼中。

他转过视线。接着，她双手的强制就是命令，他径直向玄关走去。一方面，羞愧使她加快了脚步，另一方面，她又在极力表明"这羞愧并非属于我"。她的羞愧转嫁到我头上，给我增添麻烦。

然而，欲情强使两人自然地表现出行动上的暗合。康雄走到玄关，发现自己和女人同时坐在三铺席房间墙壁边的长椅上了。他立即走下木板地，本来想可以穿鞋了。坐在长椅上，这才意识到自己手里拿着的皮包。皮包的重量反馈到手指上来了。这种场合，如此琐细的忘却，足够挫伤他的自负了。

他满脸不悦，手不离横放在椅子上的皮包，一直盯着大门口瞧。

鍵のかかる部屋

"混账！我回头一瞥，没有任何意思。这种女人我根本不想出手。这是她的误解，误解之后就随便表白一番。我呀，本是代表保险公司来兜揽生意的，竟然连自己手里拿着皮包都忘记了，多么没出息啊！"——眼里回映着玄关灰白的毛玻璃门扉，外面应该是逼仄的前庭。树木落下纹丝不动的纤细的阴影。一只小鸟凄凉地鸣叫着，身影映在毛玻璃上。

秀子在这快乐的一刹那突然发出极不自然的放肆的高喊：

"好危险，我们差点儿又要干起那种傻事儿来啦！"

一声舒心的高叫为她带来极大的满足，她的眼睛湿润了。这事使得康雄几乎笑出声来。这时候，女人的面孔好似吃饱肚子的猫。秀子紧挨着他而坐，使康雄能够准确感受到她肩膀肌肉的重量。他把手伸向她的肩膀。

"做什么？"

秀子反转过脸来，远远盯着他。那目光一点儿也不感到惊奇。

——她的丈夫是四方脸型，生活上以循规蹈矩为信条，早晨一旦走出楼上的卧室，便不会再上二楼。他在楼下的餐厅草草吃罢早饭，比康雄稍早些时间去上班。秀子利用这一惯例，想出这样的办法，同每天早晨乘电车打高坡上通过的康雄互通消息。丈夫在楼下看报的当儿，秀子通常会打开楼上的挡雨窗，丈夫上班后，她开始打扫二楼。留下一扇挡雨窗，用来告知今天的情况。将这扇窗户留在中间，表示"正等着您"；靠近收藏箱一侧，表示"可以待一会儿"；全部推入收藏箱，则表示"今天不能来"。

五月过于明丽的日光，宛若又湿又亮的毛织物蹭着皮肤。那天早晨，康雄不知为何，感到十分沉重。从 S 站下车，走向保险公司大楼的路上，明晃晃的阳光一段段清晰地照在街道上，一种确定无疑的事情似乎使他感到不安。他想，究竟是什么事呢？当他经过保险公司瘦长的哥特式圆柱旁，登上两三级石阶时，那件确定无疑的事——"今天只要遵照挡雨窗的暗示到她家里去，那种行为保准就在那里等着他。"他以为，正是这种确定无疑的事，打从今天早晨起，就使他心中充满忧郁。品尝真正的喜悦，只限于最初的一天。战争时代的孩子，对于星期天之外禁止外出的规定已经习惯，失去了平日正常的生活。因而，战后的日常生活引诱着他的冒险心理，但当他发现连恶行也有日常生活时，如今更觉索然无趣了。

非正当化行动的决心，似乎因此种发现而迟钝了。正如每天早晨上班时，同一张大煞风景的桌子在等着他一样，按照那种信号走去，同一种美餐等着他，使他忍受不住。只要他去，那种事儿就准在那儿守着，这个没完没了的定理使他难以应付。

他开始放弃当天的幽会。访问完三家，回家睡午觉，六点钟照例去舞厅。他背着夏威夷吉他盒子乘上电梯。离康雄他们乐团的集合时间还有将近半小时，团里的伙伴们一个也没有来。这是由吉他、长号、小号、次中音萨克斯管、鼓、大提琴和钢琴等，以及歌手共同组成的十人乐团。隔着一道墙壁正在演奏中的探戈音乐，也在休息室里微微污秽地飘荡起来。椅子的数量不足，总有一人轮不上坐，所以这个人就只得坐在圆桌上，这已成了惯例。在交换场地的半小时内，乐士们用闲聊打发时间。

康雄坐在沾满烟灰的污秽的圆桌上，去年圣诞节银纸折叠的钟和装饰条幅等，满布灰尘，依旧耷拉在墙壁上；薄暮中霞光如火的大楼景观映入镜面。康雄的视线一边在这些景物上面往来徘徊，一边带着十分认真的表情检点乐器。隔壁开始跳伦巴舞了。摇动马拉卡思[1]的声音格外响亮。

这时，歌手走进这间屋子。她一身西式穿戴，显得十分得体，挺胸阔步走进来，犹如一只气势轩昂的水鸟。连衣裙外面罩着淡蓝色的绒鼠皮坎肩儿，生着一副不很突出的双下巴颏儿，谁都想摸上一把。那香腮儿细嫩的肌肉，那微含内敛与弹力、严谨而矜持的举止，还有那内部所蕴蓄的冷艳的光泽，所有这一切，似乎将她身上的特长全都集中到一起来了。

"哎呀，真早啊！"

"幽会时给女人甩了吧？"

"说这些不合身份的话，反而惹人恶心。"

——两人如此交谈着。不久，她消隐于更衣室内，刚才活泼的声音和身体动作，犹如她留在烟灰缸里的香烟的一缕烟气，暂时在房间里沉滞，飘散。据经纪人介绍，朝子由 L 乐团转入康雄他们的乐团已经三个月了，她从未发生过乐团女人常有的事件。康雄曾听说以前的乐团，没有男女关系的乐士一个也没有。乐士和歌手没有关系，这是不可思议的。乐队每每到地方去，机会乃自然所赋予。女人若不尽早

---

1 原文为西班牙语: maracas, 拉丁音乐中的一种打击乐器, 一称沙球。将瓜科植物maraca（葫芦）干燥后, 去除内瓤和种子, 放入植物种子和玉石屑等物, 双手各握一枚, 交替振动而发出响声。

归某人所有，有时演奏就会遇到困难，不能达到和谐一致。这种现象产生的原因是：普通乐团，有妻子儿女的乐士，因职业关系均有着特别好色的一面；而康雄他们的乐团，是教育良好的青年乐士。以前，有着这方面传闻的朝子，来到这个乐团之后，处处小心谨慎，究竟是出于怎样的考虑则无人知晓。是以为他们还都是一群毛孩子，让她瞧不上眼呢，还是故作神秘打算选婿呢？二者必居其一。话虽如此，朝子仿佛故意为之：在最年轻的实习乐士面前卷起裙裾，重新系好袜带；每天晚上轮番叫乐士送她回家。但没有一个人能使她就范。真的没有人能够驯服她吗？这种事儿谁也搞不清楚。不过住在一起的少数青年们，对那种男女情事彼此心知肚明，从相互的眼神中，不难看出对方的生活情景，所以已经干过的事也是瞒不了别人的。

随着一声嚎叫，传来物体倒塌的声响。那不是呼天抢地的悲鸣，而是伴随着有意唤起反响的呼唤，康雄突然有这样的直感。行动上，他一跃而出，扔掉吉他，跑进更衣室。这好比入伍时代的反射作用，听到长官一声怒喝，虽然一时分不清是否针对自己，首先保持直立不动的姿势。虽说是更衣室，但那里的设备，仅能供参加晚上八点以后演出的五位舞女化妆更衣。有两张并列的镜台，其中一张朝子也可以使用。进去一看，椅子倒地，朝子只穿一件衬裙，身子紧贴墙壁，惊慌失措地远远凝视着镜台上面。

"究竟出了什么事？"

"蜘蛛……那里有蜘蛛！"

那喊叫看来未必是撒谎，证据是她的面色确实很苍白。

"在那里，掉进白粉盒里啦！"

备用的白粉盒内，一只毛毛扎扎的巨大蜘蛛一动不动。康雄伸过手去，蜘蛛慌忙挣扎起来踢踏着白粉。他顺手拿起一张纸折成两折，将那蜘蛛夹住。一种意外的肉嘟嘟的感触传到手指头上。当时，蜘蛛奋力挣扎，试图逃脱他的手指，白粉一片散乱。康雄全神贯注，面孔紧挨着粉盒，呛得他喘不出气来。

"是扔掉，还是留明天做菜吃？"

"哎呀……太过分啦。你真坏。"

朝子孩子似的过早作出了判断，她以为他会开玩笑地把蜘蛛硬塞给自己，便高耸裸露的双肩，随时准备逃走。朝子那副近乎滑稽的认真的神色，使得康雄回忆起突然在走廊上拦住他、口里喊着"不行……不行"的秀子的表情。他立即变得残酷起来。

仅仅一两秒钟之内，两人互相瞪视而立。我们做游戏时，那种因倏忽瞥上一眼而又增添游戏兴趣的原始的憎恶，又以眩惑的速度，打二人面前猝然掠过。

"傻瓜！"康雄笑出声来了，"你的目光要吃人哩。"

"恶作剧，你也真是。"

——他转过身背向朝子，将裹着蜘蛛的小纸包扔出窗外。这时，康雄看到已经通到这座大楼背后、行人很少的废墟中的柏油路上，有三个人提着乐器箱向这里走来。三人都是乐团的伙伴们，他们都坐都电，经过这里是抄近道。康雄急忙离开窗户，但他的身影无疑已经被他们看到了。

——其他事先不说，这帮子青年对色恋都嗅觉灵敏，康雄从六楼投下纸包的那扇窗户，并不是休息室，这一点逃不过他们的眼睛。他们走来一看，先到的只有康雄和朝子。而康雄又站在更衣室的窗口……可不是嘛，康雄联想起来，无论如何我都不得不向朝子求爱，并且力求成功。众多实例证明，谁也不曾使她驯服，但求爱现场被人察觉这一失误，除了他没有第二人。正因为如此，我只能做一个最初的成功者……

尽管这种粗暴的决心，对于朝子出乎意料的感情倾斜度，有着不少遮遮掩掩的理由，但应该说，他由此再次陷入得以简单明了将行为正当化思考的世界。青年人的虚荣心，虽然常常被这种浮薄的动机导向近乎俗恶的行为，但俗恶本身无论如何都不会引导人走向未被正当化的行为。恶行的虚荣心将给恶行本身设置障碍。至少对于青年来说，若要保持"灵魂的纯洁"，较之美德的虚荣心，恶行的虚荣心更有效。

——他详细计算着那三人到达门口，等电梯升上六楼来到这个房间前敲门所需要的时间。

他扶起倒下的椅子，叫朝子坐到上面去，朝子面对镜子老老实实坐下了。要是从镜子里被看到，那就是男人的失败。

"我知道您在想什么。您有话要说吧？"

"嗯。"

"今晚能送我回家吗？"

"嗯。"

朝子从镜子里转过头来，仰起脸正视着康雄的面孔。她为自己的歌感到满足而陶醉时所表现出的孩子般可厌的神情，如今又浮泛在她的脸上。她微微蹙着眉头，嘴角边总是飘溢着一种无理取闹的紧张感。康雄发现，那双带着奇妙而纯洁的敌意的眼睛，此时似乎低伏下来了。

那双眼眉一旦低伏，一切都完了，任何一个男人都能感觉到这一点。

"真的吗？"

他好容易才憋出这样一句话。

"是真的。"

朝子回答。

——数十分钟后，这位康雄坐在舞台上，一边拨弄夏威夷吉他的琴弦，一边越过乐谱架，眺望着正在歌唱的她窈窕而晦暗的裸背。在他看来，这个女人似乎全身都布满笑靥。然而，这种女人唯独脸上没有笑靥。

就这样，他的冒险随处使他碰撞那道"确实"的墙壁。这不是矛盾吗？首先，他不是在"确实"中寻求冒险吗？针对那种难以承认的行为的欲求，看起来，唯有这种稍有不同的困难的冒险心容易实现，不是吗？

他也许用错了办法。他只是一味在恶行中寻求未被正当化的行为这类东西，或许这是错误的。只要在恶行之外的场所进行探求，这道"确实"的墙壁将被打破，"确实"的冒险也将成为可能，不是吗？

在这样的日月里，秀子每天早晨也在徒然重复着挡雨窗的操作。一想到这些，恶行本身内部存在的粗暴，一下子将康雄击倒。事实上，恶行的喜悦在同朝子的交欢中加浓了色彩。第三者嫉妒的眼神，世间的非难声，这些遥远的稀薄的关系，反而会充满有悖于道德的喜悦，这难道不是道德感还有快乐的深浅所决定的吗？事情似乎并非如此。同朝子的关系所带来的快乐，似乎来自背叛秀子的意识。康雄认为，这样一来，或许我可通过如此奇妙的弯路来爱着秀子哩！

——康雄听母亲说，有一天他不在家时秀子来访问过。据说那天她到这边办完事，想起幸免于战火的水野家，很是怀念，顺便来看看。她就是这样搞清了康雄根本没有生病，而是每天按部就班过着正常的生活。四五天后，她假借男人的姓名写来一封信，说想在这个礼拜四到上野的 N 旗亭[1]一聚，以避免那种趁丈夫不在家的冷清会面所带来的屈辱。仅这一次就够了，如果想分手，那就请来告别一声好了。想不到那种令人联想起贵妇一般倦怠口气的附有众多注释的信，被写成这种样子。

礼拜四一早，康雄乘坐摇摇晃晃的都电去公司上班。电车穿过 Y 桥，驶入抬头可以望见高台的地方。梅雨季节到来前，沉郁的天气已经持续好多天了，这天依然如故。抬眼看着阴霾的天空，总以为人的习惯、因袭和规则这类东西，都是从那里掉落下来的，不是吗？这天的阴天和其他日子的阴天没有任何差异。要问什么相似，人类世界再没有与今天这般相互一致了。人耐不住这种残酷的相似。

来到高台，每天早晨抬眼遥望那里，这已成为康雄可厌的习惯——这种最高贵而完美的"忘却"的作用，和最丑恶而愚劣的"习惯"的作用，总是结合在一起。没有比这种结合更不合理的了——挡雨窗每天都不一样，"正等着您"，"请待一会儿"。看到这些，康雄就实实在在感觉到自己在她生活中所占的位置。纵然康雄确实填满了她的空间，但如此一遥望就可以明白，那些空间如果不被填满也可照着不被填满的

---

1 同料亭，较为高级的酒馆饭铺。

样子，把日子很好地过下去。每天早晨操持着挡雨窗的变化，这就像半开玩笑地教一个孩子玩恶作剧游戏，康雄隔了一个月跑来这里一看，这种游戏依然在继续。看到这些，他对自己深表厌恶。因为是挡雨窗，问题变大了，心灵才会受到如此伤害。假如那是一枚扑克牌，又会怎样呢？丈夫不在，年轻夫人守家，独自一人玩游戏，既无人谴责，亦无人窥探。她似乎又念念有词地将桌面上那枚红心 A 竖立起来看了看，她也并不认为男人会跑过来。望着红心 A 的只有她一人，除了她谁也不会看到。假如她相信有人看到并应着这种记号随时跑来幽会，那她就是迷信。这么说来，谁能断定每天早晨竖立一扇挡雨窗不是迷信呢？

之所以不得不加以排拒，或许是因为康雄的心情尚未变得十分酷薄。康雄还想从那扇挡雨窗里，再度窥看秀子那种一味任性而勉强做出的微笑；再度看看那自甘堕落、穿着一身和服的特别年轻的女子一个人的游戏；她的漫长的一个人的白昼，以及有时漫长的一个人的夜晚。那赤裸裸的孤独的生活，虽说在寻求康雄，实际是拒绝康雄。将康雄整个儿嵌入她的生活这种考虑，与其说是为了康雄自身，毋宁说是为了秀子难于忍耐的现状，不是吗？他每天早晨虽然这样注意挡雨窗，但一想到"今天去吧"，那天早晨醒来后决心又被打消了。而且，夜里多半同朝子在一起。朝子的身体一到夜间就像熊熊燃烧的奇妙而令人发愁的森林大火。

——但是，礼拜四早晨，康雄从电车车窗所遥望的那家二楼上——有时阴霾的天空下，巨细一概无所见—— 一扇窗户都不留，收拾得干干净净，清清爽爽。这种情况一次也未有过。论起信号，虽然表示"今天不能来"，但他认为这已不是信号了。她或许有了某种转机。那里的二楼就像丧屋一般冷清而空寂吧？她不在家。

于是，她那富于灵感的时常想访问康雄的突发性决心再次出现了。这使他信守白天的约会，去一趟直到最近再也不打算去的上野的 N 旗亭。

N 这个名称并非谁都知道。附近一家有名的料亭，在战争中被毁，于是便转移到业余做锄烧[1]的那家店铺。因而料理店被命令停业，N 也以租借名义另行开张，向熟悉的宾客供应酒食，对那些关系亲密的客户，作为内部贵宾给予留宿。因而，店内逐渐飘逸着诡异的空气。情侣房间内的橱柜上，偶然放置着房事用具。当时，秀子和这家如今已经出嫁的女儿一起在女校上学，她经常应邀来这里，所以正好为己所用。

康雄若无其事地被领进秀子的房间。他和女人见面或分手时，既不装模作样，也不拘谨无奈，这是他的本领。他很明白，大凡这种时候，最高明的是保持一种事务性的态度。如此轻松玩弄个人感情的人，最具有恋爱的资格。在这一点上，有着现代人所无法品尝的趣味；但另一方面同时又是将随波逐流的自己看作主动游泳的自己，仅仅由这种正确而生硬的误判所组合的一种明快而毫无误差的世界的趣味。因此，一无自觉的人也可以生活在似乎已经意识到一切的错觉之中。因为他对这种错觉永远都一无所觉，他相信"已经意识"的意识，以至于采取一种纯粹虚构的形式，仿佛是这种意识推拥着他游泳……

秀子将身子转向进来的康雄，连忙拿出坐垫儿让他坐。她一扫那

---

1 原文读作 sukiyaki，牛肉、豆腐和葱等混合煮的火锅料理，一译"鸡素烧"。

种倦怠而忧戚、生活中有着某种依靠的安堵令她自感堕落的样子。一副双膝闭拢、神情凛凛的态势，即使从穿着方式上也流露出来了。在仅有的时间内，不贞使她变成一位精悍的女子。沉默时候的她，总带着严肃的表情。

"您打算分手是吧？一看眼睛就明白了。"她作为弱势女子先出手。康雄突然被她将了一军，但丝毫也不惊慌失措。奇怪的是，这一瞬间，"说不定我依然爱着秀子"这句从早晨起就念念不忘的内心的独白，变成麻木的确信般的东西，遮掩了他的惊讶。被遮掩的惊讶，将硬化的爱的确信——实际上只是他胆怯的铠甲赠予他，使他时时感觉到一种宽舒。他放松多了。他想说点儿什么。

"不要说了。我不会像愚蠢的女人那样使您为难。不必再拿什么话说服我了。"

她的声音发颤。即便忍着不哭，下唇也不住地抖动。她掏出手帕，以为要哭出声来，却没有眼泪。至于掏手帕这类琐碎的动作，似乎显得十分慵懒。秀子像优等生那样，十指并拢，规规矩矩地扶在桌子的边缘上。她坚忍不哭，表情变得无从依靠的顽固，这一点连她自己都没有觉察。

面对这个似乎戴着假面具的女人，康雄一边喝着送来的酒，一边想象着每天为开关挡雨窗而苦思冥想的女人那可怕而一丝不苟的容颜。他卑怯地暗中描画着，但康雄不会将这种卑怯作为自己的卑怯加以反刍，他不是那种男人。秀子时时含着忧郁的眼神，一边眺望阴沉而灰白的柏油路远方，那笼罩着一派灰色的 S 水池广阔的水面；一边诉说着明日同丈夫别居、返回故乡的打算。打从认识康雄以后，她清楚地

慈善

知道，自己不爱丈夫了。如果还在伪装自己，勉强住在一起，那么自己和丈夫只能一同毁灭。基于此种理由，她决心别居。但是这个下定决心诉诸行动而永不后悔的女人，亲口提出"别居"，究竟是怎么回事呢？如今因为害怕损伤自尊而必须抢先出手吗？康雄一边感到惊讶，一边不自觉地联想起身穿晾晒过的那件夹衫的秀子，对梅雨季节湿热的大气早已惯熟的身体。那肌肤似乎有着暗郁的扑鼻而来的甘美的浓香。他又毫无缘由地继续浮想联翩，想象着那晾晒的衣类中的樟脑和霉味儿，以及复苏于心中的夏日酷烈的阳光。其间，秀子一边诉说，一边向这里一点点挪动着身子，本来坐在桌子对面，不觉之间已经同康雄膝盖抵着膝盖了。

康雄突然感觉自己膝头受到对方膝头压挤的鲜烈的力量。施压的秀子佯装不知，依旧低着头。她说："分手时就请再接一次吻好了。"秀子自以为这话是不经意说出的，但康雄从她的口气里全然听出这是孤注一掷。她从一开始摆出的那副分手的做派 [1]，也是为了将他导向这方面来。秀子寄望于这次接吻，她想借此捞回一切。她简直就像二人一起跳海时那样，用纤纤玉指抓住康雄的指头，十指相合，开始一次没完没了的长吻。事实上，这是使双方透骨销魂的接吻。就像一对少男少女，他们自己感觉这并非犯罪。这样的实感是肯定无疑的。

但使康雄感到莫名不快的是这种无垢的感觉。他装着用酒洗唇，随即将酒杯送到嘴边。秀子看到这一举动，脸色刷地苍白了。

"干吗急着喝酒？您不喜欢吗？"

鍵のかかる部屋

---

1 原文为英语：gesture，意为身段、手势、动作等。

"这不怪你。"——逢到这种场合，康雄总是用这句口头禅企图逃脱。另一方面，他从那种想说什么就说什么的残酷的爱情表达的热情中觉醒了。

"只是我呀，对于双方丝毫没有良心上的自责感到厌恶。如今嘴上虽然说得好听，但不就像两个纯洁的少年男女在接吻吗？这使我很生气，觉得不可思议。我本不该和一个背叛丈夫的女人那样热吻。"

"女人对于所爱的人总是满怀纯情。"

"这是另外的问题。两人在干不道德的事，又丝毫没有受到良心上的苛责，这是怎么回事呢？我们一方面认为在干着不道德的事，另一方面又什么不道德的事都没干，不是吗？我们能否清楚地表明已经背叛了你的丈夫呢？"

"您这是在一些琐事上绕圈子。不燃起一场三角关系的大火来，您是不甘心的，对吗？我不需要什么良心上的苛责。所谓不贞，就是同丈夫以外的人睡觉，这种事儿，谁都做得出。"

"事情就那么容易吗？"

——康雄说着，连自己都忍不住笑出声来了。秀子的话又反响回来，从他心头闪过，给了他一个启示……

战争使道德沦丧，这是谎言。道德随时随地都会跌跤。然而，正如运动的人需要运动神经一样，没有道德的神经，道德也就无从把握。战争所丧失的是道德的神经。没有这样的神经，人也就不可能有道德的行为。因此，也就不能到达真正意义上的非道德。

但是，根据秀子不经意说出的话，康雄和秀子在不具有一点儿道德神经的情况下似乎很轻易地到达了不贞。无道德似乎也轻易到达了非道德。若是这样，康雄想，为什么就不能轻易到达道德呢？

绝对的无道德的贞节，不是也可能有的吗？绝对不懂道德却为道德奉献，不是也可以吗？倘若无道德的无限定因为这无限定而轻易被包裹在非道德乃至道德这样的限定之中，倘若大象就是因为太大这一缘由输给了老鼠。

——这里存在着绝对没有动机、绝对没有道德基准的善行。善行的"善"这一属性，乃为外部所赋予，直到最后都和内部没有关系。他在动机上具有绝对不被正当化的行为。为什么呢？因为本来就是正当行为，何须再经过正当化？

——他决心从今以后保持永不衰落的慈善家的目光。当前的善行，就是在现世玉成那些毫无意义的贞节，就是同秀子分手。

"分手吧。"

康雄双目炯炯地说。秀子只是记挂着康雄是否意识到自己的挫折和屈辱，除此之外她什么也不想。她自己不是说过"分手的接吻"吗？

两人都对别离所特有的活鲜的时间感觉无所适从。别离的感情有时易碎似玻璃，有时坚固如杠杆。S水池上，水鸟呼哨而起，阴郁水面的反射给那里的空气增添了肌理细腻的富于黏性的湿度和光泽。他抽起烟来了。火焰在香烟上静静喘息着向前爬动。突然，他听到秀子为激情所驱使时那种近乎痴呆的明朗的声音这样说道：

"请不要抽烟。火焰渐渐爬动，就看不清时间移动了，谁受得了啊？"

——徒步走向上野车站的路上，站在道旁的乞丐拦住了康雄。母子二人虽然衣衫褴褛，但身体健壮、全神贯注的神态令他十分满意。在无法说明白的奇妙的兴奋之情驱策下，康雄投去十元钞票。他以为是十元，其实是百元。乞丐母亲用佯装盲人的手火速按住，团作一团儿揣进怀中，嘴里翻来覆去一个劲儿道谢。秀子吃了一惊，抬起眼望望康雄。然而，她的眼睛是否探寻到这一偶然的慈善行为，促使他嘴角浮现出的道德性的微笑之美？

　　日光透过云朵浸染下来，为街衢罩上一层脆弱而稀薄的轮廓。不一会儿，两人穿过马路抵达上野车站，在那里分手了。

　　晚夏的一天，康雄为办理保险公司一件要事，走访秀子的家。他竟能厚着脸皮再度前往那个地方，这是他的本领。这时，一个比秀子明显年轻好多的不到二十岁的小个子女人出来开门。一个声音在里面问道："是水野先生吗？快进来。家里很乱，请到这边来吧。"听起来是一副自来熟的腔调儿。或许是主人歇业在家的缘故，见面后谈话之间，以前那种励精图治的传闻看来都是靠不住的。

　　被引入的房间是餐厅，上午十一点了，秀子的丈夫正在那里同一位康雄素不相识的女子吃早饭。他是一位比想象中更年轻的又矮又胖的男子，生着一副为秀子所厌恶的竹篾般的手指。面对初次见面的康雄，仿佛不当作初识之客加以对待。康雄思忖着，他是否怀有某种用心呢？看来那不过是便于展示他和女人早寝以及很晚才吃早餐的情形罢了。

　　——当晚，康雄又去常去的舞厅演奏。他在跳舞的人群中认出了秀子。她穿着女学生爱穿的高档的大格子琥珀绸的连衣裙，同一位学生模样儿、未穿西服的青年一起跳舞。她趴在男的肩头，眼睛时睁时闭。男的不住说着什么，看起来是在向她肉麻地谄媚。秀子像是被咯吱似的不时发出一阵阵痉挛般的微笑。跳狐步舞时，灯光转暗，两人更加紧密地抱在一起，东摇西荡地跳着。男人的臂膀穿过秀子腋下，深深挽住她的背后，因而，秀子的左肩被高高架起，那舞姿看起来极不自然。因而，可以远远窥见她肩头白布里子缠裹着的白嫩的肌肉。秀子也一定看到康雄了，但她或许考虑这里不是随便点头微笑打招呼的场合，因而佯装一副素不相识的样子。

那天，康雄偶然碰到自己所做善行的结果，不止这两件事。当他结束舞厅的演奏和朝子二人一同前往她的公寓的路上，朝子一边仰望废墟上空漫天灿烂的星辰，一边偎依着他的身子走着。"您不生气吧？不管我说些什么，您都不会生气吧？"她至少重复了十多遍。朝子微微喝醉了，因而他不予理会。其间，她终于站住，抓住他白麻布的西服袖子，问道："您真的不生气？""你真啰唆！"他回答。"我怀了您的孩子啦，这种事儿可不是光说一句什么啰唆不啰唆就能解决的啊！""开什么玩笑？"他脸色惨白地回答。此后一直到她家之前，他一路上除"撒谎"和"别开玩笑"这两句话之外，决心什么也不说。嘴里虽说是"撒谎"，但越来越感到是真的。康雄沉默不语了。

孩子的事一向由父亲说了算，所以至今没有一件是留下尾巴的。他预感，这回是逃脱不掉了。孩子这件事儿确实是冒险。他摊开双手，温馨的星空就在他周围。家家户户都亮起了电灯。

完全无动机的善行如此将一些确实的善举播撒于地上，人们感到不能获得救赎。"善"离开他的手，变成星星那样的恒久不变之物，绝对不可能将他的行为加以正当化。如今，他感到自己已经开始明白这种思考的实质，即他的行动无论如何都不可能被正当化。这正是人们称为"宗教"的东西。他感到怀着这般心情是无法等待孩子的。为了通过堕胎的行动拯救自己，他决心皈依某种宗教。然而，正如读者所看到的，他缺乏一个重要的条件，那就是"悔恨"。

慈善

讣

告

訃 音　一九四九年七月

花费三四十分钟揩拭烟嘴儿的工作结束了。这是一只他所钟爱的象牙烟嘴儿。经白麻布手帕仔细揩磨，象牙内部浮泛出冬天太阳般温雅的色调。他动作机敏地用指头撮起一支香烟插了进去。

他从旅行包里挑出一本书。这是茂吉[1]的歌集，他已经通读了。每次旅行，他都不忘带上这本书。袖珍本的《谣曲全集》，他已先行读完了。只剩下高中时代的同学赠阅的一本译作。翻译这本小说的同学是法国文学研究家、东京大学讲师。这不是他感兴趣的书。十九世纪二流诗人的随感录，因为翻译著作权变得很麻烦，无法出新版，只得挖掘出这一本来出版了。

---

1 指斋藤茂吉（1882—1953），歌人，医学博士。主办过和歌杂志《阿罗罗木》，出版歌集《寒云》。作品还有歌集《白山》、《灯火》和评论《柿本人麻吕》等。

他盘腿而坐，点燃香烟，读起书来了。

……这个世界，最折磨我们的是一些琐末细事。最可怕的不是暴风骤雨，而是地平线上出现的一点儿云彩。雕刻家在时间上为细部而苦恼，诗人单为一个警句而费尽思索。所谓压倒世界的苦恼，并非属于哲学的天才的专有物，犹如用牙疼这一形式为万人所共有。牙疼之中亦有世界之苦的表白。人们往往忘记，苦恼的等质性先行于精神问题……

正如所预料的，这不是一本有趣的书。局长将草草装订起来的翻译书塞进书包，说道：

"还有二三十分钟。"

"只剩两个站了，五点十二分到达，不到半个小时。"

"哎，可不是嘛。"

局长又在找旅行包，他打开包一看，正巧接着刚读过的那一节：

……然而，作为时间的此种等质性，具有使人变换为一种战栗性的物质存在的瞬间。这种瞬间不是别的，正是诗的实体。

——再向下读只不过是为了预备性的遮羞。探索的手随即掏出了手镜。

这只手镜在局内无人不晓，田中办事员见了也无动于衷。他并没有将视线挪开去观望车窗外不断移动的梅雨时节的田园。一种谦让的麻木感数十年来已经凝固在一起。他偶尔微笑时，似乎是将"笑"这枚橡皮图章按压在文件上。

桧垣金融局长三十七岁。作为财务省的局长，像他这样很早发迹的人被看作异例。局长依然对容貌抱有很大自信。无髭，鼻梁秀挺，年轻得可厌。因为始终不住地揉搓，脸上的皮肤油光闪亮。出差旅行之际，在未到达很多人出迎的目的地之前，为了对面孔仔细玩味一番，就需要手镜。

他穿着做工良好的英国暗纹呢西服，高中时代当过游艇运动员，因而体格健壮。鳄鱼皮衬里的女用方形手镜，映着眼睛，映着鼻子。发现了什么呢？他用小手指久久挠着鼻翼，扭扭腮肉，看有没有弹力。他从胸前的口袋里掏出梳子整理头发，那是一头富于青春气息的黑漆般浓密的秀发。

这阵子，田中办事员从戴着的老花镜后面毫不关心地望着这个情景。即使到达目的地，也没有人会观察田中办事员的脸，观察的只是局长的脸。对于上层人物来说，手镜也许是必不可少的东西。要是阴差阳错他田中做了局长，恐怕也是爱用手镜的。不顾忌周围目光的男人的化妆，看来虽然颇为滑稽，数十年来司空见惯的权威者的个人情趣，不再使他感到惊奇。战时的局长，演说前为了平静一下心态，有的一旦站在讲台上，就不住地抓挠自己的屁股。那种样子实在滑稽。田中办事员很会搓纸捻儿，文件都是用他自己搓的纸捻儿缀集的。历代局长的私生活和传闻轶事，一个不落地保留在他记忆的文件里。用他记忆的纸捻儿缀集起来，按年代顺序叠放在记忆的文件柜里。他也知道前代局长的父亲因患脑梅毒死在精神病院里。他说要去银座买东西，买了五千双漆筷，装在帆布包里背回来。第二天又要去，这回买回来八百帧山田五十铃[1]的肖像画，因而被送进了医院。另外，他还知道，桧垣没有小孩，局长是养子，夫人患肺结核，长期住在湘南疗养院。他还知道，局长已经去世的养父，是一位难得的好父亲。他原是财雄一乡的富豪，临死前十分精明地处理了遗产税，将损失降低到最小限度。

看局长的表情，就像因为长粉刺而苦恼的中学生，一边微微弯腰照着手镜，一边用无名指轻轻按压鼻翼。论起他脸上的缺陷，也许那鼻翼看起来给人爱发怒的感觉吧？接着，他瞅了瞅手表，像从厅里下班急忙收拾文件一样，胡乱将手镜扔进旅行包。还有五分钟就到达目的地车站了。

县内下榻的旅馆是大房间，当晚举行欢迎宴会。桧垣局长背倚房柱而坐，一副尚未到达傲慢程度的磊落的神态。

桧垣也明白，虽说称为欢迎宴会，其实是自己吃自己。作为公开靠交际费开支的宴会的主宾，本省的局长就是最理想的出资的人选。但是，被利用的那种妙味儿，比起半诚实半尊敬的敲竹杠，酒味儿更浓。

县厅[2]所在地的这座小城市，是养父的老家，至今依然在利用养父的名望。桧垣将来假如参选国会议员，必须以这里为地盘。如果守着现在的公务员干下去，今后最多做到副大臣罢了。他想瞅准适当的时机打入政界。为此，他应该加入养父经营的地盘，借以开拓利用自己

---

1 山田五十铃（1917—2012），电影演员，她和水谷八重子以及杉村春子并称"日本三大女优"，主演《箱根风云录》等。

2 县厅，县（相当于省级）的最高权力机关，县政府。

工作成果的地盘。桧垣是不会放弃到这座 M 市出差的机会的。

M 市是保守党的势力范围，虽然不知道是进步还是反动，但考虑将来，他极力不靠近财务省的进步分子。他为缫丝业获得有利的金融上的特例而尽力，这件事使得 M 市有权势的人占大半的缫丝业界人士对他印象极佳。据某家地方报纸报道，有的业界人士，将他登载在《日本经济新闻》上的照片，剪下来供在神龛里。

这是颇为俗恶的大房间，挂着头山满[1]书写的匾额。战时的一次军部宴会十分热闹，一位大佐在壁龛的花瓶里撒尿。座席呈"凹"字形，坐着三十个人。桧垣嘴边浮现出自以为充分发挥人格魅力的微笑，他从酒杯上方遥望满场人员。

从对全体出席者轻蔑的结果看来，桧垣是极富人情味的主儿。也许他已经看破，虽然在酒宴上装豪杰，但只要稍微用眼睛看一下别人，他的性格就丝毫没有豪杰之风了。他很明白，自然是使人显得大气的要素。不自然的谦逊就是一种可厌的傲慢。他把稍稍中和的自己向世界展示。世界这个东西，具有预想不到的女人般的母性。比起针对自己的不即不离的谦逊，他更喜欢那种不会损伤自己、经过中和的天真无邪的哥儿气质。

他的胃里始终潴留着冰冷的满足，冷肉般的满足。为了使满足永远持续下去，就必须保持冰冷。对于有些人来说，野心燃烧了他的身子，而他的野心却起着冷却的作用。这就证明了野心是高级的，是真品。

---

1 头山满（1855—1944），日本福冈人，国家主义者。创立玄洋社，提倡强硬外交，战时右翼势力的代表。

桧垣喜欢"真品"这个词儿，经常使用。

"平时总是承蒙大家关照。哦……对不起。哦，请接受我的敬意。"

地方银行总裁从榻榻米上挪着窝儿过来敬酒，为此，他又特意将脱下的西服重新穿起来。因为动作很急，西服一边的领口歪斜了。这位五十岁的男子，即使不喝酒，那猪头般的红脖子也会特别显眼。

"太感谢了。"

桧垣规规矩矩重新坐正。县厅的总务部长和大银行分行经理，满含兴趣地望着两个人相互应酬。局长一旦有个闪失，对方这一周闲谈时就不愁没话题了。

地方银行总裁说："我受到过令尊的多方照顾。"

对方一眼看出他有借助养父地盘参选议员的企图，总裁抬出养父，估计不至于有什么妨碍。

"我童年时代，令尊曾经让我坐过三轮车这种中等交通工具，那是第一次受到令尊的恩顾。唉，我们这些穷人家的孩子，连三轮车都没有见过啊！"

岩石般的面孔，撒娇似的微笑。欲望强烈的人，通常都有这样天真的笑容。因为强欲这东西原是童心的一种。

大房间内，飘溢着令人郁闷的梅雨阴湿的夜气和香烟的烟气。一副侠客打扮的桧垣，将宝贝烟嘴忘在房间内的西服里了，这可是很少有的事。不通过那支烟嘴，抽起烟来风味儿大减。但又犯不着回房间去取，就那样算了。

坐在下座的年轻地方官，同巡回敬酒的旅馆女侍逗笑。同样是女侍，一来到上座，就神妙地畏缩起来，到了下座简直成了调皮的丫头。

桧垣不同于年长的局长，他对花柳界不感兴趣，身处这种场合，新桥和赤坂[1]都不是他留恋的对象。他重病的妻子长期住在疗养院，另外还给妻子的亲友——孑然一身从满洲回来的年轻寡妇补助生活费。这个女子英语很好，在进驻军里工作。她美丽而有教养，战时就能熟练地翻译萨默塞特·毛姆[2]。土生土长的桧垣喜欢她的教养。艺妓没有教养惹人厌，这是二十世纪三十年代青年人的口头禅。如今虽然不流行了，但他依旧墨守这项成规。尽管是位处于多种诱惑境遇中的女人，但桧垣对她心如止水，毫不动摇。自己喜欢她就是最大的恩惠，这是"爱"这一事实的客观方面。爱情问题也好，金钱问题也好，社会终归是凭借射中正鹄的客观判断的车轮在运转。这一健全的信仰，成为桧垣蔑视的支柱。尽管蔑视的趣味易于使感情停滞，但能为他提供新鲜的活力。看来，手镜的必要亦来源于此。

田中办事员在他身边已经昏昏欲睡了。他虽然凭在本部门的资格被奉为上座，但平时这种毛病并不讨人喜欢。老花镜从易滑的鼻梁上滑脱下来，正好停留在鼻子中央。硕大的耳朵在面孔两侧像手掌一般敞开，其中生长着可厌的黑毛。据说是长寿的标记。

"嘿，这家伙长寿又能怎么样呢。"

桧垣将手伸向田中的肩膀想摇醒他，这时县厅的总务部长正要前来敬酒，他的这一打算受挫了。

---

1 均为艺妓集中之地。

2 萨默塞特·毛姆（William Somerset Maugham，1874—1965），英国作家，剧作家。文学创作以冷静、客观乃至挑剔的目光看待人生，带有幽默和讽刺的情调。主要作品有戏剧《圈子》，长篇小说《人生的枷锁》《月亮和六便士》等。

这是一次无聊的宴会。个个沉默寡言，面无表情。人人缺乏机智灵活的表现，一味只靠生硬的傻笑制造气氛。桧垣的身旁不知不觉早已被四五个核心人物包围了。

"局长！为这县尽点儿力量吧。我们县在东京郊县中纳税的成绩最为突出，不是吗？这样彻底完税的背后，一定有不平凡……"

"我知道。"——局长生怕他们啰唆没完，故意热情地说，"考虑我自己，老实说只能给我减税，哪怕加入共产党都行。"

"好一个局长！能讲出真心话来。"

"回答得好！"——总裁说，"啊，若能出现这样的大臣就好了。啊，即便惹怒赤色，也不肯开这个头儿。啊，真好。"

"局长真行。"——县厅一位戴圆形眼镜的科长，令人可厌地重复说。这是一个翘着下巴颏、长相刻薄的男子。"认识您，实在很荣幸。来，请干一杯。"

桧垣感到机会来了，这是赢得这帮家伙好感的时候。在财务省内，年纪轻轻最善于使新闻记者驯服的就是他。"切不可得罪新闻记者。"这是岳父生前的训诫。岳父在这方面舍得花钱。他执拗地相信，自己的亲友在"帝人案件"[1]中受到损害，就是新闻记者捣的鬼。

桧垣偶尔手持女侍送来的酒铫子站起身，从上座开始按顺序一一敬酒。总裁依然带着可爱的笑容接过杯子喝了。转到下座，接受敬酒的人，态度一律变得庄严起来。虽然明白这敬酒并非出自诚心诚意，但这在过去是从未有过的。一位老银行职员恭恭敬敬致辞时，背后的

---

1 1934年帝国人造丝公司围绕股票买卖而收受贿赂的案件。

骨头一声脆响，仿佛咕嘟咽了口唾沫。其实那是油污闪亮的带有时代印记的旧哔叽西服发出的声音。

"来，干杯！"

"哎呀，真是太感谢啦。"

桧垣感觉到一种复杂的怜悯。一旦看到对方的鄙俗，随即以怜悯和残酷的满足这种二重意识反馈回来了。对方的鄙俗并非因为桧垣，只不过是桧垣占有的这把交椅。"我不知道，当然也就没有责任"，这样的感觉桧垣当然也是有的。再加上当官的人对未来固有的不安——一旦离开这把交椅，恐怕谁也不会再理睬我了——这形成了二重意识。

大房间的最下座摆着拾掇来的酒铫子，旁边坐着一位青年。

大概是让刚雇用不久的人临时帮忙吧。记得女侍们人手不够时，这青年来斟过酒。他面孔通红，娃娃脸，穿着污秽的黄褐色衬衫，端然而坐。他对谁都不加理睬，只是默默一个人呆坐着。

这位青年身边坐着爱拍马屁的小官僚，桧垣给他倒酒。这个人在车到站时，立即夺过桧垣的旅行包提在手里。这男子身子单弱，薄嘴唇，那副长相即便不请算命的卜上一卦，也很难想象他将来会出人头地。那男子用两手的手指尖儿捧持着酒杯，接受桧垣的斟酒。每斟一次，他就点头称谢一次。他那没有裤线的膝盖儿，缩在一起，一副毕恭毕敬的样子。

桧垣一边斟酒，一边注视着身旁这位青年。对方也望望他，视线碰在一起了。其实，他长着一双清纯而美丽的眼睛，在现在的青年中从未见到过。

不知为何，桧垣有点不好意思。

"怎么样，来一杯？"

说着，他把酒铫子的口对着青年的前胸。

青年用朴拙的动作从饭盘内拿起杯子，也不笑一笑。拿起的杯子被斟满酒，他真诚而轻松地回了礼。他低着头，意思是已经够了还是真心打招呼，叫人摸不着头脑。有一点很清楚，那态度并不傲慢。然而，他那种施礼角度不足，使得桧垣感到有些惊讶。他的反应像生气，但比起生气先是无意味的战栗。

"这家伙或许是共产党，看到权力就一个劲儿反抗，可能是左翼幼稚病患者。"

这一刹那的臆测仅仅是臆测。不仅如此，也有制约愤怒的反省。那种对人逐一卑屈的施礼所感觉到的并非必要的怜悯，同因为施礼草率而引起的愤怒无疑是矛盾的。但是，无意识的反抗，使得桧垣的目光变得锐利了。青年低着眉头，用不习惯饮酒的动作干了一杯。

邻座的小官僚看到了这个场面上的气氛。

"哦，刚才……"他搓着手站起来，"很荣幸承蒙局长亲自为我斟酒，为了感谢，我愿意首先表演个节目，各位有何不同意见吗？"

看来他早已习惯于每次宴会这项例行的工作。他用说相声的姿态回报满场的喝彩。

他站起来后，桧垣占据了他的坐垫，于是他喊道：

"女侍姐儿，拿坐垫来，拿坐垫来！"

他选了一首《新婚被窝》，边唱歌边表演猥亵的动作。

桧垣笑嘻嘻地瞧着他，桧垣留意到邻座的青年没有笑。

"说不定混入了地方报纸新来的记者，装扮成社会的木铎[1]。"

这个疑问本来稍加解释就应该明白，但不使他这么做的有两个原因。其一，怕伤害自尊心；其二，来自这位通红面孔的单纯的小伙子默默无言带来的威压。可以说那是使桧垣瞬间产生愧怍的清纯目光的威压。那青年转向无法背对着的小官僚猥亵的舞蹈。

桧垣一阵拘谨起来，这是对给予自己侮辱的对方强行宽恕的绅士般的拘谨。这种绅士般的拘谨，往往会上升为对对方的一种媚态。

小官僚唱罢回到座席上，局长让开位子踉跄地走了两三步。这种姿态本来是做戏，站起来之后，才意外地感到喝醉了。未曾开口之前就发出呼唤，其间还夹杂着拍手。房柱旁边刚从瞌睡中醒来的田中办事员的面孔，停留在他的眼睛里。他眯缝着眼瞧着这边。局长轻轻咋了咋舌头。

"好吧，来一首东京民谣《东京号子》。"——局长一旦开口，奉行事大主义[2]的听众肃然倾听。"好，我领头，曾在东京任职的 N 总务部长和 Y 分行经理请站起来。"接着，又突然加了一句，"田中办事员也请站起来。"

一座皆大欢喜。总务部长和分行经理硬是被提溜起来。田中办事员自以为经常随侍局长身旁，所以满怀自信，迈着可厌的坚定的步子

---

1 古代以木片做舌的铃铛。比喻教化世人的人，社会的先导者。《论语·八佾》："天下之无道也久矣，天将以夫子为木铎。"

2 "事大"一词出自《孟子·梁惠王下》中的"惟智者为能以小事大"一语，主要指小国依附大国以保存自身的策略，早期运用于中国古代战乱时期，后成为历史上对朝鲜、日本与中国关系的一种描述。

独自走了过来。

突然，地方银行总裁主动参加，跳舞的一共五人。大家一起鼓掌。局长一开头，全场大乱。跳完舞，桧垣被众人包围，逐一接受每个人的敬酒。但长年的习惯依然没有改变。只是一连串同样的语言，在噪音中刺激着耳鼓。

"局长真行，局长真会说话啊。"

"真会说话。"

"真好，局长是个好人。"

这些话在每个人嘴里稍稍有些变化，声音不时重叠着，有节奏得像合唱一样。房间的一隅，离群的两个醉汉，互相攀着肩膀，没完没了地重复说：

"好局长，会说话。好局长，会说话。"

不知为何，似乎还流露出过于认真的悲叹。

"桧垣先生实际上很优秀啊！"

他听到一句直截了当、硬是加在头上的富有乡土情爱的话语，与其说是阿谀，毋宁看作是朴素的悲叹。桧垣正要去厕所，大家随之对他另眼相加。看来是好不容易使他们承认自己能干才去厕所的。先前在座席上的那位青年不见了。是提前回去了，还是混入烂醉的一群，他实在没有力气搞清楚。宴会十一点钟结束。

就寝后，他依旧两眼圆睁。隔壁房间传来田中的鼾声，但他的鼻息历来毫无力量，可谓气息奄奄，调子令人生厌。桧垣做科长时代，第一次带着田中办事员出差旅行，曾经半夜里被惊醒，打开电灯看了看。

远处房间的挂钟敲响了十二下。

黑暗中，桧垣的嘴角忽然浮现怜悯的微笑。这种微笑有时在没有任何一个人的时候发作般地浮泛出来，这不是普通的微笑。假如硬要做比喻，就像漂亮的女子于无人之处脱光衣服，一丝不挂独自休憩时蓦然流露出的微笑。除此之外，无法类比。

酒力舒畅地流布全身。这种类似慈悲的东西，较之对于自身之外一切价值的怜悯，更像一种人类爱的东西（对于桧垣来说，此种东西即是和大伙儿同一种类的酩酊），在模仿这种感情上，能够酿造出更为舒畅的音乐般的气氛。于是，就像在车厢里那样，接近面对镜子的精神状态，在心中开始了如此的独白。这番独白每天表演一次，除有时寻机追加之外，全部都像那烂熟可诵、不用害怕说错的台词。

还好，还好。

我是财务省金融局局长。凭我这个年龄，是找不到这个颇为体面的官衔的。

我是国会的政府委员。没有我在，大臣一句也答辩不出来。

我把融资规制咨询委员会握在手中，掌控经济再建会议，紧握全国经营者联盟的生杀予夺的大权。我又是金融制度改革委员会的委员长。墨守成规和改革创新，我两手一齐抓。

我继承养父五百万元遗产，其中七成是不动产和有价证券。一门心思通过重工业股票上涨使财产膨胀。碰巧深情而一脸福相的妻子出乎意料地染上肺病，进了疗养院。这是继承亲老子遗志、不让我一人独自占有财产，而又不惜花钱的病症。没有孩子，既不怪她也不怪我，但现在看来反而是好事。

我有一位倾心爱恋的情妇草间英子。这位战争时期返回本国的寡妇，同那些沦落风尘的游女不属一类。第一，有教养。她的柔情蜜意，同妻子的一往情深根本不同。她爱我就像爱一件艺术品。我也是如此。我好像贝尔维德尔美术馆的阿波罗[1]，她就像美第奇家族[2]的维纳斯。这种话第三者听起来，或许正如用抹布擦脸般的感觉吧。但是，这种感觉分析起来，似乎皆来自他们的嫉妒。

现任大臣已是老人，没什么前途。而我同大臣官邸每位官员均相处和谐，其中一人的生活费暗中由我资助。因此有人认为，在局长之中，官邸的情报由我一人独占。省内工作，比如最近的人事异动，推举涉外科长为秘书科长都获得了成功。那家伙因受我恩顾，所以我在省内的地位越来越有利了。对于我本人来说，比起内阁的决定，最重要的始终是内阁讨论的整个经过。

省内派阀之间的角逐依然激烈。一般人认为我是松原副大臣的人，副大臣本人也是这个看法。这是一种有利的保身术，我心中真正的想法谁也不清楚⋯⋯

打了个哈欠。这种反省有利于睡眠。桧垣真正要入睡，忽然回忆起那位不知底细的青年的面孔。当看到那清炯而美丽的眼睛时，背脊再次感到一丝莫名的悔愧之意。这是儿女之情。欲将他那纯真的目光

---

1 大理石复制品，现藏于梵蒂冈博物馆。原作为希腊古典后期雕塑家莱奥卡雷斯创作于公元前 350 年至公元前 320 年的雕刻品。

2 美第奇家族（Medici Family），十三世纪到十七世纪，在欧洲拥有强大势力的佛罗伦萨名门望族。

还原为某种人性的价值，这种看法未免太天真。这种天真作为趣味是允许的，但作为感情就不能原谅了。为了触及人的共感这种东西，不可忘记戴上手套。否则，手就弄脏了。

桧垣不论睡得多晚，六点半准时醒，接着吟唱一刻钟谣曲[1]。这个习惯即使在旅行中也不放弃。在旅行地虽说压低声音，但那多少有些敲敲打打的段子，还是毫不留情地惊醒了邻室人的睡梦。

洗脸。亲自打开挡雨窗。吟诵一刻钟谣曲。为了早晨充分休息，其余一切都延缓下来。

打开挡雨窗，天气一片模糊。早晨的天空像撒了一层灰。未经好好修整的中庭的对面，可以看到背对这边的广告牌和晒衣台，挂着夜间晾晒的枕套。再前面是街道。那里出现了建有钟楼的古风的银行和药店巨大的招牌，锈蚀而阴暗的金匾中写有某某堂的拙劣的篆字。郊外的山峰被云彩遮住了，看不见。

打开谣曲全集的《加茂》一章，摊开于膝前。这很适合初夏季节。

夏季树荫下，净手池的流水声，听起来多么清凉。那水声清凉的树荫，杜鹃飞过神社森林的树梢，那开春后的初唱，听起来多么悠扬……

隔壁刚刚醒来的田中唱道。他突然惊叫了一声，无疑是对自己比局长醒得晚的一种悔悟的惊叫。传来拍拍打打穿衣服的声音以及收拾

---

1 古典能乐剧的舞台脚本。

床铺的声响。桧垣唱谣曲的间歇里，有时咝的一声停止，接着迅速静寂下来。

谣曲唱完了，田中过来问安。局长从茶几上拿起香烟，再到西服口袋里去掏烟嘴。没有烟嘴。

"奇怪，怎么会没有了呢？"

局长环视着周围，脸上现出恐怖的样子。田中十分狼狈，仿佛感觉就是自己偷的。一度折叠起来的床铺又抖了抖，摞起的坐垫又仔细查找一遍。没有。

住在另一个房间的陪同，县厅的小官僚，听罢局长唱谣曲，过来问候早安。他看到局长把屋子翻了个底朝天，又看到田中办事员神情严峻，吓了一跳，站在房门口，伫立不动。

"早上好，丢失什么文件了吗？"

当因害怕责任问题牵连自己，小官僚那副特有的企图逃脱的认真表情，使得他那拒人于千里之外的警戒心，更加露骨地显示出来了。因此，他那故作亲切而担心的语言，听起来完全相反。对于"文件"的推测，规定了局长应该采取的态度。

"那里，丢了件不值一提的东西。"

"是失窃了吗？"

"不是，不是。"

"是手表吗？"

"什么呀，不值一提的东西。田中君，好了好了。一定是丢了，不值钱的烟嘴儿。不过用惯了，觉得很可惜。"

小官僚这才真正放下心来。

"我去宴会场找一找。"

"不用了，肯定不会丢在那里，要丢也只能是丢在电车里了。"

"那么我尽快同铁路部门联系。"

"哎呀，不用再费心啦。"

"为了保险，我跟站长联系一下。"

"不，真的不用了。不就是个烟嘴吗？挺滑稽的。"

"是什么材质的呢？"

"谈不上什么材质。这事儿就到此为止吧。"

事情到此为止，起作用的不光是考虑到体面，而是感到一种羞耻。对一件不值得一提的小东西，竟然那样恋恋不舍。这种感觉对于他来说，比被人瞧见光屁股还要难堪。

桧垣仿佛被卡住了脖子。这次出差旅行丢失烟嘴儿这件事，肯定不好再提一字了。

小官僚退去之后，田中带着一副了然于心的表情凑过来，在他耳畔小声说：

"想办法到铁道明察暗访，神不知鬼不觉调查一番吧。"

局长看透了他的用心，于是大吼道：

"我不是说过到此为止吗？到此为止吧。你有什么权力到处乱插手？不必要就是不必要。你不必再多嘴多舌！"

他稍稍冷静一下，接着说：

"首先，你拿这点不值一提的小事给地方政府添麻烦，回头各种坏话和嘲讽就会接踵而来的，那不就糟了吗？"

当天上午十点开始，在县厅会议室，由局长主持召开关于目前金融形势的讨论会。其中，适时插入局长有关储蓄奖励的演说。各个市町村的代表集合在一起等待着。县厅的汽车前来旅馆迎接。

田中办事员抱着满当当一大袋牛皮纸卷宗的文件，和局长一起上了汽车。陪同人坐在助手席上，改用一口地方方言，轻松地同司机开着玩笑。

梅雨时节阴霾的城市，依然一派沉郁。拿英国作比，这里堪称曼彻斯特，是个纺织业有着悠久历史的城市。明治初期日本式产业革命的气息，乡愁一般在这里缠绕。整个町镇带有一种古风的火柴盒商标似的忧郁。由于几乎免于战灾，多余的古色十分显眼。有的女子头戴古式防寒面罩[1]在街上行走，实在是搞错了季节。说不定是为了遮盖脸上的烫伤，每天跑医院吧。

桧垣对如此沉滞的风景毫无兴趣。再说，这片土地也并非自己成长的故乡。他只想着丢失了的烟嘴儿。那只象牙烟嘴儿，找个代用品并非难事，因为那不是什么太值钱的东西。也不是特别有来历，特别令人魂牵梦绕的东西。他甚至记不清是在哪里买的。也许是别人的馈赠品。不知打何时起，适用于他的手掌，适用于他的指尖儿，从而获得象牙特有的哲学艳色，成为他生活中不可或缺之物。令他难以割舍的缘由，并非仅限于运用娴熟这一点。不过，单凭无法替代的感觉这一条已经足够。恐怕再也找不到其他理由了。

桧垣的眼睛白白梦想着烟嘴儿，那双眼睛再也看不到其他东西了。理性多次企图笑杀这样的感情，然而这种尝试未获成功。像桧垣这样

---

1 原文作"御高祖头巾"，古代妇女包裹着头脸，只露出眼睛的防寒用头巾。

的人，在前往讨论会的路上，眼睛没有放在参考资料上，一心想着丢失的烟嘴儿，这本是不应该有的事。尽管这样，丢失的这件细小之物，弄得他非常苦恼。

离战时灰色涂料尚未完全脱落的阴郁的县厅，越来越近了。院内小花园的虾夷松，忧愁地耸立着。透过汽车的挡风玻璃，可以窥见松林间梅雨的天空，宛若毫无反应的白皙的肤色。局长下了汽车。职员们出来迎接。他一边打招呼，一边穿过人群。桧垣突然感到，这种礼遇过于郑重了。

不是敬意，而是机械式的回礼。这样的角度过大了。假若不是出于敬意，那或许就是过失，或者是更加恶劣的无意识的谦逊。然而细想想，平素自己对于有意识的谦逊之外的谦逊从未放过。桧垣再次想起那只丢失的烟嘴儿。他把这一过失视为此次表现的缘由。

会议室位于二楼。门上贴着"经济再建协议会会场"的纸条，墨迹充满着活力。这个名称是县厅起的。"协"的偏旁写成了"竖心"，常写错别字是县厅唯一的可爱之处。

会场的椅子将近五十张，都被这些趾高气扬的乡村绅士占满了。这时候，身穿国民服[1]的人只占了三分之一，他们如果不是一时心血来潮，那就只能是凭兴趣。他们有的叽叽喳喳地议论着，有的用报纸不住地擤鼻涕。

桧垣穿越一道道满含好奇的目光，来到自己的座席上。他一坐下，就开始有意识地十分郑重地致辞。他说：

---

[1] 1940 年制定的类似军服的国民常用服装。

"让大家久等了。我是财务省金融局长，姓桧垣。"

他环顾全场，有些人在继续抽烟，有大型烟斗，也有黄铜烟管。另有一种不知是水牛骨还是什么兽骨的烟嘴儿。作为开头语，他突然浮现出这样的想法：

"其实，我也是个嗜烟如命的人。不巧，来时我把心爱的烟嘴丢在电车里了……"

这样一说，将会出现怎样的心机一转啊，又会是怎样一番舒畅的心情啊！他虽然这么想，结果思路还是停滞不前了。这帮子乡村权力者尽皆属于思想扭曲的人种，将局长的一番话，立即看成是对自己的讽刺和恶作剧。因为局长开始讲话时，他们照例悠然地继续抽烟。"神经质的批评家"这一评价，明天就会在县内无界限地传扬开去。他不得不转换话题。

"本省的工作也顿时极其繁忙起来。地方的各种演讲、座谈会、协议会等，大体都推辞掉了。唯有本县，对我来说，这里是先父生前受到多方关照，并使得那位顽固老爷子得以我行我素的非凡的蒙恩之地，因而这次才尽早赶来这里。我想，今后如果我的话能够起到些作用的时候，我都会排除万难，随时赶到这里来。"——他在为选举做准备。

他的这段讲话引得大家鼓掌喝彩。

然而，不知为何，接下去总是不像寻常那般顺利进行。他用白麻手帕一次次揩拭额头的冷汗。话的内容触及统计数字，生产指数的资料派上了用场。田中办事员从牛皮纸的卷宗里抽出文件，一一递到局长手中。

鍵のかかる部屋

"嗯，从今年昭和二十三年¹三月开始，由于基础资材的生产和进口增加，以及配炭量的增大，生产实绩大大提高。五月的生产指数因为还是概算数字，先谈谈四月份……"

写在一页纸上的数字有四个地方读错了，这叫人无法忍耐。

虽说是讨论会，听起来就像借提问为名进行一场忧国忧民的大演说，只要能耐着性子听下去就行了。桧垣瞧着煞风景的会议室的壁画。一面的墙壁上并排挂着历代县知事的照片，一律都是明治时期地方官吏粗野的风貌。一角的玻璃柜里摆放着极乐鸟的标本。微弱的阳光透过窗户，照射着另一面墙壁。那里悬挂着曾经被称作日本最初的未来派的画家的大作。这些画家的大作，经常见于病院和咖啡馆，并不稀罕，一旦挂在县厅会议室里，就显得十分奇拔。毫无疑问，这都是目前出差在外的知事的趣味。他刚一上任，就急忙在职员工会的舞会上提倡跳游行示威华尔兹，令人哑然失笑。毕业于美国大学的经历，成为这位知事赢得威望的根本。

那是重复的小丑²和一个女子的画像。小丑吹笛子，女人胸前抱着一束紫堇花，仰望着男人的脸。女人的上衣和小丑披风之间的界限消失了。女人套着银灰色长筒袜的一条腿，同小丑穿着紧身裤的一条腿融合在一起了。这位画家喜欢这样的构图。偶尔从窗外射进来的微弱的阳光，照耀着仰望男人的女子的喉头，那一片儿很明亮。而脸部黑暗，显现出奇妙的立体感。那女人同草间英子一模一样。

---

1 即 1948 年。

2 原文为意大利语：arlecchino，指身穿布片缝合的衣服，头戴黑色面具的丑角儿。

桧垣以前就认为，她酷似这位画家笔下的女子，但从未像现在这么相似。想着想着，一刹那，桧垣的内心似乎感到一阵紧缩，他回忆起在英子家里，会见那位据说是她堂弟的学生的情景。这个记忆并非具有什么特别的色彩，桧垣也从不用怀疑的眼光看待英子。但是，记忆突然带着别有意味的色彩再现了。一时弄得桧垣坐立不安。

"不必怀疑女人，只要怀疑全世界的堂弟就足够了。"

桧垣看到过这句箴言，他想起来了。

"我想请问一下局长。"

——一个身穿国民服、长着三角眼的下士官模样的提问者站起来。桧垣没有理睬。

"我想请问一下局长。"

田中办事员轻轻捅了捅桧垣的腰部。

"哦，你要提问吗？"

那位身穿国民服的男子似乎并非想提什么问题，他又一本正经、慢条斯理地把自己的话反反复复说了好几遍。

"哎，我想问局长，关于废除派购资金转账制度的事……"

桧垣罕见地感觉热血喷涌，面色发红。但这不足以抵消他的痛苦。桧垣有一种异样的不安，他不能正视全体与会者的面孔。他站起身，打算这样回答：

"我昏昏沉沉，面带忧愁，并非因为头脑迟钝，而是来自一些琐末细事。我在电车上丢失了一只象牙烟嘴儿。"

如果这项声明付诸实施，人们将群集于他的周围，摁住他的双手；或者用冰袋冷却他的额头，送他去精神病院看病。这种预想令桧垣战栗。

鍵のかかる部屋

他从未想到过人的心里话竟然会如此危险。

接着两天的日程内，局长一副无精打采的样子，引起了身边人们的注意。他讲起话来一点儿也不精彩。每晚的酒宴上看来也只是佯装健康。可疑的是，第一个夜晚那种生动活泼、精力旺盛的印象到哪里去了呢？

出差旅行时，一大群不相干的人，甚至会进入私生活之中。所以，中心人物的心理状态随时会被敏感地觉察出来。大家关注的是局长的健康。或许，东京繁忙的公务和旅途的困疲使他陷入过劳之中。否则，一个名闻遐迩的秀才，不至于频繁地念错字和易于忘事。不管是谁照此推测都会得出相同的结论。

在这件事情上，田中办事员屡屡不情愿地被征询意见。他笨拙地抬起老花眼镜，照例用恭俭而麻木的语气回答：

"似乎不是什么要紧的病，或许是因为操劳过度吧？"

要是在省内，同样一件事，他和同僚们之间，说起话来将是这样一副态度：

"谈不上什么大病，或许有些想不通的事情吧？那种小青年，不适合坐在局长的位子上。"

最后的日程是，下午去近郊一处有名的温泉地，在那里设酒宴，预定只住一个晚上。在 M 市用罢最后一顿早餐，桧垣撂下话说到外面散步，随后出了旅馆。他抛开田中办事员独自一人走了。

他去寻找出售烟嘴的商店，在这座多少有些了解的城镇到处转悠。

或许只能见到早起散步的人吧？他自己也这么想。他走到中心大街，从旅馆里可以望见的药店前边走过。

即使独自一人，他的嘴角也没有浮现出怜悯的微笑。既没有令他长叹一声的完备无缺的反省，昨夜也没有充分地睡好觉。在容易入睡的人的眼里，那些老是嘀咕失眠的人，似乎多少有些做戏的滑稽感；但在桧垣这里却是同一个人。他也不会嘲笑自己。昨夜失眠的原因，尽管出于莫名的怀疑与嫉妒，但他绝不嘲笑自己。

每当他看到香烟铺和服饰品店，都要一一询问有没有象牙烟嘴儿。他在第三家店里，终于遇见了象牙烟嘴儿。但形状不佳，摸在手里，不是真品。重量也不适当。完全缺少丢失的那只烟嘴所具有的一种感觉，那种几乎可以触及的肉感，磨得亮晶晶的光泽，内部渗出的冬日般温暖的色泽，以及那种似有若无、恒久不变的亲密的重量。他失望地走出那家商店。

"我有着不与任何人分享的秘密。"

桧垣一边走一边思忖。互为因果。我舍不得烟嘴儿，而又不愿明确地说出来，这个苦恼的秘密层层相聚，将变成更加难以言明的秘密。为什么呢？因为当初即便怒斥田中，叫他寻找烟嘴儿，也是出于自然。如今依然珍惜烟嘴儿这件事，就连田中也不能让他觉察出来。必须使他认为是某种原因不明的忧愁，否则就会被当作一桩有趣的故事。桧垣的头脑里塞满了这些妄念，再也没有容纳其他东西的余地了。

他担心寻找烟嘴儿一事会被人发现。他环顾四周，简直就像干完坏事回家的人一样走回旅馆。田中弓着背做纸捻儿，用来辑录文件。

去I温泉需从该市乘私营电车在第二站下车，那里每天有四班往返公共汽车。山坡上的山杜鹃非常美丽，但战前一派苍郁、令人赏心悦目的落叶松林被开垦为农田，早已不成样子。尽管如此，沿途的风景，比目的地I温泉毫无可观的风光强多了。还可以深入去到里面的湖泊，不过这次时间上来不及。

金融局长一行，在石阶状的温泉街顶端预定了旅馆。除田中办事员之外，随行人员一共五位。夜晚，照例举行乡野风味的酒宴。演出一些猥亵的歌谣和舞蹈。这些东西永远无止境地重复下去。在这个社会上，所谓独创就是超越滥用预算的恶，真是没办法。他们遵奉道德，道德较之事实上的快乐永远存在。因为道德从来不会因无聊而使人感到厌倦。

首班公共汽车早晨六点半从私营电车站出发，七点抵达I温泉，十分钟等旅客上完后随即往回行驶。局长乘七点十分发的汽车踏上回京之途。

他们一行在山谷间的桥头站等车。大家都异口同声对局长回京表达恋恋不舍之情，但内心里不知道如何对待这位忧心忡忡的贵宾才好。

"哎呀，感谢大家的多方照顾。"

桧垣突然说了这么一句。

"不必客气。"

"局长，您累坏了吧？"

"我们也托您的福，得到一次很好的休养。"

有人老老实实地说。

讣告

正聊着，汽车来了。沿河一带扬起早晨似有若无的尘埃，巨大的响声在起伏不平的坡道上回荡。乘客只有三四个人。记挂着全天买卖的生意人，从城里到乡间小学上课的两位教师，都是车上的常客。

有个男子站在汽车空下来的脚踏板上。即便抢着下车，看来也很奇特。这时，一行人中有人呼唤他的名字："是森田君吧？"他认出那个人是县厅职员。

森田是一位面孔红润、脑袋光秃的中年男子。没等汽车停稳，他就一纵身从脚踏板上跳了下来。大家都被那副严肃的表情压抑住了，谁也不敢贸然打招呼。森田快步走到局长跟前，咽了口唾沫，好容易开口了。桧垣虽说认识他，但还是不由呆然地后退了几步。

"局长，刚才接到从东京的府上给县厅打来的电话，为了尽快通知您，所以拼命赶来这里了。"

"太感谢了，究竟什么事？"

"其实这……"

——森田猝然低下头。这个人善于做戏，无人不晓。据说长子出生时，他利用上班午休时间缝补尿布，成了有名的传说。

"局长，您可要节哀保重啊。"

他保持一副郑重的姿态，深深垂下头。

"什么事？叫人摸不着头脑。"

"夫人昨晚八点二十分去世了。"

比起局长，围绕在他身边的人们反应更快。不为所动的只有田中办事员一个人。周围五个人，一同露出惊愕的表情，凝望着来人。对待死的通知，比起同情来，最先将人们联结在一起的是某种感动。他们一致对桧垣金融局长深深表示理解。此种场合的理解，类似一种暴力。理解这东西，一如暴力的权利存乎其心中。因为都是好心眼儿的人们，只能保持单纯而极其微细的不正，一旦赋予这种权利，立即委身其中，不再他顾。五人之众的暴力性的理解，达于同一结论。即如下述：

"多么富有人情味儿的优秀的局长啊！他一直隐瞒妻子的重病。他以极大的忍耐，忠于职守，强忍每晚极难忍耐的喧闹之声。尤其是昨晚妻子去世的时刻，若无其事地同我们一起演唱《盘梯山小调》。一腔忧虑日益加深，终于被人们所觉察。但自己依然笑容满面，默默忠实服从于本职工作。此乃做人之龟鉴、英雄之行为也。卓越之士，美谈之主！居于目下颓废之时代，竟然有此等杰出之人物也！我等当自耻矣。"

桧垣于周围一片哀怨伤悼声中，对事态的判断颇费了些脑筋。他低头注视着自己的脚尖，皮鞋头交替地轻轻敲击着地板。在这个过程中，他逐渐领会了。他听到身旁一个人悄声对他说：

"虽说没想到，但昨晚夫人去世的时刻，我邀请局长出席酒宴，实在抱歉。从局长的神态上，我看出您似乎正为某件事而思虑不安。如果真有其事，不如早点儿告诉大家为好。"

桧垣对于周围人们的误解作出了正确的判断。他一直打心里盼望妻子的死。看起来，恐怕是大量的咯血而突然带来如此的结果吧？他成了桧垣家财产的完全所有权人，英子将被娶为后妻。还有，此事为他本人原因不明的忧愁，添加了一层外表美丽的缘由。（这是唯一的缘由！）桧垣恢复了元气。他又像那天晚上刚刚到达这里的他了。什么象牙烟嘴儿？见鬼去吧！

——不一会儿，汽车载着一行八人开走了。进入那片落叶松林后，车窗变暗了。八个人个个都沉默不语。

"诸位，都怎么啦？"局长快活地喊道，"即便在这里守灵，那也只是我一个人保持沉默。请大家振作精神，像刚才一样。我们一起唱《黑田小调》好吗？"

他说罢，随即扫视着同僚，那表情几乎充满英雄般的爽朗。一个人含泪表示赞成。

"局长，那就唱吧。"

大家一致服从。于是，一直唱着《黑田小调》到终点站为止。

电车站上不知内情的税务署长以及银行部门的人，一起来这里集体送行。田中办事员提前来车站联系买票，一位稔熟的县厅职员拍着他的肩膀说：

"究竟是怎么回事？听说今早值班的森田君接到从东京打来的长途电话，他似乎是忙着向局长表忠心、做紧急报告的第一人啊，莫非发生政变了吗？"

"哪里……哪里。"

这个无所不知的男子，这位"金融局的活字典"如此回答。

"没什么大事，局长的夫人去世了。仅此而已，好了。"

怪

物

他是下午五点多钟摔倒的。

五月的海，将日落托付给地峡上的群山，面向即将退隐的阳光，虔敬地奉献出好似静谧的祈祷般缥缈的薄暮。

断崖的岩石阴影里，飞起一只鹗鸟。

它们似乎在那里营巢。

岩壁顶端的红松梢头停着一只在休息。此时，过去曾迷恋过狩猎的齐茂，一眼认出那是鹗鸟。这种猛禽的羽毛，其颜色同松树的枝干没什么两样。落日将树梢映照得一派火红，可以清晰地看到那种怒肩高耸、不住摇头摆尾的猛禽的生活情景。

鹗鸟再次展开翅膀，那是不祥的暗黑而庞大的羽翼，掠过红松的梢顶，高飞于天穹之上，翱翔于夕暮天空异常而透明的大气之中。毫无疑问，它内心一定感受到迫切而可怖的冲动，那冲动贯穿着广袤的

怪物

天宇，化身为跃动的光点，扶摇而上，直奔苍穹。

　　齐茂站在走廊上。为了仰望紧挨着屋檐的天空，翘起了脚尖。由于这时的姿态太过分了，引起已经硬化的脑血管破裂。

　　这座位于高台上的别墅，距离伊豆半岛底部卑俗的温泉地尚有一段路程。山下有隧道，公路打着迂回从中穿过。隧道背脊就是断崖，紧连着海面的景物。松平齐茂瞄准了别墅中的三间厢房。现在，照料他日常起居的是已经辞世的第二个妻子的女儿。

　　齐茂从一昼夜的昏睡中醒来，这时他首先听到一种极其低微的沉郁而可厌的声音。为了判断出那是藤架上往来交飞的蜂虻的羽音，他费了好几分钟。意识鲜明之后，他首先想对当前的疑问、自己所处的位置，以及关于断绝的意识背后发生的事件等，一一加以询问。他有异常深刻的麻痹感。言语失却。因左侧内囊出血引起右半身不遂，同时，另外个别地方的小出血侵犯了语言中枢。

　　"有感觉了吗？"

　　"想说什么话吗？"

　　"是我，桧垣，认出来了吗？"

　　别墅的主管、身体肥硕的小个子中年男子桧垣，将脸孔凑到齐茂的眼前。看到他，堆积于额头的冰囊下边老年贵族的双目，一瞬间惊恐地睁开来，接着又困惑地眨巴一下闭合了。他从桧垣的脸上，看到了那个因小小盗窃案两颊挨了耳光的少年的面孔。

　　桧垣也直接感到了齐茂的恐怖。他转过脸来，朝齐茂的女儿斋子使个眼色，微微摇摇头。

　　齐茂闭上眼睛。愤怒充满心头。一瞬之间感到的恐怖，使他心烦意乱。过去漫长的一生中，他从来不知道什么叫恐怖。

周围泛起阵阵低语。或站或坐时衣服的摩擦声，足掌轻敲榻榻米发出的干燥的音响，还有榻榻米微细的吱吱嘎嘎的声音。

"意识恢复过来了啊。"——这是长子齐显的声音。冷酷而高调的嗓门，听起来比他的岁数还年轻。

"不过，还不能自由说话。"——桧垣说。

"什么话也不能说呢。"

"看护起来很困难吧？"

"嗯，不过，我……"——斋子说，"总不能托给护士，我一个人看护，不用担心。"

"嘴巴不灵光，不是很好吗？"——斋子的姐姐耀子，一副毫无顾忌的语调。

"那样的话，阿斋不就轻松了吗？"

"嘿嘿。"——齐显笑了。

齐茂心中怒不可遏，他想坐起来。虽然高热而倦怠，但左手动起来了。被褥摇晃着，冰囊中锐利的冰尖儿一边磨蹭着他的额角，一边向面颊滑落下来。听到呻吟声，四个人一起跑过来，摁住"绝对安静"的病人。

高亢的喇叭声响起。那是驶入隧道的巴士，发动机的声音震动着庭院的地面，渐渐临近了。随着响声远去，似乎遗忘的海潮又喧嚣起来。齐茂忽然想起那只飞翔的鹗鸟。仿佛已经变成前生的记忆。天空一片光明，云的连环已是非俗世的壮丽。

松平齐茂子爵的一生，与其说是凭借恶魔般的影响力，毋宁说是通过精神膂力的援助度过的。而且，他确信已经度过来了。自幼年开始，他就对残酷的恶作剧感兴趣。他用杨弓射猫，砍下猫头，绑在老梅树上示众。他把滚开的水浇在误闯进来的小麻雀身上，以此取乐。

看他的为人，大凡富于吸引力的人性的魅力他一概没有。那么，他一生中究竟凭借什么为所欲为地摆布别人呢？若论门第，那些门第很高的人，都被齐茂一手给笼络住了。若论清高自诩，他有时有些场合无意识所采取的行动，丝毫都没有顾及自己的身份和脸面。他轻易接受桧垣邀他入住这座别墅的请求，就是一个很好的例子。

经常不断地有意给众多的人带来伤害和不幸，成为齐茂生活的支柱。他确信自身具有一种天生的阴暗的力量。例如，他善于预感和猜想，对这方面的天赋之才也抱着狂妄的自负。他诅咒某人，某人不是死就是得重病。眼里看到别人的不幸，就是无限的慰藉。中年时代，曾经有段时间出人意料地迷上慈善事业，那是因为他喜欢观看极度的贫穷和悲惨的恶病。

他特别喜欢中伤诽谤、挑拨离间、讽刺辱骂，以及无根无叶的谣言，还有丑闻之类。使那些不合身份、风光一时的人倒台，陷恩爱美满的夫妇于破镜之叹……他在这些事上倾注了惊人的热情。但这些都是无止境的复仇的热情。那些无缘无故的幸福，给他心中带来最大的耻辱。

他从京都帝国大学中途退学后，进入被称为华族子弟垃圾场的宫内省[1]。齐茂和一位同僚女官恋爱，他大吵大嚷，借着恋爱公开诬陷女方，反而给自己掘好了坟墓。

---

1 处理皇室事务的机关，现称宫内厅。

这时候，他的表妹同年轻的亲王殿下缔结了婚约。殿下当着全家人的面，公开宣称："我是个童男子。"齐茂本是年轻殿下的亲友，他一边喊着"殿下殿下"，一边暗暗引导他放荡行乐。谁知在这桩婚事之前，殿下使用卑劣的手段夺走了齐茂的爱妓，齐茂因此同殿下结怨。齐茂广泛搜集殿下在京都众多茶屋淫乐时留下的确凿证据，一起提供给表妹家里，这门婚事随即告吹。公卿殿下给齐茂直接寄来绝交信，信中说："此恨一生不忘。"

那年冬季，齐茂因有要事回旧领地不在的时候，从他宫内省办公桌内发现对皇家大不敬的材料。其中有为了出气而揶揄亲王的和歌，笔墨甚至涉及对于陛下好色的讥刺。当时又碰巧遇到在社会上闹得沸沸扬扬的幸德秋水事件[1]。齐茂因这样的谐谑诗文，被误认为社会主义者。肯定还有更加误解他的人在，那些人早就对陷害同僚的齐茂的作为感到憎恶。

有人特意把谐谑诗文送到亲王那里，殿下大发雷霆。宗秩寮[2]总裁拜谒亲王府。回京的齐茂，瞄准这件事若暴露到社会上，反而会成为亲王的丑闻。因此，他巧于运筹，只受到惩戒处分就作罢了。不过，宫内省的职务他辞掉了。

齐茂诅咒殿下。他的咒文都是十分现代而带新教徒式的诅咒，不

---

[1] 1910 年，幸德秋水等多名社会主义者和无政府主义者被执，以对明治天皇图谋不轨之所谓"大逆"罪被判处死刑，又称"大逆事件"。

[2] 宫内省下属机构，司掌有关皇族以及王公贵族等事务。

怪
物

需要大规模的咒文和咒术。只要在心中念念不忘就行了。大正三年[1]，亲王殿下因患急病而薨。

齐茂有搜集春宫画和猥亵照片之类的爱好。尤其在上次大战之后，他进口了无数德国出品的《闺房百态图》胶卷底片。他从这时候起迷上了摄影。齐茂从摄影师那里学会种种洗印特技，他将可憎的人的照片和春宫画上的人物照片，相互调换脑袋，这种奇怪的创作只为自娱，并不出示他人。

曾在子爵家做伙计和总管的某银行经理，因为不大肯出资，齐茂便将他照片上的秃头，贴压在画中德国美女那肥沃良田般的肚子上。那人做梦都不曾知道竟然有这类事情。

"那家伙如今自己不知不觉，正在做名副其实的美梦吧。"

齐茂很想亲口道出这番心情来。第二天一早，他不辞辛劳拜访那位经理，对他说：

"说起来，你昨天夜里做好梦了吧？"

"到底什么事？"

"我想你一定做美梦了。"

"子爵，别开玩笑了。"

前年，父亲子爵去世，齐茂继承爵位。

然而，当十五银行[2]倒闭招致众多名门贵族破产时，子爵家因为有

---

1 即 1914 年。

2 1897 年，第十五国立银行经改组后而成立的普通银行，1927 年因金融危机而停业，1944 年为帝国银行所吸收合并。

这位经理和这个银行，并未蒙受多少损失。尽管如此，齐茂假装生病，没有出席经理女儿的结婚典礼。齐茂朦胧梦见自己对这位美丽的女子行使了初夜权般的权利。这是因为这门亲事没有跟他商量过一个字，引起他的不快。女子为人妻之后，齐茂又百般向她求爱，引她堕落，然后又洋洋自得地对她丈夫吹嘘一番。后来，那女子撇下两个孩子，自缢而死。丈夫坚持不肯再婚。

齐茂壮年时代遇到一位颇为有趣的好对手。她就是祇园的艺妓阿福。她一度嫁给大阪的巨商，后遭遗弃，作为回头人出山，做了齐茂的妾。她遭到遗弃的原因众说纷纭，例如，有这么一条传闻。

阿福打心里憎恨前妻的孩子。但她不是个外露的女子。乍看起来，她是一位为婆婆所喜爱，心地善良、洁身自好的后妻。前妻的孩子是个八岁的男儿，继母阿福时常于寒夜之中，掀开继子的被褥使他患感冒，又算计着将点心和好菜塞进孩子的肚子，使他消化力减弱，弄得巧还能引起中毒症。对于身体壮实的孩子，这种微温的虐待是不会奏效的。

一天晚上，阿福和继子一块儿洗澡。她从浴室里呼叫外头烧火的男佣，要他再把水烧得更热些。偏巧这时候有阿福的电话，女佣连忙闯进浴室报告。只见阿福光着身子，坐在木盖紧闭的浴桶上头。看不到继子的踪影。于是，被热气熏得即将窒息的孩子这才得救。原来是阿福假装开玩笑，让孩子一个人浸在浴桶里，头顶上严严实实压上一块厚厚的桧木板。

女佣将这件事告诉了主人，阿福因而离开了家门。

但自从嫁给齐茂之后，她从未发生过这类事情。她变得沉默寡言，生了孩子齐显和耀子。

两个孩子生后一个月，都由齐茂送到正妻那里。对于齐茂来说，这样的处置一举两得，同时可以使两个女人陷入不幸：一个成为被夺去亲生骨肉的母亲；另一个作为石女，承受嫉妒的徒刑。这位正妻的不育，是因为怀第一胎时，齐茂因故发怒，猛踢妻子的腹部造成的。因流血过多，确诊为不育症。正妻后来死于肺结核。

——就这样，迷迷糊糊又过了一天。耳畔突然响起孩子高昂的笑声，接着听到制止孩子吵闹的咂舌声。孩子当然不会一直不笑。他们又笑了。齐茂半睁开眼来。庭院，海上的天空，到处充满五月里晴和而清新的空气。广阔的云层仿佛遍撒着闪光的药粉，覆盖着从洋面到屋檐之间的天空。

"爷爷，您醒了吗? 孩子们吵闹，对不起了。"

听到一种充满青春活力的声音。那是因齐茂的轻薄行为自缢而死的夫人的儿子，也就是如今已故的经理的外孙尚夫。他长大后做梦都不曾想到母亲的死是因为齐茂的插手。他幼小时经常跟祖父一起到齐茂家里玩。这个不知害羞的孩子，已经成长为一位不相信人会有任何恶意的三十五岁的快活青年。这样的成长很不平凡。

齐茂转过脸深深望着庭院方向。尚夫一粗暴地坐在廊缘上，就开始呼唤一直眺望海面的妻子。

尚夫西装上的格子花纹十分气派。他大学时代是足球选手，所以有一副宽阔的臂膀。他摘下挂在肩上的照相机给齐茂看，这是齐茂不曾见过的美国一家新公司的产品。他只要能开口说话，就会对迷恋美国产照相机的尚夫嘲讽一番。但如今已无能为力，只是紧蹙眉头，苦苦地歪斜着嘴巴。但是，尚夫还在呼唤妻子的名字，没有朝老人满脸胡须的丑陋面孔瞧上一眼。

今日，藤架上依旧有蜜蜂交飞。看不见的四周，肯定有蜂巢存在。齐茂艰难地抬起头看着。这时，他的视野的一角出现一道海水。那里浮泛着紫茄色的模糊的岛影。

这时，年轻的夫人牵着孩子的手出现了。孩子们不顾及病人，只是一味胡闹，她正要领着孩子到断崖那里散步。齐茂一边微笑地望着院子里的草地，一边望着姗姗而来的她。女人穿着流行的衣服，在齐茂远视的眼睛里，耳环摇来摇去，发出灿烂的光辉。耳环是黄金的环子，尖端似乎吊着玛瑙坠儿。那光亮看起来就像小小的跃动的红色火焰。

提起嫉妒，往往产生于老年贵族。他想说话。即便到这个岁数，捕捉女人的心而伤害男人的心的语言，也储备得非常丰富。然而一开口，流露出的仅仅是毫无意义的自语。嘴巴在空中描绘着想要说出的语言的外形……但是，那外形忽而变成雾一般的东西，崩溃了，消泯了。他想站起来。无缘无故殴击别人，便是他一生的家常便饭。可是，身子重如磐石，埋在被窝里，动也不能动。

斋子到哪里去了？

尚夫夫妇一点也不无聊。他们不像是来探望病人，也没有把齐茂当作病人对待，只是把他看成一个哑巴老人。他们只是不断跟他说话，也不指望他回答。尚夫说，趁着周末旅行之际，顺便来看看。妻睦子和丈夫面对面坐在廊缘上，时时朝齐茂那里望着，目光里含着几分怜悯和畏葸。

"让你们久等了，谢谢。"

斋子提着购物袋走进院子说。

怪物

"醒过来了，单从脸色上看，倒不像是生病啊。"

"遗憾的是听不到回答。不过，我刚才已经对爷爷说了好多话。"

"对不起，请到对面屋子里用茶吧。"

斋子送走夫妇和孩子，又走进来，用手试试父亲的额头。

"还好吧？"她问。

齐茂点点头。言语不通，竟如此改变了一切？斋子面颊潮红，宛若不施白粉的京都尼僧。齐茂望着她那萦绕一圈儿胎毛的素唇和修长的双眼。平时，齐茂不太注意女儿的面孔。即使看，也不像今天这样就近仔细端详。他丝毫不知道，这张面孔竟散发着如此青春的馨香。斋子迎着太阳到远处的街上买东西，走得有些出汗了。她眼睑赤红，面颊发热，呼出的气息里混合着五月的海风和青草的芬芳，以及经雨后丽日映射而浮荡着丝丝游云的果树的木香。她那可以窥见的舌尖儿，于唾液浸润之中，像狡猾的动物不住翻动着坚挺的桃色的肉块儿。斋子那尚未归属何人所有的青春年华，使得她的脸孔看起来颇显悒郁。

斋子的眼里没有恐惧，这使齐茂感到绝望。也没有怜悯。斋子只是表现出单纯的亲切。以往，她在父亲身旁过如何做家务，即使不结婚，也绝不认为是牺牲，只是凭喜好办事。从斋子的一声"还好吧"之中，齐茂看到了这些感情。这是不可忍受的发现。"到对过去吧。"他在这种表示中闭上了眼睛。

"安静地躺着吧，最好不要动。"

齐茂病倒之前，斋子从未有过这般亲切的语调。齐茂微微睁开眼睛，望见了由廊下向客厅奔跑的一双劲健的腿脚。她总是大大方方穿着裙子出去买东西，有着一双被太阳晒得微黑的美腿，透视着蓝粉笔似的静脉。那双腿脚踏着玻璃窗白色的反光，沿着被磨蹭得十分光滑的走廊，一门心思朝客厅跑去。

"那个女儿的生母、我的第二个妻子的死去并非因为我。我对她母亲不曾犯过罪。这事很奇妙，虽说我杀死的女子有十五人之多。有个女人被我撞倒在院子里，淋着倾盆大雨哭了一个多小时。我本想将她拉起来，但如果弄湿刚做的西服也是罪孽。当时我很无聊，将那份英文报纸从头到尾不落一个字地读了一遍。那种读法是很费时间的。奇妙的是，那份纸上登出的御木本[1]的大型广告，一直留在记忆中。那女子三天之后得急性肺炎而死。我在香奠品里裹了五元钱。赤色报纸写了一篇揭露性的报道，把我当作恶魔。我特地邀请新闻记者，到新桥尽情游乐。于是，他又写了一份订正报道，说我是'很有心计的男人'。很有心计的男人。嘻，很有心计的男人。"

他想笑，但笑就像有洞的气球，一直膨胀不起来。嘴巴一个劲儿僵硬，歪斜。他以为冰囊还在额头上，伸手去摸。冰囊已经被拿掉了，水枕怄气似的用弹力支撑着齐茂的头颅。

这时，他感到自己脸上罩上了阴影。一个四五岁的男孩站在门口，一只手扶着障子门，俯视着齐茂。那是刚才见到过的尚夫的儿子。

齐茂感到莫名的恐怖。

小孩一只手已经卷起短裤，搔着大腿发痒的地方。他凝望着齐茂，微微一笑。接着，看样子像猫一般用身体蹭着障子的一角。他下决心

---

1 指御木本幸吉（1858—1954），日本三重县人，实业家。人工养殖珍珠的名人。1905 年成功培育真圆珍珠，以"御木本珠"名义向世界各地出口，获珍珠王称号。

又向病床靠进一步。

齐茂憎恨孩子。孩子为何会受到社会的爱护？他觉得不可理解。即使孩提时代的尚夫，也只有在他感到内疚时才给予款待。

孩子走到床铺旁边，蹲下身子，目不转睛盯着老人的面孔。他的表情也没有恐怖，除了好奇什么也没有。大凡对自己的好奇心之中，齐茂只原谅那些夹杂嫉妒的好奇心。然而，四岁的男孩不会有什么嫉妒。孩子稍稍张开嘴，一直盯着老人看，又长长地叹了口气。有的孩子是爱叹气的。接着，他把手摁在老人的头颅上，执拗地问：

"大声聒你一下，好吗？"

齐茂拼命摇头，用恐怖的眼神瞅着孩子。于是，这个大胆的孩子，嘻嘻笑着，目光闪亮，两边嘴角粘着一层薄薄的干涸的鸡蛋黄。

孩子豹一般跳上被褥，骑着病人的脖子，用力向两边拉扯松弛的腮肉笑着。接着，又薅他的胡须，向左右拉扯他的白发，摆弄他的耳朵。齐茂伸出那只自由的手想加以制止。但是，那只伸进被子里的衰弱的手臂，实在没有力气推开四岁孩子的体重。这当儿，孩子胖乎乎的浑圆的手指，伸向老人布满疙瘪的喉头。眼看着，齐茂的脸涨红了。

"救命啊！救命啊！"

他好不容易从被子里抽出手臂，一心想抓住他。于是，孩子立即松开手，逃向对面的客厅，一边不住地笑着。此时，齐茂猛然想到枕畔的呼铃。他摸索了一阵子，慌忙摇响那只铁铸的呼铃。

奔过来的斋子和尚夫夫妇，看到这番情景，毫无顾忌地笑起来。看到大人们笑，孩子越发笑得厉害了。谁也没有理会齐茂的危机。老人愤怒的目光、恳切求救的表情，以及嘴角边流着涎水的一副老丑的滑稽相，都没有唤起任何人的警觉。斋子跪下来用毛巾揩拭齐茂的口涎，无感动地擦了擦额头的汗水。

"这孩子又对爷爷表示亲爱之意了吧？刚才一听到爷爷打鼾他就笑了呀。爷爷因看见孩子笑而发怒，那就不像个大人了。"

"怎么样？斋子姐姐，我想给咱家孩子同爷爷一起拍张亲密的合影照，好吗？"

"这主意很好，眼下的光线还能拍。斋子姐姐，怎么样？"

看来本该反对的斋子，却一口答应了。

"可以吧，爸爸？我从未听说过，照相会使病情恶化什么的。"

齐茂拼命摇头，斋子传达父亲的旨意，但尚夫却不顾一切地准备着。他叫孩子坐在枕头旁边。齐茂不愿拍照，极力从枕边挪开脑袋。快门按过了，照下了喘息的野兽般的嘴巴。

齐茂昏迷了。接着的两天里，他一直在模糊的意识里徘徊。医师没有发现新破裂的血管，因而怀疑是神经疾患并发症。

齐茂看到许多幻影。鹦鸟展翅欲飞，但飞不起来。它悲哀地呼喊，挣扎于月夜的庭院。于是，无数蚂蚁汇集在鹦鸟身上，将它活活咬死，又黑压压猬集在肠子……

此外，月夜的海上，一艘巨大而黝黑的货船满载着被齐茂虐待的男女，正向这边的海湾驶来。货船在悬崖下面抛锚，船客们手提皮包，一个个向悬崖上攀登。他们伸展手指，迅速从岩角爬向岩角，皮包没有掉落。众多面孔排列于悬崖之上，一起窥探齐茂的病房……

大体都是这种寻常的幻影。齐茂缺乏诗人气质。为了回应这类凡庸的幻影，他发出率真而纯粹的恐怖呓语。

四五天后，他又陷入昏迷前的状态，口不能说话，半身不遂，旺盛的食欲得以恢复。

五月过半的一个早晨。

这天早晨，天气很好。海浪平静，碧空如洗。许多渔船出动了。从齐茂的病房可以望见点点白帆，互相吸引，往来交织。小鸟群集于红松枝头，嘤嘤鸣啭。庭院的广玉兰上缀满了粗鄙的纸花般的大型花朵。蜜蜂愈加殷勤地飞来飞去，汽车喇叭比平时更加频繁地传来。穿过隧道驶往温泉地的轿车和吉普车很多。忽然想到是星期天，昏迷后正好过去一周了。

桧垣、齐茂、耀子，还有多少感到有些责任的尚夫都来了，从前一天晚上起，都住在这里。斋子捏着银质汤匙将牛奶送到父亲嘴边。齐茂脖子下边垫着毛巾。牛奶时时洒落出来，沿着下巴流淌，浸湿了毛巾。高兴之余，失去耐心的斋子，用汤匙粗暴地刺伤了摘掉假牙的软软的齿龈。齐茂为了报复，将满口牛奶一起吐出来了。

没有一个人能理解这个不断发怒的幽闭的灵魂。大家都被桧垣卑俗的玩笑话引得发笑，就连斋子也屡屡被玩笑所吸引，不时停下捏着汤匙的手。

"那么，听我说，对待我们应该共同看护的父亲，如此给予悉心关照，这种厚意实难忘记。真的，甚至连斋子的看护……我认为桧垣先生很伟大，一般的人做不到。"

耀子认为抬出桧垣从利害上看似乎对自己有利，说了一通奉承话。谁知这位一向不愿掏腰包的近亲，倒先收起自己的傲慢，认为说他"伟大"的人，才是"一般人做不到"的呢。

虽为贵阁小姐但又阴险狡黠的耀子，说哥哥齐显不通世故，瞧不起他。这不过是五十步笑百步。

"实在麻烦桧垣君了，不胜感谢啊。"

齐显到底是齐显，他很大度地说。这位想当作曲家却因懒惰而一事无成的男子，在父亲宅邸的废墟上饲养安哥拉兔，用这份收入维持生活。他竟然用这番口气对一位证券公司经理说话，令人感到奇异。

"太客气了，真不好意思。我是令尊的崇拜者，只是凭着一个崇拜者的心理行事。要是还能为老爷效劳，我一切在所不辞。您用封建式的礼仪对待我，使我很难办。我就是喜欢令尊，仅此而已。"

"您喜欢他哪里呢？"

"比如各有所好这一点。说到令尊，他不就是大蒜吗？"

"可大蒜到底含有激素啊。"

斋子沉默不语。沉默是谴责的表示，她只把父亲当作一个被看护的可爱的玩偶，一听到这样的话，就想到父亲也会听到，也会看到。父亲的耳朵和父亲的眼睛，同他的肉体不在一起。他的耳朵和眼睛似乎存在于悄悄面对这个世界的另一个世界。不论何事，一旦在那个世界被听到了，就不会成为这个世界的耻辱了。或许唯有在这样的耳朵和这样的眼睛面前，人才可以肆无忌惮地干出厚颜无耻的事情吧？

"都吃光了吗？"

"中途停止了。"

"我来喂他吧。"

桧垣随便地坐下来，也不顾裤线如何了，接过牛奶汤匙。

齐茂再次预感到一种恐怖。其实，恐怖已经变成他的生活。对人世的恐怖，早已成为他的信条。

桧垣的眼睛同糊满眼眵、半睁着的老贵族的眼睛相遇了。桧垣的小小鼠眼，肥硕的下巴颏儿，蒜头鼻子，这一切在齐茂看来都显得滑稽可笑。齐茂之所以叫桧垣来照顾自己，说到底也是为了更加深刻地嘲笑他。

——桧垣那张牙齿不整的嘴角满含善意，露出一副仿佛因吃多了善意而不住打嗝的神情，他伸出了汤匙。再想寻找当年半边脸上挨耳光的聪敏少年的表情，那是难上加难了。

——二十五年前，当时使唤的这个执事的儿子，偷了齐茂忘在院中凉亭上的打火机。与其说偷盗，或许更因为好奇，正在摆弄之间，齐茂回来了，抓住少年就是一耳光。这个身材小小的少年，头脑聪明。齐茂也承认他聪明伶俐，但因为相貌丑陋，不讨人喜。英俊而残酷的齐茂，刻薄中夹杂着爱，但这种爱丝毫不宽恕貌丑之人。

古板的父亲因此同桧垣断绝关系，桧垣做了某股票商的学仆[1]。他被主人一眼相中，受到特别磨炼，战后资助他独立开业，亲自充当一家证券公司的经理。他买下这座别墅，将在战争灾难中失去住所的老主顾父女当作贵宾接来居住，一面为他看守家门。

——桧垣舀满一匙一匙牛奶，汤匙底部压着齐茂的下唇。齐显等人也伸过头来帮助桧垣。

"爸爸，快点喝！"齐显一副冷酷的命令的口气。说出这种话的男人，肚子里的知识格外浅薄。

---

1 原文为"书生"，指在富贵人家边做杂务边学习的少年。

"要喝的，很好喝的呀。"耀子也是一副粗野的语调。

"桧垣先生，加油，加油！"一向天真的尚夫附和着。

齐茂听到他们的话时瞬间的反应是，从心情上感到任何事都可以决定下来。这种预感大致不会错。事实上，人生确实具有丑恶内心外现的重要瞬间。随便打个比方，就像混入群众中的行刺者，尤其需要一副不显眼的装扮。

顽固地紧闭嘴巴不再喝了，是一乐。转过脸碰翻牛奶，也是一乐。用嘴唇使劲儿撞击汤匙，让桧垣的鼻尖儿像狗鼻子一样沾满牛奶，又是一乐。

齐茂滴溜溜转了下眼珠望着斋子。斋子背靠父亲的羽毛被，扭身从绫子被面中抽出一根白羽毛，用指头摆弄着玩。她那样子，似乎不太关心齐茂会采取何种态度。但是，不管谁一眼就能看出，她正盼望着什么事。只不过谁也没有注意这一点罢了。

齐茂看到这些，心情上无意识地直接委身于某件事情上了。他老老实实张开嘴巴，牛奶从半麻痹的嘴里滑滑地流了进去。

"啊，喝了啊！"

"怎么样？干得好吧？"

桧垣说。齐茂简直令人难以置信，竟然通过桧垣手里的汤匙喝下好几杯牛奶。

看厌了的耀子，为了借斋子的手镜化妆站了起来。须臾之间，镜子映着五月早晨的光线，在室内纵横闪耀。

斋子说：

"这样下去的话，爸爸会很快好起来的。"

"那当然了，那当然了。"

桧垣应道。

不一会儿，斋子去做午饭，桧垣和尚夫去散步。

齐茂可以说有生以来第一次漂浮于融和甘美的感情之中。他感到天空美丽，大海美丽。就连鸟鸣和蜂虻的嗡嘤，听起来也那么优美。他的感情，即使是半身麻痹感之中，也能觉察出一种舒适的谐和。

因为没有镜台，耀子只得将手镜竖立在窗台上，站着补妆。化完妆，那手镜又拿在她手里，像电光一般照耀着屋子各个角落。躺着看早报的齐显说道：

"消停点儿，烦死了！"

"从一大早，我就在生气呢。如果把斋子看作小孩子，那也倒罢了。她让我们睡在这个小房子里，她一个人同桧垣先生一块儿睡在堂屋里。"

"桧垣一开始就瞄准了这一点，有什么办法呢？"

"真是令人目瞪口呆啊。"

"这次来一看，斋子的样子不同了，我一下子明白了。桧垣瞅准了这个好机会。"

齐显装模作样地打了个大的哈欠。

齐茂听着听着，他再也不能听任感情自然发展了。

"桧垣怎么了？竟然干出这等事……这个桧垣，真是。"

他想起刚才斋子从羽毛被里抽出一根白羽毛那种异常而又认真的样子。那正是爱啊！那种暗示，竟然使得齐茂接受了桧垣的汤匙。干脆下毒就好了。即使是毒药，他也只得等着喝下去……

齐茂的眼睛里燃着怒火。预言的能力，占卜的能力，都在眼前消失了。恐怕诅咒也不灵验了。谁能理解这个图圈里的身子？谁能理解这个囚禁中的灵魂？连他自己也弄不清楚……他祈求死。然而，死也是同他的希望完全无关的判断，就像某天早晨投给乞丐的一枚残破的小额纸币，在他的上空飘舞着降落下来。

松平齐茂不知悔恨。虽然这么说，但他曾经赋予人的不幸在茁壮成长。不幸生下的不幸的儿子，不幸的孙子，不幸的后裔，显然会旺盛地繁殖下去的，因而，齐茂还会有努力悔悟的热情。可是他播下的不幸的种子，悉数都只是以变形的爱情，以及扭曲的人道主义的形式长大成人，并没有给他带来任何回报。什么也没有！就像他给别人制造不幸和伤害时所具有的强硬的判断和同样的力量，他什么也未得到。他所接受的东西，只是那位走运的暴发户，用那难看的肥墩墩的小手，捏着汤匙朝他嘴里注入的少量的牛奶，仅此而已。他一生中的回报仅限于此。

一心巴望开口说话的齐茂，愤怒之余，不想再开口了。这时，他心中出现另一种自由的征兆。这位埋没于衰老、疾病和分泌物气味儿中的老人，身处不可撼动的巢穴中，悄悄梦想着寄望于微妙复仇的生存方式。他心里忖度着，不能将斋子交给那头卑俗的猪猡！至少使斋子不离开我，必须使她成为我的真正的不幸！

桧垣的举动渐渐露骨了。

"不行呀，在这里不行，我说了不行嘛。"

他迷迷糊糊醒来后，听到斋子的声音。两人旁若无人，得意忘形，时时忘记旁边还有个齐茂。子爵连摇动呼铃的时间都没有了，他们露出轻薄的样子，两个多小时都没有被发现。

怪物

一天夜里停电，斋子端着手烛来到齐茂的枕畔。她放下点着光裸蜡烛的手灯，站起身要到堂屋去。齐茂正瞅着这个机会呢。他朝旁边一伸腿，将斋子绊倒在地。

斋子以为齐茂开玩笑，喊叫道：

"快别这样，快别这样，对病体不好呀。"

齐茂将自由的左腿和不能动弹的右腿一起压在倒下的女儿的两腿上。他左手拿着蜡烛，肩膀硬是抵住女儿的胸脯。

齐茂的左手动作熟练，他出色地完成了这一切。蜡烛的火焰炙烤着斋子的面颊。她拼命抵抗，一部分头发燃着了。火焰纤细而圆满地沿着头发丝儿烧着，卷着，逐渐蔓延开去。不过，头发上的火没有惹出大祸。

——松平齐茂这个最后的谋略遭到背叛。眼下很难遇见的讲求人道主义的桧垣，决然同那个半边脸扭结在一起的丑女结了婚。他们两人婚后一周，齐茂因再次脑溢血猝死。

水果

果実　一九五〇年一月

她真诚地用右手解开内衣，向我敞开那温润而甘美的酥胸，宛若将一对快活的小鸽子敬献给女神。

——皮埃尔·路易[1]《莫纳吉蒂卡的胸脯》

昭和二十二年[2]十月，逸子邀请弘子一起到她从前独自一人寄宿过的田园调布[3]的伯父家，两人在他们家的厢房里开始了共同的生活。打从春天起，弘子就经常住在这个家，伯父夫妇丝毫不以为怪。弘子提

---

1 皮埃尔·路易（Pierre Louis，1870—1925），法国诗人，生于比利时。主要作品有描写女同性恋的诗集《碧丽蒂斯之歌》。
2 即1947年。
3 东京都大田区西北部地名，大正七年（1918）根据涩泽荣一等提出的田园都市计划开发的住宅区。

议交纳和逸子等额的房租，并加以实行。伯父是个年迈的法学家，他的落后于时代的著作卖不出去，伯母看样子是个迷迷糊糊的无职的女子，夫妻俩极力赞成她们住在一起。

这套厢房由远离堂屋单独存在的五坪大的画室，以及附属的四叠半房间和厨房组成。这本来是为战死的立志当画家的长子建造的。伯父夫妇之所以不愿靠近这一带，那是因为长子战死后，他们偶尔得知这套厢房的风水不好，有犯鬼方。他们不是害怕迷信，而是害怕悔恨。

画室收拾得很舒适，清洁而明亮，为方便临时住宿的客人，处处考虑周全。逸子和弘子两人虽然长相各异，但都同样爱干净，这一点近乎洁癖。大凡有洁癖的人，反而具有一种傲慢和舒缓，比如不论做何事，动辄习惯使用镊子。不过，她们两人的举止之中，似乎也具有共同的倦怠的慎重。

逸子年龄大些，即将进入在人前忌讳谈婚论嫁的时期。她身个儿高挑，鼻梁秀挺，眉眼清炯，堪称大美人儿。手脚也很健硕，使人觉得一旦站在舞台上，就能立即引起观众的注意。她走起路来有个毛病，喜欢较大幅度地摆动双肩。她爱搜集古董，购买不知来由的仿造李氏王朝的瓷壶和翡翠。神户轮船公司的父亲，每月给她寄来充足的零花钱。

弘子个子矮小，不爱说话。脸型娇小而浑圆。她因为严重贫血，脸颊近乎青黄色。正因为这样，胭脂和口红就像涂在白瓷上，鲜艳夺目。她是近视眼，但又讨厌戴眼镜。

两人在私立音乐学校声乐系上学。

她们一起生活了将近一年。翌年夏季的一天，逸子坐在黎明前晦暗的画室内。她深夜醒来后就睡不着了。四叠半的蚊帐里，身上一丝不挂的弘子睡得正香。逸子披着浴衣，从她旁边离开之后，背靠在画室的椅子上，待了将近一个小时。她的脚指头夹着一只脱掉的凉鞋，在黑暗里不停地摇来摇去，沉浸于毫无连贯的思索之中。

蚊帐内传来大声呼叫逸子名字的喊声。醒来的弘子光着身子坐在铺席上。圆润的肩头承受着台灯的逆光，汗津津的，闪现出暗淡的光辉，急剧地上下喘息着。逸子一刻不在她身旁，弘子就感到窒息般的恐怖。换句话说，这一年改变了两个人的处境，颠倒了两人对于孤独的恐怖感。

"到哪儿去啦？姐姐（弘子有时这样称呼逸子）到哪儿去了呀？你要是弃我而去，我立即就死给你看。死就死，没啥了不起。"

逸子似乎狡黠地暂时沉默了。这不是因为狡黠，而是逸子正受到两种心情的夹击：一方面被弘子的热情所压服而感到窒息；另一方面又满怀眷恋，不愿意失去弘子。不能断言后者力量一定比前者薄弱。蚊子的羽音为沉默增添一层阴郁的厚重感。

"怎么啦？为何一言不发？"——弘子焦急地问，"你不爱我了吗？何时让我有个孩子？难道我的欲望可有可无吗？"

"我也想要啊！一醒过来就睡不着了。刚才正想着这件事呢。"

"眼看就要放暑假了。暑假之前我就想要呢。"

逸子回到原来的椅子上，深深叹了口气。从弘子那里看到的只不过是一团白色的浴衣。不久，逸子那种热烈而沉重的叹息，听起来仿佛是向黎明前晦暗的窗外自言自语。

"眼看就要放暑假了。"

不知是不是灵感，这一奇想几乎偶然同时产生于两人心里，是一

水
果

个多月之前的事。

破绽始于这年的春天。如果说"破绽"这个词儿不合适，应该说是饱和状态。极度的相爱，而且是稍显异样的爱，具有走入死胡同般梗塞的构造。越是相爱就越不能挣扎。这种爱本质上不知堕落。不知堕落的爱的恐怖，如果有决然不得解脱的赌注，那就是这种恐怖。这是没有终结的。逸子有时认为她们的生活就是被涂抹进画面的生活，这本是住在画室内自然的联想。然而，颜料的胶质却把画中人物黏结在姿态放肆的磔刑柱上，因此，即使在屋外，也微妙地展示了两个女子被绑在磔刑柱上的人的特质。走路时，两人十指紧扣不分离，发出临死前一般的狂叫。有时候，又表现出失魂落魄的样子，一言不发地坐上一小时。这种生活，日复一日变成了沉重的包裹，日复一日变成可厌之物而一筹莫展。

四月半，学校同学曾经来约她们两人去赏樱，弘子因患感冒卧床不起，逸子谢绝邀请，送客回来关上房门。她忽然发现了被遗忘的香烟盒，正要追出去还给客人。弘子在床铺上带着一副狂暴的眼神喊道："不能去！"她感到不快，心里话是：你想撇下生病的我去赏花吗？逸子默默回到画室，从烟盒里拿出一支别人的香烟抽起来了。这是无意识的动作。脸埋在枕头里哭泣的弘子没有看到这些。当逸子觉察自己无意中抽的香烟是属于他人之物时，刹那间深深品尝到一种明朗而豁达的心情。她尽量不惊动弘子，尽情地抽着烟。这本是常见的国产烟，抽起来竟然感到如此香醇，到底是怎么回事呢？但她因恐怖而不能抑制这种感情。只是自那时以来，她终于觉悟到互相的爱也会互相带来恐怖这个道理。

那是六月初的事。两人到日比谷看电影，走出那里天已经是薄暮。逸子和弘子总是脚步合着脚步。她们不约而同地向日比谷公园门内走去。天空依然明亮，但树丛下边已经是黑夜了。路旁的自来水管破裂了，涌出的水汇集一处，水洼映着夕暮的彩云。由于树下晦暗，那云彩更加显得明丽、绚烂。道路向右转弯，两人走到有花坛的一角。耸立在草地中央的苏铁一团黝黑。玫瑰和大丽花长势繁茂，她俩在一边空着的长凳上坐下了。

两人的身子紧靠在一起，十指交合，呆然而坐。很神奇，两人总是这样，仿佛有人命令她们这样做。别的长凳上的众多男女，对她们都明显露出一副谴责的神色。两人明明知道受到谴责，依旧紧贴着肩头和腰身，看起来似乎很开心的样子。突然，弘子发出一声近似唏嘘的模糊的鼻音，将头靠在逸子的肩膀上。头发的感触使得逸子的脖颈一阵战栗。

"怎么啦？"逸子依旧面向前方，故意无动于衷地问。

"没什么。"

"好奇怪的人呀。"

"姐姐不也是吗？"

一位骑着自行车的少年，曲曲折折穿行于五彩缤纷的花坛之间。他身上的白衬衫，愈发显著地反衬出浓重的暮色。两个女人又恢复沉默，深深叹着气。耳朵倾听着习惯性肉欲的心跳，眼睛在刺疼般的倦怠中一阵灼热。两人都一眼看穿，现在各人所考虑的只是"死"，不是其他任何东西。

微微听到轧轧的车轮声接近了。弘子离开逸子的肩头，朝那边望

水
果

去。那是婴儿车，阿妈穿着多少有些不合体的连衣裙，暮色中也不显得着急，对于这里那里的一对对情侣毫不介意，一副悠悠然自我满足的样子，推着车子通过。经弘子提醒，逸子也把视线转向婴儿车。

车子打两人的长凳前缓缓走过。婴儿睡着了，额头覆盖着鬈曲的金发。孩子睫毛深长，眼角和口唇分布着雕琢般的细线，包裹于日本婴儿所看不到的正确的荫翳之中。身子裹在好几层浅色的披风之中。沉浸在甜梦中的小手伸向车缘，看上去有着难以形容的可爱。瞧着瞧着，弘子的眼睛放光了。逸子的眼睛也像在暑热中发蔫了的青草蓦然被灌足了水，立即变得活鲜起来。

"呀，好可爱！"

两个女人异口同声地喊道，互相对望着。她们心中充满纯粹的喜悦，四目对视，各自流露出没有混合着爱的共感的表情。这是一种怎样的共感啊！隔了几个月，逸子和弘子未曾隔开的心，互相毫无畏惧的心，赤裸裸的心，更加靠拢到一起了。两人望着渐去渐远的婴儿车，纹丝不动。婴儿车隐没在枥树荫里了。两人回过神来。接着，她俩之间感到一种彻底的匮乏，换句话说，那是一种焦灼的饥渴。

这一个月里，弘子一天到晚念叨想要孩子。逸子觉得招架不住了，对她这个不可能实现的热望感到头疼。这个世界有着明确的定规。光靠女人之力是无法生孩子的，这就是其中的一个定规。但是，逸子和弘子依然厌恶所有的男人，理由之一是"男人不洁"。她们爱洁净，即使要孩子也只希望要女孩子。"因为女人清洁。"

在音乐学校，同学们从逸子和弘子过于慎重的举止上，反而嗅出了她们的秘密。在旁人眼里，那种认为绝不会引起他人注意的厚颜无耻的慎重，比起自己所犯下的罪愆的本身，反而更加不容饶恕。人们容易宽宥罪愆本身所具有的谦虚的性质，但不宽宥秘密本身所具有的妄自尊大的性质。同学们时时考虑充满友谊的惩罚的方法。

梅雨季节。初年级发声法的练习，通过分馆的窗户焦急地传了过来。弘子对见到的每一个人都这么说：

"我想要孩子，不知怎的，我想孩子简直想疯啦！"

这时，逸子胸前抱着乐谱包，含着责怪的微笑，像是被惊吓的人，一直凝视着弘子。同学们都说她那样子有些可怕。他们都产生了误解，有人说这是逸子妒忌弘子，还有人说她们俩关系冷淡了，弘子是在想男人。这误解也是有缘由的。那就是因为，弘子明明有那种赤裸裸的热望，而又隐藏真心，说话时故意显示出豁达的样子。

"说想要孩子，不就等于说想要男人吗？"

"将计就计，那就按她的要求，送个孩子给她吧。"

"哪里会有被遗弃的孩子呢？"

要找到被遗弃的孩子并不难。有个学生一时疏忽生个女儿，正发愁没办法处理呢。

暑假开始的日子，逸子和弘子外出回来，打开画室的钥匙。四叠半的窗户大敞着，她们惊讶地打开画室的电灯。这时，她们发现桌面上放着一只椭圆形的竹篮，里头躺着一个熟睡的婴儿。

两个女人疯狂地喊叫着扑向竹篮。婴儿惊醒了，吓得哭起来。本来是哭累了才睡的。牙齿渐渐萌出的口腔，从咽喉内迸发着火烈的叫喊。两人轮番抚摸孩子的面颊和下巴。逸子干了件可笑的事。因为她闻到了汗味儿，便在包裹婴儿身子的纱布上，喷洒了自己爱用的香水。两个女人度过了一段忘却自我的光阴。婴儿一刻不停地啼哭着。她俩不知用什么办法才能使孩子不哭。弘子把耳朵贴在婴儿的胸脯上，听那心跳。

"很有力啊！很有力啊！"

弘子喊叫着。她们再次亲着婴儿的小脸蛋儿，两个女人的口红将婴儿的胸脯染得通红。

弘子的性格使她轻易相信会出现奇迹，所以她不愿询问刚才这件事的来龙去脉。逸子也渐渐被那种疯狂的确信所吸引与控制。这些都迫使她作出了不合逻辑的判断：这婴儿无疑是我们两人生的。

不幸的婴儿经不起胡乱折腾，身体麻痹了，不再大声哭喊，只是流露出微微不平的唏嘘，轮番瞧着两个女人。

逸子睡眼惺忪地凝视着婴儿。她预感到一种谴责，还有愤怒。她把作为女人显得有些过于粗大的手掌，伸向婴儿的脊背，一手剥掉从背到腹围着的纱布，也不将垂到颊上的头发挽起来，全神贯注地盯着婴儿的身子，然后放心地用冷静的语调说道：

"是女儿。"

弘子一阵狂喜。接着，她说了句恐怖的话。逸子听罢不由有些悚惧起来。弘子是这么说的：

"看样子，肯定是我们的孩子啊。"

夏季里的每一天，两人都感到过得异常迅速。逸子的伯母向她们传授育儿方面的知识。两人整夜不合眼地精心喂奶。婴儿吃的是牛奶搦米汁。另一方面，在伯母眼睛看不到的时候，给予婴儿过度的爱抚。那是一种强烈的爱抚。婴儿夹持在两个女人之间，半夜里又是抚摸她的头发，又是亲吻她的小脸儿。两个女人幻想着婴儿的未来。似乎充满矛盾的梦想的内容是：婴儿长大后，做个美丽的新娘子，成为男人无与伦比的爱妻。

女人的梦想总是这样。

逸子和弘子全然摆脱了倦怠和死亡的诱惑，处于一种安全的共感之中。她俩再也不能一起出门了，只得交替着买东西。买的主要是玩具。四叠半的天花板上，吊满了各种挑逗孩子兴趣的玩具，并时时更换着花样。那些玩具一概都是无休止地旋转着，用眩惑的闪光扰乱着幼儿的神经。

晚夏的一日，婴儿吐出混有白色颗粒状的呕吐物。因喂水太多而引起腹泻，这症状已经持续好几天了。但是，她食欲不减。逸子和弘子为了给她补充营养，增加授乳量。婴儿继续哭闹不止，有时又落入昏睡不醒的状态。睡着的眼睛看起来有些上挑。叫来的医生下了诊断，说是严重消化不良。住院第三天，婴儿死去。

两人沉默不语送地走了每一天。夏天即将过去了，她们终日闷在炎热的画室内，不离开一步，也不想读书。弘子时时发出崩溃般的唏嘘。逸子不哭，她的悲愤近似于不知对象的憎恶。

一天，她俩对伯母说要出外旅行，提着行李箱兴高采烈地前来辞行。伯母没有送，就在玄关内告别了。过了两天，伯父闻到一股异臭，甚感奇怪，他朝画室里一瞅，两人倒在地板上，死了。宛若长期放置

水果

在温室内熟透的水果，已经开始糜烂了。夏日酷烈的阳光，从画室的
天窗投射进来，加速了这个过程。

死
島

死の島　一九五一年四月

次郎乘坐函馆开往网走的空荡荡的火车，经过苹果园和分布着广阔白杨树的渡岛大野，到达大沼车站已经是午后了。

车厢里的次郎对高高耸立的一排排白杨树仔细观察，从第一棵开始向左边的树，再向左边的树，一棵一棵，似乎将刚刚沉醉其中的白杨树般潇洒的片段的思考，逐一接受下来。不论哪一棵白杨树，都无法从头到尾考虑殆尽。不是从接受的思考中抽取严谨的结论，而是进一步由白杨树将此传递给相邻的树木……

秋季，广袤的原野充满光明。次郎突然看到一棵白杨树周身化作一根光柱。他愕然地自言自语起来：

"那是什么呀，那种奇怪的动作？"

火车继续向前行驶，那里又像原来一样，只不过是凡庸的黝黑枝干和碧绿的叶丛。

"那是什么呀，那种伸展向上的奇妙姿态？"

次郎追寻着这一无意义的思考。那就像一段音乐的主题触及他的内心。

较之现实的感动，这种感动，将现实的丧失感更加清晰地刻印在心里，反而令他觉得这就是更加现实的感动。换句话说，它是重叠的记忆力，这种使丧失的东西不断得以复苏的精神机能，及早在这种丧失的底层就生动地感知到了。

次郎出外旅行。那时，他试着将日常生活中丧失的东西重新寻找回来。旅行对于他来说，是对某种丢失物品的探寻，是将搁置在遥远地方的自我感情捡拾回来的经历。那不是到未知的土地寻求未知的东西。毫无疑问，正是在那未知的土地上，他最亲炙的观念犹如生息于故乡的婴儿，保持着出生后鲜丽的姿态，等待着他的到来。他就是这样回到未知。

"为什么呢？"次郎思考起来，一副紧紧绷着下巴颏儿的表情。那只下巴颏儿，正是他被人呼叫时显露出孩子般傲慢表情的根据地。"为什么呢？因为我生于未知。"

这位二十六岁的青年，早已在布满旅途风霜的灰色制服上，披着夹层外套。皮箱放在行李架上，波士顿手提包置于自己的膝头一旁。他不住地抽烟，手上写字磨出的胼子被烟油熏染了，呈现着绛紫色。

他将进入青年时代的时候，做了一身颇具讽刺意味的西服。那种人人都会认为非常适合自己的花呢西服。有个时期，次郎身穿这套新做的西服十分得意……不久，他就感到有些不适合自己了。一天早晨，次郎在街角的镜子里一照，感到一阵绝望，就像女人眼睛下发现了新的皱纹……不，这比喻不太妥当。次郎觉悟到，那身颇带讽刺意味的西服，在掩藏他年龄的弱势之余，也使得他对年龄应负的义务忽略不计。讽刺的是，直到今年夏天，他才十分鲜明地看到，他的滑稽不但未获救治，而且继续陷他于更为恶劣的滑稽之中。就是说，那是一种由于笑杀一切感情而产生的、戴着假面般的虚假感情的滑稽。

次郎学会了默视。即便不认为是滑稽，也没办法证明。他必须从饶恕自身的滑稽开始。为了培育我们自身的崇高，同时必须培育滑稽……

美丽的风景治愈了他的讽刺。他微微张开口唇，神情愕然，他看到一棵摇摆于光明中的白杨树。

在大沼站下车的只有他一人。这位年轻、不显沉郁、但见轻佻而富于热情的旅行者，乘上站前等客的旅馆的迎送马车。赶车人向着午后闪耀着湛蓝的倦怠的秋空，扬起了鞭子。马低着头奔跑起来，马车无目的随之向前移动。

大沼离函馆市不太远。站在函馆山顶眺望，位于横津连峰西端的驹岳喷出的烟雾，在太阳里闪耀着银白的光芒。突兀的山顶像犄角一样拔地而起。古代，因驹岳喷火使河水堰塞而形成的大沼，位于这山脚之下。

次郎吃罢旅馆的午餐，站在大沼公园一端的赏月桥畔，再次眺望驹岳素白的喷烟，这回宛若望远镜对准了焦点，其比起昨日在函馆山顶所看到的喷火口，显得数倍的巨大和鲜明。稀薄的喷烟在喷火口上方，缓缓描画出一个圆环。火山口赭红色内壁上渐聚渐多、滚滚欲出的烟雾，给予次郎的眼睛一种亲近感。次郎想，那烟雾简直就像放学后闲着无事但又不肯马上回家的小学生们。

他走在大沼公园埋没于落叶中的林荫道上。

风带着幽深的音色，一阵阵掠过枝叶茂密的枥树梢头。那时节，瀑布般的阳光，猛然倾泻在布满苔藓的暗绿色小路和石阶上。次郎将要攀登的那条陡峭的石阶中段上，那道光的瀑布，无声地悬挂着，而且看起来好长时间一动也不动。一阵风过去，瀑布又碎了，消散了。

"那是什么呀，那种奇妙的姿态？"

次郎从刚才起不断感到一种宛如自然的异样媚态之物。

青年的耳目逐渐灵敏起来了。

一首诗的构思，一曲音乐的主题，一旦产生于心中，次郎脸上的筋肉就会发生抽缩，变成满是灵敏而狡黠的小动物的脸。他本人也能深刻地意识到这一点。他的灵魂变成热衷于恶作剧的小松鼠。或者变成快乐的野鼠，时时为牙齿增长而疼痛、烦恼。看来，灵魂能够很容易地进入任何对象，能够穿过任何坚固的墙壁。

他站住，点上一支香烟，环顾幽深而广阔的公园森林。他侧耳倾听，犹如逃出铁栅的小动物。他用脚尖儿踢着数日前经雨淋湿的一堆落叶。

"什么东西在叫我？叫我的究竟是什么呢？"

这种人工的森林，这种人工的自然构图之中，仿佛隐藏着某种优雅的诡计。风景同时也是音乐。一度迈步进入其中，它已转化为具有透明复杂深度的一次纯粹的体验。

次郎想作出回答。他吆喝了一声，回响在周围稠密的绿叶丛中盘旋。

次郎发现，这片绿叶丛的一角晃动着水的闪光。

那里是大沼三十二小湖湾之一。说是湖湾，其实近似泻湖。水的表面锁在暗绿的影子中，太鼓桥悬挂在小小的湾口。斑驳的沥青广告牌上，写着"出租游船"四个字。水边芦苇丛里聚集着许多小船，有的半浸在水里，那浸在水中倾斜的姿态，终日以奇妙的均衡继续演绎着沉静不动的沉船情景。水中的座席透明可见，布满美丽木纹的船板，蒙上了一层薄薄的绿苔，等待着每天早晨从森林正东方的间隙冉冉升起的那轮快活的朝阳前来乘坐。

次郎推开悬挂广告牌的小屋的门。屋门腐朽了，倾斜地敞开着。榻榻米上一个老人在午睡。他被响声惊醒了，看到屋门口青年的身影，老人立即站起，前倾着身子走过来。不知出于何种考虑，他的旧西装口袋里露出脏污的紫色手帕。

"我想租船。"

"啊，啊。"

老人提出要陪他乘船围绕海岛转一圈儿，次郎谢绝了老人的提议。大沼周围三十二公里的水面，漂浮着一百二十六个小岛，名闻遐迩。

"一个人去即使看到好景物（老人总是叫风景为景物），也不知道岛的名字。一百二十六个岛各有各的名称。美人岛、女夫岛、严岛、军舰岛，建有小屋的西大岛、东大岛、亲子岛、日出岛，东伏见宫[1]命名的吴竹岛，原来有元帅铜像的东乡岛……"

次郎不愿意听他罗列这些俗恶的名字。他试图忘掉这些名字。

"客人是东京人吗？"

1　指依仁亲王（1867—1922），官至海军大将，死后被追授元帅称号。

"嗯。"

"我是帆船出租合作社的主任，姓木谷。我在这里管理帆船，今年正好二十五年。我也是东京近郊的人，年轻时带着妻子流浪到北海道，妻子死了。"

老人滔滔不绝讲述了自己的履历，看来每天至少向好几位游客讲过吧。他连忙将胸前的手帕向上提一提。里面包着名片，就像魔术师玩扑克牌一样，他抽出一张来，恭恭敬敬送给次郎。

次郎将名片装在衣服内的口袋里，飞身跳上一条小船。他拿起递过来的船桨，时时对明亮的水面打耳光。次郎笨拙地操着船桨，钻过太鼓桥进入海湾时，他向"主任"招了招手。老人摇了摇紫色的手帕，作为回应。帆船驶入大沼湖广阔而明亮的水域，可以望见，驹岳稀薄的喷烟，依然显露出羞耻的犹疑，将黯淡的阴影烙印在火山口周围的沙漠上。

充满感动的心，不，那是因感动而时时做好万端准备，宛若待客而至的宴席上纯白的桌布般的心。一百二十六个小岛的景观，就是出现在这样的心灵之前。这些小岛犹如众多无言的宾客，探寻着次郎的真情。这笨拙的双手操纵的小舟，循着无益的迂路，徐徐驶入风景的中央。次郎停下手中的船桨。随意漂流的小船，顺着水路前进，水面被相连接的小岛之间的红叶映照得一片火红。

如上所述，大沼是火山喷发堵塞河川形成洪水而汇聚的湖。所谓岛，只是露出洪水表面的各种地上风景的遗存。既然不是浮岛，众岛之根自然牵连着共同的大地。大沼的许多小岛互相交递着隐秘的眼神和微笑，就像当着人前装作一本正经而在被炉中十指紧扣的恋人，沉迷于隐藏相互的纽带的快乐之中。

"在递眼神呢。"次郎仰望着自己的船正在穿行其间的两个小岛，自言自语，"如今两个小岛确实在互递眼神哩。我亲眼看到岛与岛以茂密绿叶的闪光眉目传情……这是当然的。毫无疑问，在他们看来，我们人的眼睛所反映的姿态一定是滑稽可笑的。他们知道，这水上的风景是虚伪的。岛与岛的离隔也只是临时的姿态。他们知道，就连'岛'这个名词，也只不过是虚构的。他们知道，只有水底确实存在的起伏，才是真实的东西。我们的眼睛只能看到现象的世界，他们的眼神在嘲笑这一点。"

菊田次郎任凭小船自由漂流，他很兴奋，不知船会驶向何方。他停下两手，身子伏在两只交叉的船桨上，全神贯注地盯着徐徐漂流前进的方向。一个小岛充满威严的样子，静静地直向他逼来。宛若能乐剧中扮演主角的神秘女子步步靠近。那个小岛下面山漆的红叶一片灿烂，仿佛张开的绯红大嘴。

次郎的身体充满莫名的期待，陶醉于欢快的酩酊之中。小岛热情靠近的速度，时时刻刻将他包裹于微妙而优美的战栗之中。外界的存在，世上的所谓现实，探访这位青年的方法并不是这样的。"存在"如此充满威严与交融地流入他的内部，按照通例，仅限于他的"自我"像暗杀者一般躲藏、伫立在圆柱背后的那个时刻。无防御地迎来外界，对于他来说甚至是缺乏礼节的行为。为了给作品以形式，有必要在这边准备好形式无慈悲的断头台。然而现在，次郎看到音乐——活生生的具备完全形式的存在——将要访问他的姿影。

"所谓形式，"次郎思忖着，"对于我来说就是残酷的决心。但是，那小岛形式的优美和我的决心完全两样。啊，那小岛形式的美德打败了我。那小岛犹如优雅的天子巡幸进入我的内部……"

那时，小船轻轻撞击了小岛。这轻快的触礁，使得青年伏在船桨上的身子稍微晃动了一下，粘着潮湿树叶的鞋底远远滑向了船头。没有谁注意到他，但他还是掩饰摇晃似的站起身来。小船晃动得更厉害了。

菊田次郎将缆绳拴在灌木枝上，眺望着刚刚走过的五十米之外相互邻接的姊妹岛。一只船帆上写着"513"的白色帆船，将要穿行于小岛之间。从这边望去，姊妹岛似乎重叠成一个岛了。因此，白帆犹如穿行于绿树丛中，就像一位白色巨人大踏步越过丛林的身影。

次郎沿着小岛岸边走着，在一片稍大的草地的石头上坐下来。

此时，起风了，哗哗吹拂着岛上不太繁茂的树林梢头。次郎脚下的草地上落下一些橡子，一望无垠的湖面黑沉沉的。波浪从远方有规则地层层涌来，撞击在岸边的石头上，水音、涛声、落叶，以及掠过树梢的风的吟啸，一同响起。所有这些，犹如众多人的衣服在窸窸窣窣响动，漂荡于次郎周围的天空。

风吹散一片云朵，湖面又回复原有的明朗。在新鲜的阳光里，次郎莹润的眼睛，注视着刚才一直没有注意到的稍远的一个小岛。

那个小岛很难称为岛。一半浸在水中的两三坪[1]大的椭圆形草地上，随意地生长着四五棵树，仿佛直接生息于水中。明净的水面照亮了榛树黝黑的树干和白桦灰白的根干。青草像雨后的草地，明丽，鲜润。

---

1 坪为日本的土地面积单位，1 坪约等于 3.3 平方米。

"这小岛简直就像雨后的街道啊！"次郎想，"为什么呢？这么一个毫无遮拦的小岛，看起来竟然如此充满诱惑……"

次郎再次站立起来，转动脖颈环视了一圈。登岛之前，看似庄严的巫女一般的小岛，不过是一座凡庸，甚至可说是俗恶的假山，空虚的出租客房般大煞风景的小岛。这里如果没有足以使我们自我满足于幻影之中的诡谲之美——为什么呢？因为精密的诡谲往往可以使我们放心地主动将幻影托付其中——那就看不到永无餍足的单纯的深味了。适当的宽大，适当的完整，适当的优美，适当的复杂，适当的繁茂。这里的小岛无疑是凭借适当的形式径直走进心中来的。

次郎回到小船旁边解开缆绳。他在这个无聊的岛上待了不到五分钟。

菊田次郎的小船驶向那个"像雨后街道"的小岛。这个小岛为何使人感到一种难以名状的诱惑呢？这片濡湿的狭窄的草地和只有几株树木的小岛，至少不能使得次郎心性安然吧。尽管如此，这个很难叫作岛的所谓岛的风情、几乎和水面相平的草地，以及像是从水中直接生长的树林，为何会如此深深感动他呢？

如前所述，此时的次郎，靠着细小的生活上的决心束缚自己。这位永不服输的慎重的青年，不会轻易喊出"我要活"的话来。他很明白，他的这种万能般的所谓"生的意志"，是如何歪曲生命，使无限多样的生的意味变得贫乏而又偏执。本来嘛，他那被各种预断的不安所威胁的、天生的犬儒主义 [1]，自然会朝着这个方向奔跑。但是，次郎为了不作出那种不断念于生命、不掉以轻心的预断，应该想到只有生本身才能使他的存在符合自己的意志。犹如守在死者寝床边诚实的医生，其信条就是将自己的生命陪护病人直到最后一息。

……菊田次郎将船驶向浸满湖水的小岛。

小岛临近了，那是一副告知你毕竟不值得上岸一览的面颜。岩石虽然强劲地支撑着白桦和榛树，但那生长在少许土壤上的茂密草丛，在如今涨水的时候，看起来是极不可靠的。他从船上伸手扶着水边的树木，一直凝望着这个岛上精微的画面。

次郎小时候对一座玩具房子总也看不够。那种玩具房子，一旦拆掉正面，从楼梯和楼上寝室内的家具，直到楼下的起居室和餐厅，一切都暴露于我们眼前。那个玩具房子为何使得次郎如此入迷？或许是对那十分完备的设计感到喜悦，再加上他自己无法进入房子内部这一事实，才会使他深深迷醉吧。

小岛若无其事地存在于次郎的目光附近。高挺的榛树和白桦在风中摇晃着，树梢的叶子哗哗作响。草丛上蒙着榛树的落叶，犹如雨后一样鲜润耀眼。次郎看到白桦树干上趴着一只巨大的天牛，舞动着长长的触角。一切都那么冷淡无情。而且，即便如此靠近眼前，一切都不曾失掉本来的美丽。

次郎从树干上缩回手，小船松散地徐徐离开小岛。

鍵のかかる部屋

---

1 古代希腊哲学的一个流派，倡导禁欲的自足生活，宣扬反习俗和反文明思想。

"那个雨晴后街道般的小岛，看不到雨后如甲虫爬行般连绵的轿车，永远停留于无人居住的空旷大街。"次郎一边遥望远方的岛影，一边在心里嘀咕，"一定是这样的吧。拒绝人参与的美，作为爱的降热剂有时也是需要的。"这简直就是最典型的狐狸吃不到葡萄般的诡辩。

　　次郎打算返回旅馆。一个小岛由一座红漆木桥连接着湖岸。上岛看了之后，打算沿岸边走回原来的水湾。但环视一下这平凡的小岛，站立于远离人目的陆地，次郎立即被近在咫尺的小岛的姿影所吸引。

　　这个岛和那个岛相隔不到两米，没有架桥，但纵身一跳也是很难跃过去的。因此，这边的汀岸和眼前隔着一道湖水的对面汀岸，以一副带着媚态的距离感相互对峙。这种不起眼的距离，只要任何一方抱有热情和希望，就能立即缩短。

　　然而两边汀岸依然像谨小慎微、温良琐细的一对恋人在四目相望。次郎横卧在岛上的草丛中，两手支颐，凝视着对面的汀岸。

　　岛与岛之间隔着一道小小湖峡，树荫罩在绿阴阴流动的水面上。那种静寂的距离聚集起来的焦躁中，有着难以形容的风情。二米宽的绿色湖峡，内部所堆积的距离之大，可以说几乎是无限的。那种介于两者之间的无限摇荡，犹如十二单衣[1]，重复着距离的聚集，在眺望着的次郎的思念中，有时于遥远的彼方，有时于相互招手的近处，不断描画着这小岛。

　　"多么快活的诱惑。"次郎掬起湖峡的水思索着。青年的手染上

––––––––––––––––––

1　日本古代一种女性多层和服。

死
岛

167

绿色，他已经忘记了岛的存在。"真是的，多么快活的诱惑！开始于对面汀岸，或者那小岛对过连接着的小路尽头的一端，唤醒了何等快活的想象力啊！那里的汀岸遍生芒草，缠绕在柞树干上的茑萝，和山漆一样缀满红叶。一条小径，起自芒草之间，伸延到岛的深部。路面分布着掉落的小石子，草丛间漏泄的阳光随风闪耀。没有一个人影。这是确定无疑的。自小路的一端到另一端，确实没有一个人影。为什么呢？因为我清清楚楚地看到，这岛上没有人可以隐藏的地方。尽管如此，我的视线一旦沿着那条小径漫然而行，就感觉会遇到一位时常怀念的知己，这是为什么呢？"

次郎自言自语，他被这条向这里延伸的小径的一端所吸引，仿佛一个被肉欲侵袭的人般一跃而上。这样的跳跃极为空虚。他又一次解开汀岸灌木上的缆绳。

菊田次郎走完了那条小路。走到路的尽头不到二十步。没有一个人影。他一边倦于认识与行为的完全一致，一边又在思考着一种妖精。那只妖精能够将处于认识与行为分界线而不住迷惑他的东西，以及只出现于这一分界线而又走向分裂和别离的东西，用一根丝线联系起来。他不知道妖精的名字，但次郎的耳朵已经听到它在轻轻地振翅。

"什么东西在呼唤我。呼唤我的究竟是什么呢？"

次郎从一个小岛到另一个小岛，徘徊不止，直到日落之前。他从生长着茂密的山漆、柞、榛、枫、槐、白桦和山毛榉等树木的岛走向另一个岛，犹如妖魔附体一般随处转悠。不久，红霞满天，几只机帆船队列整齐地驶回西大岛游艇俱乐部港内。不一会儿，岸上昏黑的树荫里可以看到白色的船帆。然而，就连那白帆也被折叠在一起，消失了影像。

驹岳承受着火红的夕阳。云彩倦于终日无意义的嬉戏，拖曳着缕缕横斜不定的形状。他预感般地觉得，黑夜已经充满风景的各个角落。仿佛是向裂缝灌水，在风景的薄弱部分，例如林下的阴影，苍郁的树丛底部，黑夜静静渗入，如涨水般地加大了气势。

那时候，次郎看到湖面上出现一个生疏的小岛，初看起来像一艘灰色的大船。那是被带有漠然色调的灰色植物严严实实覆盖着的小岛。岛和水面的界线因暮色而变得模糊一片。看起来，小岛仿佛稍稍漂浮于空中。

次郎的小船眼下沿着岸边驶回海湾，那岛影是回头时看到的。

"那一定是死岛。"次郎不自觉地转动着船头，自言自语，"那一定是实际的存在。那崇高的灰色小岛，耸峙于横无际涯现象的湖沼水面之上，是符合道理的。那就是死岛，在这一百二十六个岛屿之间，无疑是个唯一的实在的岛。那位老人虽然没有告诉我名字，但他肯定经常看见那个岛。"

起风了，波涌浪激，次郎朝着危险的水面划去……

当晚，菊田次郎为了乘坐夜班车前往札幌，深夜步行走了四公里到达军川车站。月是半轮月，宁静的湖上，月光皎洁，寂静无声。

他站住了。旅馆经理将他的行李放在自行车后头，送他走到军川。经理也停下自行车。夜间，马车不顶用。

旅馆经理用平常的赞语褒扬湖光之美。次郎所看到的不是湖，他寻找着漂浮于水面的那奇异的岛影。

"您看到什么了吗？"

经理问。

"嗯，看到了。"青年游客回答，"我今天没有淹死，能平安踏上回归旅程，真是不可思议啊。今天我确实坐在小船上了吧？"

"嗯，您自己说乘坐了。"

青年游客快活地笑了。

"好，一定是真的吧。我既然还没有淹死，那就只能说明我寻访岛屿的旅行，直到现在都未能停止。"

美
神

德国人 R 博士，生于莱茵河流域的杜塞尔多夫。他长期定居于意大利，以其众多著述，无愧于"古代雕刻权威"的美名。

八十三岁的博士，眼下正躺在临终的床上。经允许可以接近他病床的，只有美术爱好者、真诚的青年医生 N 博士一人。

R 博士的住所位于罗马市卢多维奇大街。这里是靠近保存古罗马城门的博尔盖塞公园闲静的角落。博士的住宅占据着四楼三个房间。

罗马的五月，与其说和暖不如说炎热更恰当。强烈的光遍布大地，人们专挑行道树的浓荫下行走，卖橘子水的小贩把车拉到街角。天上终日看不到一丝云翳，一群燕子在废墟上往来交飞，众多的古泉将丰沛的清水喷洒在装饰雕像的身上。博士住居附近，有号称"罗马泉水之源"的特里同喷泉[1]。此外还有著名的特莱维喷泉[2]，相传访问罗马的人，若在离开前夜将硬币投进这池泉水，此生还会再来罗马。

博士从未向这座泉水投过硬币，因为没有这个必要。他主动选择终生不离开罗马作为自己的命运。

午后的太阳正面射进病房的窗户。遮光帘放下了，室内很暗。然而，枕畔水壶里的水陡然升温，博士的额头刚刚擦去汗水，周边又渗出细微的汗珠儿。

濒临死亡的庄严的面孔，埋没于强硬的髭须之中。深深的皱纹，高峻而倨傲的鼻子，位于凹陷眼窝底层散射着微光的双眸，一概保持着压缩大地起伏似的沉静。但有的部分极其明显刻印着临近死亡的征兆，那就是放置于胸前的双手。失去弹力的静脉，纵横分布于手背之上。满是老斑的白皙皮肤，将这些静脉的形状，无力而准确地描画出来。这双徒具形骸的手的内部，看起来已经丧失了生命。

"再让我看看，再让我告别一次吧。"

博士的嗓音被痰堵塞了，听不清楚。N 医师即使听不清话语，也能猜出博士想说些什么。

他从病床旁边的椅子上站起来，走向靠近墙边的台座。台座下面有一辆四轮小车，一摁雕像，车子就在地毯上无声地转动起来。N 移开自己坐的椅子，将小车停在那个位置上。R 博士转动着眼珠，朝那

1 特里同喷泉（Triton Fountain），建于 1642 年至 1643 年，位于罗马巴贝里尼广场，其中心雕像为古希腊神话中的海神之子特里同。

2 特莱维喷泉（Trevi Fountain），建成于 1762 年，位于罗马西班牙广场，因源发少女泉又有"少女喷泉"之名，而世人爱称之为"许愿泉"。

鍵のかかる部屋

里望着。

　　台座上立着的是阿芙洛狄忒[1]的大理石雕像。十年前，罗马近郊发掘的时候，博士发现了这尊雕像。这个发现是现代的一个奇迹。雕像存于罗马国立美术馆，十年来，老博士坚持每周去一次美术馆，同大理石雕像相会。得知博士病笃之后，美术馆为了使他最后再见雕像一面，特例允许将雕像运进博士病房。

　　室内光线微明之中，阿芙洛狄忒雕像浮泛着乳白模糊的形态。除了失却一只右臂，几乎完全保有原型。那双眼睛因害羞而半俯视着，那神态却似乎在冷冷地瞧着病床上的博士呢。

　　R 博士伸出手，慌忙做了一个翻书的动作。死的催逼，使他失去平素沉着的举措。他艰难地说道：

　　"我的著作，我的著作……"

　　N 博士取出一册摩洛哥皮革上印有佛罗伦萨烫金字的大部头。

　　"读一读吧，一百七十页，快点儿。"

　　N 博士将翻开的书页伸向遮阳帘一侧漏泄的光线之下，用青春的嗓音朗朗阅读起来。

　　"……能对我们的阿芙洛狄忒加以论述，作者感到无上喜悦。这是二十世纪以来发现的希腊古典时代唯一的杰作，在优雅和品格上，

---

1 阿芙洛狄忒（Aphrodite），希腊神话中美与爱的女神，相当于罗马神话中的维纳斯女神。

堪与《尼多斯的阿芙洛狄忒》[1]相媲美。无与伦比的幽婉，蕴蓄着一抹神秘与悲哀；神圣和官能完美一致，无疑是普拉克西特列斯[2]的原作。这是罗马时代最杰出仿作，并且是保存至今的唯一的仿作。关于这无上的美，仅限于我们亲眼所见者方能感知，无论用何种语言，都无法将由此所受到的感动传达给他人。可以想象，从古罗马土中发现此物，作为现代人，最初面对这一极致之美时，当是如何战栗不已啊！

"这尊雕像高约二点一七米……"

"就到这儿吧，就到这儿吧。"

R 博士用浑浊的嗓音高喊，挥挥手，制止了朗读。

"下面找出 S 博士的著作来。"

N博士在书架上寻找，抽出一册书来，在屋子的一角抖了抖灰尘，那些灰尘在遮光帘一端漏泄的阳光中上下飞舞。

"读读我的阿芙洛狄忒那一章。快！"

"……关于 R 博士发现的阿芙洛狄忒……"

"不是那里，读身高。"

N 露出不解的神色。

"是高度吗？"

"是的，快！"

"像高二点一七米。"

---

1 《尼多斯的阿芙洛狄忒》，由古希腊雕塑家普拉克西特列斯创作的雕塑。雕塑展现出刚脱却衣袍的阿芙洛狄忒正婀娜走向海中的姿态，被认为是雕塑家最具审美价值的作品之一。
2 普拉克西特列斯（Praxiteles），古希腊雕塑家，活跃于公元前四世纪。长于雕刻优美的裸体像，以奥林匹亚赫拉神殿的《赫耳墨斯》最有名。

“好了。下面读牛津大学 E 博士的著作。”

“也是只读高度吗？”

“是的，快一点儿！”

N 在窗边翻开下一册的书页。读着读着，他战栗了。这个数字简直就像奇妙的咒文。

“像高二点一七米……”

……R 博士闭目倾听。突然从濒死的胸膛底层涌出笑声。他笑了，那是从堵塞的喉咙管里迸发出来的恐怖笑声。笑声迅即摇撼着充满尸臭的房间内黄浊而腐败的空气。

N 博士跑过去攥住他的手，试着让他安静下来。他说：

“博士，您怎么啦？打起精神来吧。”

“我能不笑吗？N 博士。”——他露出莫名的嘲讽和陶醉的表情，“那帮家伙，那些欧洲一流的大学问家，不过都是引用我的著作罢了，没有一个人是自己测量出来的。

“听着，N，我正在忏悔。半个世纪之间，我以学究闻名于世。我的学问悉数精确。我憎恶暧昧的独断，憎恶佩特[1]式天真的主观主义美学。找遍我的著作，没有发现一个错字……可是，我这人一生也故意犯过一次错误。请看这个阿芙洛狄忒。”

N 凑近沉浸于微光中无可名状的美神的侧面，仔细打量着。

---

[1] 沃尔特·佩特（Walter Horatio Pater, 1839—1894），英国唯美主义作家，批评家。以艺术家为题材，极力提倡自己的唯美主义思想。有代表作《文艺复兴》、评论英国文学的《鉴赏集》等。

美
神

"……明白了吧？我发现她时为何那么惊愕。我知道这美神应该属于公共所有，我也知道应该朝这方面努力。不过，明白吗？N，打从那最初一瞥以来，我就成了这位阿芙洛狄忒魅惑的俘虏。我想和她分担个人的秘密。这些秘密不论多么琐细，除我和阿芙洛狄忒之外无任何人知晓。我突然急中生智，亲手测量了雕像的高度。像高二点一四米。然而，我向世界学界公布时增加了三厘米。对了，你量量看，看你满脸狐疑的样子，测量一下吧。"

R博士的脸孔浸满汗水，急剧涌上了红潮。

"桌上有尺子。还有细细的不到三米的薄木板，有三角规。从雕像足跟将木板呈直角竖立，自头顶至地面水平画一条线，与木板交合之处做一记号。仅此而已。来，量量看吧，快……"

N博士遵照他的话做了。

濒死之人从枕边抬起头，气喘吁吁地看完了作业的全过程。

"测量好了？"

R博士问。

"是的。"

"有几米？"

N博士仔细盯着尺子。

"正好二点一七米。"

"什么？"

R博士面色苍白地喊道。

"不可能。肯定在什么地方搞错了。怎么搞的？再测一次！"

N博士再次拿起三角规，登上梯子。

"还没好吗？"

死神已经揪住博士脑后的头发。

"还没好吗？"

"再稍等等。"

R博士面色惨白，两颊迅速紧缩了。

"还没好吗？"

"好了。"

"几米？"

"正好二点一七米。"

N被一种无缘无故的恐怖所惊倒。假如R博士说的是真心话，那么就意味着雕像自动长高了三厘米。

……然而年轻的他，冷静地望着R博士的脸。那里已经出现错乱的征兆，这种明确的错乱，倒是最容易为人所相信。

R博士半睁着恐怖而怨恨的双眼，凝视着本不属于这个世界的美丽的阿芙洛狄忒。终于，他断断续续但十分凶狠地说道：

"你背叛了我！"

这成了他最后的遗言。

R博士断气了。N博士跪下来，为这位异教徒祈祷。因为R博士曾表示不接受涂油[1]。

不一会儿，N博士站起身子，他满脸泪水，面对门外静候的人们。

---

1 天主教的一种仪式。司祭在病人或临终者的额头和两手涂圣油，并以十字架做记号，借此祝愿对方免除罪恶和恢复健康。

大家蜂拥走进死亡的房间。

最初进入这间屋子的女人，随着一声尖厉的喊叫，站住不动了。

因为她看到 R 博士的遗容太可怕了。

江口初女备忘录

江口初女覚書　一九五三年四月

江口初子的父亲情况不详，据说他曾经在月岛商务大臣家中做过学仆。母亲在栗岛澄子[1]走红时，是其门下的一名女演员。

　　由于母亲的关系，初子十六岁时进入电影界，在高山广吉主演的电影中，获得一个只有两三句台词的香烟铺子小姑娘的角色。摄影棚在京都。这时，初子首次结识那个男人。那人是绸缎批发商的儿子。他到摄影棚参观，经朋友介绍，认识了初子。

　　初子告诉那个男人，她东京的家是一座广宅大院，自己外出留下母亲一人看家。家中使唤着五个女佣，小花园中有喷水池，等等。

　　摄影完毕，因为不会马上有下个角色扮演，初子没有同那男子打

1 栗岛澄子（1902—1987），日本东京人，著名电影演员，舞蹈家。与导演池田义信结婚，因从夫姓，改名池田澄子。主演过《虞美人草》等。引退后从事有关日本舞蹈的研究。

招呼，一个人回东京去了。那人查清她家住址，追到东京来了。地址所在地根本看不到什么广宅大院，他到处打听，问这一带有没有姓江口的人家，就是从石门外可以窥见小花园内有喷水池的那家。被问的人一概摇头否认。

寻找她的那名男子累了，嗓子干渴。空地中央设有洗涮处，两位主妇一边闲聊一边洗衣服。男子问她们能否让他喝口水，经允许后他用嘴巴接着龙头的水喝，心想不如在这里问问她们。"某某号门牌的江口家在哪里呀？"他问道。其中一位主妇立即指的正是眼前这一家。这是一座接连六间的大杂院，一共四栋二十四间，全体居民共用这一条水管。

窗内飘动着褪色的窗帘。男子从外侧用指头稍微向一边拉动一下，呼叫了一声。初子和母亲正在吃饭。初子嘴里含着饭，表情毫不改变地走到门口。

男子虽然有些不好意思，但还是硬闯了进来。初子没有为男子沏茶，只是让他待在一旁看着她们母女吃饭。初子面前摆着生鱼片盘子，母亲面前只有腌咸菜。初子将生鱼片在嘴里嚼烂，喂给了走近身旁的一只黑猫。看到这只猫吃东西，其他四只大小颜色不一的花猫都来到初子身边献媚。初子对其他的猫什么吃的也没给。男子心想，那五位女佣看来都变成猫咪了吧？

这当儿，母女之间发生了口角，叫人听了实在有些难为情。母亲嘴里不住抱怨，说喂猫的生鱼片该给自己老娘吃才好。初子听了柳眉倒竖，冲着亲娘说道："想吃生鱼片，那就得多少挣些钱回来才行啊！"母亲沉默了，男子仓皇而归。

键のかかる部屋

十七岁那年，初子碰到了幸运的事。

初子演技拙劣，虽说没有什么特征，却生就一副讨得男人喜欢的脸蛋儿，所以叫她扮演只有两三句台词的小角色。这期间，初子被一个德国人看重，做了他的养女。母亲也受雇于坐落在四谷东信浓町的那家人，帮着操持家务，靠工资养活自己。

德国人是高等中学的德语教师。他始终来往于大使馆，有着一笔同教师不太符合的收入。初子叫他为自己买洋装，买外套，那人还给她送鞋子、项链和戒指。

这期间，战争越发激烈起来。空袭开始了。德国人年轻时患过肺结核，这时候再次复发，住进了帝国大学医院，收入骤减。初子要了一个花招。她向住院中的德国人报告说，他的家具、衣服等物品，都在往京都鞍马寺疏散的路途中被大火烧掉了。其实是被她们母女侵吞了。

昭和二十年[1]三月，德国人死了。

说是养女，只是名义上的，没有入户籍。德国人也未留下遗产。德国投降后，东信浓町的房子归属国家管理，母女疏散外地，侵占的物品也都带到疏散地点去了。一位家住东京都郊区南多摩郡农村、相当于初子母亲婶母的七十岁老寡妇，独自一人为她们看家。

德国人的行李既然变成她们母女的财产，由于物价飞涨，看来还是一点一点换成钱更有利可图。于是，初子为助家计，做起了贩运红薯的黑市生意。

初子以天生丽质主动接近就近车站上的站员。她买了到相邻车站

---

1 公元 1945 年，即二战中日本投降的那年。

的车票，有事无事也要来回两三趟，对那位年轻的检票员总是投以神秘的微笑。他深夜下班回家，她总是关照一声："路上多小心呢。"

乍看起来沉默寡言的母亲，为了感谢站员对女儿的照顾，特地送去一只刚刚杀好的鸡。初子弄到一张去京都的车票。当时京都的黑市价格很高，假若在东京郊外购买红薯，花运费，冒着危险，运到京都卖掉，要比在东京都内出售获得将近三倍的纯利。初子走访京都摄影棚，装出一副可怜的样子，恳请往年的知己和先辈购买，有时用的竟是超出黑市的高价。

战争结束的翌年夏天，初子的母亲突然死去。她患有心脏、脚气等老毛病，这次就是因为突发心脏麻痹而亡故。

初子下最大决心整理家财，搜购外国人喜爱的古董，于田村町的二流地点开了一爿古董店。

古董店的生意并不像预想的那般红火。两米宽的店面由她一个人独自守着。透过玻璃，终日望着行人稀少的路面，她心里盼望着最好走来一个进驻的美国兵。

初子怀着一种确信等待着。她确信，这个时代总会接纳她初子的。

占领时代是屈辱的时代、虚伪的时代，是阳奉阴违、肉体以及精神的卖淫、暗算与诡诈的时代。

初子本能地感到自己就是为了这个时代而生的。生在这个时代而陷入不幸是不合道理的。还有，初子是德国人教导出来的英语会话高才生。初子好几次有飞黄腾达的机会，只是离机会还有一段不小的距离，一时抓不到手里。

那天，有好几个进驻士兵走过店头。他们看惯了这类礼品店，没有进来。到了傍晚，有什么来了——不是人，而是快信，是GHQ[1]的传唤令。

初子最近将战时德国人送她的纯毛女用衣料做了一套礼服，每逢重要场合穿用。这回她找出来换上身。她佩戴珍珠项链，穿上高级皮鞋。当时的日本人对GHQ都抱着本能的畏惧，但她一点也没有。初子觉得这是个千载难逢的机会，急急忙忙上路了。

初子的直感是错误的。调查内容是她和德国大使馆的关系。调查人员向初子简单查问了一遍，就放她回来了。她来时曾向路过的一位二世的中尉打听签发传唤令单位的地点，临走时又在走廊上碰到了。那是个留着小胡子、眼睛细小的肥壮男人。她同那个男子搭讪了两三句话，男子答应下班后同她见面，并请她到厄尼·派尔剧场[2]看电影。

一个月后，两人相约结婚。中尉的上司说了女人的出身，发出忠告。中尉借口生病，匆匆返回了美国。

初子以一副险峻的目光，终日守着古董店。过去东京信浓町的一

---

1 英文"General Headquarters"的缩写。二战结束后，为执行美国政府"单独占领日本"的政策，麦克阿瑟将军以"驻日盟军总司令"的名义在日本东京都建立盟军最高司令官总司令部，在日本通称为"GHQ"。

2 二战结束后，东京宝冢（东宝）剧场被美国占领军接收，改成专为美军服务的厄尼·派尔剧场（Ernie Pyle Theatre），禁止日本人出入。1955年解除接收，改为东京宝冢歌剧团专用剧场。厄尼·派尔（Ernie Pyle）是美国二战期间最出名的战地记者之一，1945年在冲绳伊江岛战役中殉职。

位邻居夫人来了。夫人说，她想卖一件银狐毛围领，商人出价一万元。一万元她不肯出手，但又急需用钱，前来商量该怎么办。

初子答应以三万元帮她卖掉，因而夫人临走时又把金手镯一并托付给她。焦急地等了三个月之后，初子将一万元送到夫人家里，告诉她最终还是只买了一万元。她说，开始时本来想留着自己用，所以直到进入可以使用围领的季节之前，都一直让夫人等着这一万元钱呢。

至于金手镯，这段时间她一直自己用，眼下还给了夫人。

初子店前烧毁的楼房重新改建为三层小楼。搬到那里的贸易公司经理，午饭后散步经过店铺，进店后拼命买东西。此后又来过两三次，一次比一次买得高档。

一天，初子满怀热忱地请他坐下来喝茶，经理向她透露这样一件事：他计划在新楼地下室开办一家名为茉莉花的俱乐部，供客人饮酒。经理问她愿不愿意受雇做女老板。

初子答应了。白天在自己店里，夜里就去眼皮底下的俱乐部上班。

论起初子的容貌，说是美人也不为过。这位美人生就一副鹅蛋脸，鼻官挺秀，长相极似皇妃殿下，看上去品貌双全。只是眼神有些峻厉，使得微笑的娇媚减损了几分。

或许是同战后自然的化妆潮流故意作对吧，她傅着厚厚白粉的浓妆。打从洋服也能进入俱乐部之后，经理又为她定做了好几件。但她一概喜爱华丽别致，还想戴羽毛的帽子，围着面纱。面纱不仅使得凶险的目光变柔和些，而且还能遮盖眼角渐渐出现的鱼尾纹。一个男人看到初子内衣脏污，甚感惊讶。

初子写字时，总是若无其事地写出一手小学二年级水平的字。

在茉莉花俱乐部进进出出的 GI[1] 们，开始同初子交游起来。

本来经理打算还要进一步援助初子，除工资之外还要照顾她的一切生活，为她买一栋房子，买一辆汽车……所有这些全都泡汤了。初子想当面撕破脸干上一场。有一次，五菱化成委托初子代为保管走私进口的十箱共二百四十瓶外国产威士忌。初子第二天叫来时常来往的黑市商人，一瓶不剩地全部卖掉了。

一周之后，五菱化成打来电话，说今晚有宴会，请拿出五六瓶酒来。

初子马上给一位稔熟的 GI 打电话。她撒娇告诉 GI，自己爱饮酒，但可恶的公司不让随便喝店内的酒，她急需一瓶威士忌。

初子从 GI 手里得到一瓶相同品牌的威士忌，立即藏进仓库，涂上煤灰。化成的人来取，初子娇滴滴地进入仓库老半天不出来，让客人白白等了半个多小时。客人多次大声喊叫，初子听到后闷声闷气地回答。好不容易出来了，一看那样子，头发上粘着蜘蛛网，脸颊涂着墨，大声咳嗽着，手中拎着一瓶威士忌。

"托我保管的重要商品都藏在最里边了。你看怎么办呢？店里人又接二连三堆了好多其他的酒，压在底下怎么都拿不出来，好不容易抽出最外边的一瓶。今天就请饶了我吧。要是您不原谅，那我就去死。"

过了一周之后，化成又打来电话询问那批订货，初子的态度骤变。

---

1 Government Issue，英文"美军士兵"的缩写。

她反咬一口，说："根本不记得什么受托保管这档子事，CC 威士忌不是违禁品吗？我要是听到有人谈起'化成'这样的一流公司干出这种事儿，我根本不会理睬他。因为那会损坏'化成'名誉的，不是吗？"

对方听了，愤然挂掉了电话。

五菱化成直接给贸易公司经理打电话，经理不知道这件事，把初子叫来询问。初子佯装毫不知情，一口咬定说："准是'化成'管理宴会的人员私自卖掉了，才假意说是寄存在这儿的。"弄得经理满头雾水。这时，对初子一贯反感的俱乐部司务长，向经理密告了这桩违法的事，并有好几个人作证。初子利用经理染指情色这一弱点，也没有被追讨赔偿金，只是被赶出俱乐部就完事了。她不愿意继续待在公司眼前的这座店铺，随即卖掉店铺和货品，暂时住到涩谷宇田川的公寓里去。

那位送她威士忌的好心眼儿的 GI，及早就跑来这座公寓玩乐了。他撸出自己的胳膊给她看，只见两只腕子上纹刻着小小的刺青，缀着初子名字的罗马字。初子很高兴，说要举行揭幕典礼，她把花手帕盖在男人胳膊上刺有自己名字的地方，嗖的一拽，鼓起掌来。男人问她是从哪儿学来的，她回答说："幼年时代父亲去世时，大学校园内立了父亲的铜像，一千余人出席揭幕典礼。母亲抱着我也去参加了。战时那座铜像捐献出来投进熔炉，所以现在看不到了。"说罢，她哭了。那男人同情她，极力安慰她。初子满嘴尽是谎言，她深深为自己善于说谎而感动，时而哭泣，时而狂笑。

初子住在这座公寓期间，学习写作和歌。管理人妻子善于作歌，不断鼓励她。初子对任何事情都不说自己不行，她作了两三首和歌，请那位夫人修改。下面便是经她改过的一首。

不论何种事，

只要自己奋力去做，

阴天也会变晴空。

夫人谄媚说，简直就像"御制"[1]。

初子当然不好意思向男人要钱，只能求他赠予东西。找不到工作，住在公寓里好几个月，天生的浪费癖性终于使她手头变得拮据起来。那 GI 不久后回国了。

那时候，初子经常到坐落于京桥的某家餐厅用餐。老铺子大多被接收的当时，这里属于一流的法国餐馆，初子招待一位茉莉花俱乐部时代结识的出手阔绰的阔佬吃饭，请他留意哪里有雇佣女性的职业，或许碰到好运还能让她初子掌管一爿店面。这人因为知道她俱乐部时代的行迹，所以只能如常人一般安慰她几句罢了。一开始初子高高兴兴地付款，到后来逐渐困难了。

初子走投无路之余又想出个办法。她一开始就对和蔼可亲的餐厅管理人暗送秋波。这位已经决定对这座店不再尽忠的管理人，对欠账已久的初子放过一马。

---

1 天皇所作诗文。

一天早晨，管理人同初子一起吃早饭，对她说，他不想再为人所役使，打算独立开办一家西餐馆，再加上刚好有处合适的房子，如果初子也想入伙，就一同去看看房子吧。女人一口答应下来。

已是春天，恰逢赏樱时节。两人悠闲地走过高轮三井俱乐部旧址前。管理人总是在精心修剪的口髭下边缀着鲜红的蝴蝶结，一副生意人的装扮，走路的姿态也很好。初子戴一顶附着面纱的纯色帽子，穿着时髦的玄色礼服，她的手一整天都攀在男人的臂膀上。

女人在已经成为驻军设施的三井俱乐部正门前站住了，朝里瞅了瞅，接着说了声："好怀念啊，那栋房子。"她说，女子学习院时代，每个礼拜六她都来这里参加宴会。

男人半信半疑，不过这女子日常跟人打招呼，绝不说"早安""晚安"，而是用"贵体康宁"这个词儿，听了就觉得肯定是个有教养的女子。如今，他本人也模仿上流社会的寒暄，对客人就不用说了，即便回家时对用人的问候也报以"贵体康宁"了。

不仅如此，对于店里华客名流的小姐和公子，当与人提到他们名字时就像谈到自己的亲戚朋友，按照他们的习惯总是亲昵地加上个"小"字。每当初子看到显贵令爱的芳名，总是招呼道："啊，某某小姐，某某小少爷，你们都好啊？某某小姐安好！"

两人顺着蜂须贺[1]旧宅邸前边的斜坡向下走，来到建于废墟上两栋相连的房屋前，叩响了战火中幸存下来的石墙大门。一位穿戴雅洁的

---

1 安土桃山时代的武将家族。

鍵のかかる部屋

老夫人出来，招呼他们两个进去。

　　这家主人原是关西财界巨擘，退隐之后移居东京，成为双叶山[1]的后援人，在模仿京都八窗庵[2]的庭园茶室里举办茶会，度过余生。主人死了，战争激化，战时包括洋室[3]在内的正房皆被焚毁。孱弱的寡妇和儿子夫妇，于废墟上建造了五间房屋，开办了无证经营的逃税旅馆。酷爱厨艺的儿子掌勺，房客只限于熟人朋友和他们所介绍的人。全家人认为，一旦碰到合适的买主，就打算将房屋和地皮一块儿出让。

　　初子看到废园内散落的樱花，叫了声"Wonderful"[4]；看到奇耸的庭石，说了句"呀，好可爱的石头"；看到架在水池上的石桥，又叫了声"啊，可爱的桥"。她采下一朵蒲公英的花，按在鼻尖上，做出一副被拍照的姿势。这个家很使初子称心如意。

　　洋式房屋废墟上用大理石炉框和砖头垒起的炉子，以及耸立在底座上的烟囱，一同保留了下来。初子向管理人咨询：在这里举办野餐会，吃炭火烤牛排，怎么样？

　　初子提议先租借一间房子。她说，为招徕投资者参观房屋的建造格局，这里必须有个落脚地才行。好心眼的年轻夫妇一答应下来，初子就忙不迭退掉公寓，雇一辆三轮车，将桌子和少量的几件家具运过来，

1　指双叶山定次（1912—1968），日本九州大分县人。大相扑力士，横纲。优胜十二回，六十九连胜。曾担任日本相扑协会理事长。

2　八窗庵，据说是江户时代所盖的茶室，为日本重要文化遗产。

3　现代日本家庭的房间多分为"洋室"与"和室"，"洋室"即为西式风格的房间，"和室"则是传统日式房间。

4　英语：好漂亮，真棒。

第二天上午就搬到这座宅子里来了。

一家人感到奇怪的是，从此以后，那位餐厅管理人再也不照面了。原来，管理人对女人的过去偶有所闻，很快就离开她了。

初子希望尽早在门口悬挂"江口"的名牌。她自己保有毛笔书写的桧木名牌，"江口"二字鲜明可读。兼做厨师的年轻房东围着围裙，将梯子搬到门外，悬上了名牌。一旁的门楣上窝窝囊囊挂着房东自家的名牌，被这个压倒了，一点儿都不起眼。

初子完全像个家庭成员。她待人热情，说话讨喜。她不断地外出，回家时总给老寡妇带来些礼物和吃食。

初子从熟识的京桥照相馆老板那里借来十五万，对方催了好几个月都没有钱还。搬来这里之后，匆匆还清了账。要问哪来的这笔钱，原来是十年前的知己、"西宝"电影制片厂服装部的一个人，在那家餐厅见到初子，便将"西宝"预支的支票优惠券托她保管。初子就是利用这笔资金还了照相馆的债。

那位服装部的人，向餐厅管理人问清了情况，便到初子的新居找她来了。初子在厢房的居室里和男子谈了一个多小时。开始时从那间屋子不断传来叫骂声，过了一会儿，听到了抽泣声。年轻房东的妻子进去沏茶，发现哭泣的不是初子，而是男子。

初子坐在廊缘上，双脚摇来晃去，眼望着庭院。对进来的年轻女房东也不看一眼，随口哎地喊了一声，平静地说："……哎，想死吗？我给你找找，那边的树枝挺合适。"

客人不久便回去了。听罢女房东的汇报，全家人对初子有了新的认识。

挂着"江口"名牌的大门口外，时常停靠着高级轿车。有时整个上午都有四五个 GI 乘着吉普来访。初子和 GI 在院子里玩老鹰抓小鸡，院子里的花草都被毫不可惜地踩倒了。

初子招待那些她中意的客人用餐，从来都出手大方。厨师大展技艺，心想早晚会照章算账的。初子不懂饭菜的味道，每当饭后厨师问起，她总是夸赞道："很好啊，真好吃，实在太棒啦！怎么会做出这样合口的饭菜呢？"一听到她那娇滴滴的声音，年轻的妻子立即竖起耳朵。

那时涩谷的藤川男爵出售宅邸，以建筑面积三百坪和土地九百坪以及售价六百万元前来商谈。江口认为，熟人桑井肯定对这笔买卖感兴趣。

桑井是桑井组的经理。桑井组是一家三流建筑公司。他在那座餐厅里为初子的姿色所吸引，经管理人介绍，双方认识了。

桑井应邀来到初子的家，不仅看到宅第高广，初子的亲戚都成为她的半个用人，并为饭菜的丰盛而震惊。尽管不很熟悉，但酒钱一概不收。这样一来，反而使他有些畏畏缩缩，不敢插手。

趁着这时候，初子搬出涩谷出售宅邸的话题来。桑井愿意拿出三百五十万现金一手买下。初子前去交涉，对方提出手续费二十万元。话一出口，桑井反而安下心来，开出二十万元支票，交给初子转去。

四五天过后，初子有了联络，来访的桑井得到的答复是，现金三百五十万未能达成协议。初子神奇地将支票还给了他，桑井没有接，说先借给她作为零用钱。他想，万一不行，可以拿她这座房子做抵押。

过了两三天，桑井向这座住宅打电话，问是江口小姐的家吗。老寡妇回答说："不，这里不姓江口，姓杉。"他以为拨错了号，重新再打，对方依然是同一个声音。桑井又问道：

"那位叫江口小姐的女子在吗？"

老寡妇应声回答说：

"哎，江口小姐如今不在这里。"

桑井有些奇怪，急急忙忙赶往杉家。仔细查看门口，只见门的一旁挂着一块写有"杉"字的古旧名牌，黑夜里模糊不清。

年轻的房东出来应接。

"也许不该这么问，这座住宅不是江口小姐的家吗？"

心地善良的年轻房东，脸上没有一丝疑惑地回答：

"江口小姐只是租赁一座房屋居住，这座宅邸向来都是我家的。"

桑井愕然，茶杯掉在膝盖上。

桑井进行了艰难的报复，他不能向无辜的杉家索回二十万元。于是，他抽调一名熟悉的沙龙女侍阿秋，假扮亲戚家的小姐，送进杉家的茶室，自己回大阪总公司去了。这样下去，姑娘的食宿和一切费用都可以由初子负担。女孩儿在茶室里住了两个半月，初子分文没出。

姑娘不在时，初子整天和 GI 蜷在茶室里。障子门全都大敞着，有时年轻的房东前去告诉初子有电话，一边将木屐故意在脚踏石上踏得山响，一边逐渐接近茶室。GI 扭过头去，初子又照样给他拧过来，问道："干什么？"

杉氏一家被迫要将这座宅子卖掉。哪怕便宜一点，也想物色一个厉害些的买主。为了驱赶这个女人，这家好心的主人只能借助外来的力量。

宅子卖了，初子被赶走了。

其后，初子硬是筹措一笔资金，在银座开设了一家饮食店。她买下一家眼下不时兴的和服店，改装成饮食店。承接改建工程的木匠，慑于女人阴鸷的目光，宁可不要报酬。

饮食店开张一两个月，亏损数十万元。熟悉的 GI 们赖在店里不走，对初子挤眉弄眼，白吃白喝。其他客人惮于此种情况，渐渐都不肯来了。拿不到工资的店员，用私房钱买菜吃饭。

男人打来的电话越来越放肆了。醉汉用不忍听闻的外号呼叫初子，连出来接电话的小女佣也不由地涨红了脸。

初子带着平常为自己解闷的一名青年学生私奔了。那是九月里。

两人去了热海，住在高级饭店里。初子喝了酒，放声歌唱。当晚，初子问那学生愿不愿意一起死。年轻恋人困倦地"嗯"了一声。

当时，吉田总理大臣正前往旧金山缔结媾和条约，占领时代将要结束了。

他俩第二天到锦浦散步，观看这片著名的情死之所。初子的眼睛望着啃咬岩石的怒涛，望着晴明海面耸立的无数三角浪。初子紧握男子的手，但男人的意愿丝毫没有传递到手上，无力的青年生也可，死也可。初子暗自耻笑他。虚伪的时代还没有结束，初子能感觉到身后虚伪的强大力量在牵拉自己。自己手中握着的令其自由的孱弱男子，他的诚实在这世上也是不可指望的。初子转过脚跟。

没有可去之处，两人返回东京。回程的列车上，初子作了一首和歌：

尽管世间风高浪又险，

下定决心就能过难关。

　　初子把这首歌抄在笔记本上，男人呆然地盯着窗外，她捅捅男子
的肩膀，给他看她写的和歌。

上锁的房子

鍵のかかる部屋　一九五四年七月

今天，社会党内阁解散了，毁于内乱。两三天前的报纸上已经登载了内阁集体辞职的预告。左派的预算委员长铃木，高调反对作为追加预算财源的铁路运费和通信器材的上涨。国铁从组[1]也动员起来，开展反对运动。由于左右两派对立，追加预算搁浅。昨天九号，片山[2]首相访问麦克阿瑟，就后继内阁进行会谈。

儿玉一雄在报纸上看到这个消息。一个办事员，对于机关内的情报，并不比报纸更早地知道。不论内阁怎么样，不论孩子哭不哭，官僚机构依然顽固地存在。他去年秋季大学毕业，进入财务省。

1　"全日本铁道从业员组合"的简称。

2　指片山哲（1887—1978），和歌山县人，政治家。历任日本社会党书记长、委员长。1947 年任联立政权（执政党国会议席未能达到一半，同另一党共同联合组阁）的内阁首相，是日本第一位社会党出身的首相。

鉴于财务省大楼被美国驻军占据，只好利用四谷一所污秽的小学建筑。一雄所在的局情况更糟，小学主楼好歹还是混凝土建筑，而银行局只能挤占在另一栋简易木板房里。一雄所在的国民储蓄科位于楼下。每天太阳从狭窄中庭的天空照射下来，只有早晨的一个小时。

毫不雅致的办公桌之间安设着简陋的火炉。入口的拉门每打开一次就发出很大的响声。走廊上漆黑一片。上访团在这里转来转去。

下属们将木片塞进炉内，一边闲聊，谈的不是下流话就是报纸新闻。

"政情混沌啊！"

与此相同的题目，出现在今天早晨的报纸上。

"怎么还不到午休啊。"一雄想，"即便冷一些，晴天好出外散步呀。明天就是纪元节[1]了。"

一雄与任何东西都毫无牵连。无论在家还是上班，一直保持对一切漠不关心的态度，并非一件容易的事。早晨头脑昏沉，坐在机关的办公桌前，什么也干不成，为了抵抗困倦，只好频频勃起。这时要是有人呼叫，很难离开座位。乘在摇摇晃晃的公共汽车上总是勃起。想必同那种事儿一样。他把手伸进裤兜，轻轻抚慰，并不感到有何快感。

对过桌子边的女办事员，笔盘里放着一只圆形的绒线娃娃，仿佛是用碎绒线头缝在一起的黄绿色小娃娃。下班时，她经常用铅笔笔尖将娃娃捅倒在桌面上。她一上班，即热衷于把十支铅笔削得都像锥子一样尖。

绒线很结实，小娃娃不论怎么捅都不变形。一雄是军事教练，他

---

1 即 2 月 11 日，日本建国纪念日的旧称。

想起练习刺杀技术时，安装刺刀的步枪多次刺进稻草人内，那稻草人被戳得七零八落，而捆绑稻草的木桩，在尘埃中落满了鲜黄的稻草碎屑……

"儿玉君，来一下。"

小个子科长边说边从他身后走过。

"是。"

"你也一起来吧，这是省内召开的资金计划会。"

机关不住围绕资金计划考虑，国民储蓄科则不断促进储蓄。尽管如此，通货膨胀就要来临，崩溃性的通货膨胀必定到来。大内博士作出这样的预言。

科长和一雄在走廊里转来转去，廊下的地面到处打着补丁。走过厕所前，闻到一股尿的气味儿。财务辅大臣办公室，一雄坐在末席。财务副大臣脖根生疖子，蒙着一块大纱布，用胶布固定下来。他总是仰躺在安乐椅上，椅子抵着脖根的地方想必沾上不少霉菌吧。

室内聚集着许多憔悴而阴郁的面孔。他们都是局长或科长。有的不住抖动着大腿，有的不耐烦地咬着指甲。不过说起来，也有的面颊红润，心情振奋。也有的神情温和而宽大，仿佛随时都愿将自己的老婆让给别人。

省内会议持续两小时，一雄在笔记上做了记录。

副大臣要求：租税，改为二月征收二百亿，三月征收二百一十亿。这样一来，到了四月即可征收二百亿。活期存款一月可望增额一百九十亿，两者大致相合。或许超过二百亿。通货发行额，也许会

上锁的房子

远远低于通货审议会规定的两千七百亿。总之，通货膨胀必须予以制止。

通货膨胀的悲剧肯定会到来。尽管如此，今日一天，早春的太阳照耀着四谷见附一带的车站、河堤、电车线路、离宫以及水渠的景观。午休。一雄总是一个人出外散步。

他喜欢靠在路边的铁栅栏上，眺望都营电车驶出四谷见附，沿着护城河朝赤坂见附下行而去。幼年时代，他不需办事，所以也没有乘过这条线路的电车。他有时从汽车车窗向外张望，很想乘坐那条线路的电车，哪怕一次也好。无聊之时，反坐在汽车座席上，两脚抵着后车窗，倒着身子学唱《沙漠落日》。奶奶很生气，不许他唱那首歌……尽管这样，那条线路还是很好。电车往下行，远了，摇摇晃晃地从护城河陡峭的边缘驶过去了。那条护城河沉没了好几辆电车吧？电车变得像玩具一样小了，从护城河岸玩具般的砖砌隧道里穿过。那些都变得很小很小，最后看不见了。

一雄发现自己抽着烟。他把烟换到另一只手上，看到右手中指被烟油浸染成了赭色。这是外界浸染他手指的确凿证据。外界总是以同一形态向他袭来，用习惯这一形态，甚至是恶习这一形态。这东西，完全是在不知不觉之间狠狠地袭击他。

他深深呼吸着这一带众多绿树间清凉的空气。

"我的周围存在着无秩序。"一雄很感满意。无秩序宛如他的亲族，但他绝非依附于亲族而存活。一九四八年二月十日。战败后才两年半。人人都龌龊地活着，像孩子一般热衷于"作恶"，倾向于赌博、吸毒

鍵のかかる部屋

204

和自杀。就在最近，发生了寿产院事件 ¹，跟着又发生了帝银事件 ²。不论什么事件，都和他没有关系。这是当然的事。一雄只是从报上看到这些。然而，舞台上的事件与观众之间能一口断定绝对没有关系吗？

大家都带着一副难看的脸色，信心百倍，兴高采烈地生活着。对于任何行为，都有辩疏的自由。小孩子从滑梯上向下滑动的时候，那是一副怎样欢乐的表情啊！向下滑动这件事肯定很了不起。重力的法则，在这种一般的法则之中，人变得自由了。其他个别的法则就不翼而飞了。

无秩序在迷惑人的力量方面也是一个法则。难道不能与其绝缘，只将自由据为己有吗？

人们心情好的时候，喝劣酒也能变得很抒情。很多人喝了搀入甲醇的威士忌，有的死亡，有的盲目。……肚子有点儿叫唤了。盒饭中的麦麸太多，似乎在肠子里异常发酵。一雄戴上手套。

跨过道路，走在赤坂离宫前的路上。离宫的草坪枯萎了。青铜的屋顶色泽鲜丽，那是威严而柔和的色调。铁栅栏将精巧铸造的铁质花环，捧向早春的蓝天和白云。

他从那里折返身子，沿着小公园前边的道路走回机关。正在练习投球的同科青年，向他扬起戴着皮手套的手。一雄在午休时间可以不用去那个"上锁的房子"，这似乎使他感到有些高兴。他对死人不感兴趣。

---

1 1944 年至 1948 年，东京都新宿区寿产院发生的大肆残害杀戮婴儿事件。
2 1948 年 1 月，犯人闯进东京都丰岛区帝国银行椎名町支店，借预防传染病名义，威逼在场人员饮下氰化钾溶液，毒死十二人，夺取现金后逃逸。

礼拜六下雨，气候寒冷。一雄当天缴纳工会会员费三十元，在财务省内理发店理发花掉五元。因为没有事做，理发消磨时间。

回来时想去看电影，带来了盒饭。正午下班，吃盒饭。没有特别想看的电影。他从伞架上取下雨伞。

冬雨冰冷彻骨。风湿病人想必受不了吧。他觉得鞋子里的袜子湿了。雨水顺着四谷车站的斜坡向下流动。站前雨伞遍地如花，重重叠叠。他不想回家，又折回头，走进站前咖啡馆。店内很暖和，他要了一杯可可。

透过窗户，雨中来往的人有的穿了外套，也有的穿着军大衣。人人都是一张冷漠的面孔。全世界为何这么多陌生人？一雄感到很孤独，至少这一个月来……

他的周围有着广阔的诱惑。自杀实在很简单。如果自杀，国民储蓄科的官员一定会说："前途有为的青年为何要自杀呢？"所谓前途有为，这是他人僭越的判断。大体上这两种观念不一定产生矛盾。也有的男人正因为对未来抱有确信才自杀。身处于早高峰的电车里，没有一个人喊叫，一雄曾经对这一点感到很奇怪。就连自己的身体也不能随意动弹了，受到别人的挤压，想抽出自己的胳膊伸到背后挠挠痒都办不到。谁也不会将这种状态看作是有秩序的状态，不过谁也改变不了它。满员电车内，挤在一起的众多面容底层，停驻着一个个的无秩序，它们互相共鸣，默默忍受身边男人无礼貌的屁股的压挤。那种共鸣一旦发生，很容易停驻下来。

战时幸存的东西也好，建筑在废墟上的东西也好，似乎都呈现出得过且过的临时姿态。仿佛在倾斜的铁板上炒豆子，一边炒一边崩落。因为纤维统制尚未解开，黑市老板们的天下在继续。他们带着一张张

键のかかる部屋

刚刚出浴的清爽容颜，打架，爱女人，唱歌。美国士兵们在各处的街角吹着口哨。

黑暗的、悲戚的[1]情绪高悬于城镇上空，宛若火葬场的炊烟淡淡地笼罩着大街。在这种状态里，男人与女人臂膀挽着臂膀。当挽在一起时，男人与女人，与其说因为冲动，看来更像是被强行服从于这种黑暗、暧昧、人体切口般新鲜的时代的一种习惯。在哪里，干什么，所有的东西都是合乎节拍的。冬天屋顶上奔走的猫影。阳光照耀着风中鸣响的玻璃窗，吃了安眠药的自杀者似乎躺在屋内睡午觉。吉普车闯入，廉价瓷器闪光的碎片满地散落的瓷器商店。游行队伍的歌声，战争中失去一条腿的男子，毒品走私……一个男人和女人，在某个街角手挽手，同以上这一切事情都有关系。

提起一雄……对了，一雄一个人很孤单。他企图逆着外界的无秩序而动，以便使内心的无秩序更加纯粹化，从而真正地化身于其中。一个月之前，他的助手一直活着。他内心小小的结晶的无秩序，保存在小小的"上锁的房子"里。

……学生时代结束时，一雄学习跳交谊舞。用一个星期的时间学习狐步舞和探戈。因此，他常去城里的舞厅。

舞蹈旋涡的中心几乎不动。舞伴们在化妆室遇见亲朋好友，互相吹牛："我今天已经泄了五次啦。"学生们在裤子里套上安全套，只要摩擦一下就射精了……一雄孩提时在街上走，很想进入"沙龙春"

---

1 原文为英语：pathetic。

商店，大家嬉笑着制止了他。

"那里不是小孩子去的地方。"

"为什么？"

"为什么？店里有个可怕的叔叔，看到小孩子进店就会给一把抓住赶出来。"

他被套上半截裤，夜间钻入被窝，心里想象着"沙龙春"未知的内部。那里肯定有个杀人的房间，或者拷问的房间。肯定有地下道，开着暗门，一推镜子就能通向海岸。哗啦哗啦，波浪拍打岩石的响声，从远处听起来很小很小。在镜子的房间里，魔术师能从丝绸帽子里拽出一只特大的兔子。兔子来到他跟前，用老婆婆的嗓音说道：

"小哥哥，小哥哥，请救救我吧。我被缝上了兔子的毛皮，憋闷得要死啊！"

……

一雄背靠柱子，眺望脚步杂沓的舞场。其实是黏液之舞，人人背上都是滑腻腻的汗水。女人闭着眼，男人睁着眼。很多狗立着脚跟跳舞。听说为了掌握这种技艺，开始时必须在烙铁板上练习行走，烫得脚底板根本走不了四步。中央密集的旋涡之中，许多人一边接吻一边跳舞，众多的舌头在牙齿之间吸溜吸溜出出进进。同一时间里，胃里也在晃晃荡荡，可怜的一点儿晚饭正在被消化——舞场解剖学考察。

"因为厌恶，我变成感伤主义者。"一雄想，"我和人相反。"

在那舞场上，一雄遇到桐子。桐子身穿和服。她站在柱子背后，孤零零望着跳舞的人群。一雄只一眼，就认定是自己的女人。她将水白粉巧妙地抹在眉间，刻着一条纵向的皱纹。肯定是位偏头疼患者。

那种寻常的开头。手里悬着未点火的香烟，女人茫然四顾。一雄拿火机帮她点上火。"一个人？"女人问。然后，两人跳舞。

一雄的舞姿很拙劣。女人笑了，跳了一半作罢了。接着，找张桌子，要了酒。

"我喜欢快四步。"女人说，"那才叫快速，那才叫热闹！"

"跳的时候什么也听不见，反而好呢。"

"可不是吗？你倒挺聪明啊。"

桐子没有出一点汗。她说自己没长汗腺。

当晚，就那么分手了。但约好下周同一天再见……所以，下周又见面了。过了两三天，又相见了。一起看电影，一起吃饭。起初，女人告诉他自家门牌号码，于是他知道她住在赤坂离宫旁边的小公园后头，紧靠着他的机关。一雄第二天开始上班了。

"正合适。我在家里祝贺您上班吧，丈夫每天夜里一点前绝不会回来的。只有个九岁的女孩儿，我可以叫她早睡，所以不必担心。"

相约的一天，一雄下班后，前往桐子的家。

一雄发觉女子没有隐瞒女儿的年龄。看来，她一切都很马虎。这种类型的女子，往往把手提包忘在汽车里，在洗浴场弄丢钻石戒指。不过，这类女人绝不会忘记换穿刚洗的洁净内衣……桐子坦白说她烟瘾很大，心脏因脚气病而机能衰退。她打开手提包，毫无顾忌地给他瞧看那些琐碎之物。一雄觉察到女人坚实的裸体。据说她是女校时代的排球健将，布袜子上方可以看到女性少见的突露的筋腱。

今夜一定同那女子睡觉，他确实有这种预感。像桐子这样，哪怕尚未一尝芳唇的女人也不例外。想象力独立而不动，一切都充满腥腻味儿。真是奇妙的说法："哎呀，今天我活在一种普通的心理中。"
一雄有这种感觉，正是这个时候。各种琐碎的繁杂的诸价值，虽说都
是临时的虚假的单纯，但总归是单纯。无疑不值一提。实际上，他不
太喜欢期待的状态。

　　一雄没有按照她说的路径走，他穿过小公园。地上落着青青的橡子。
夕阳西下，孩子们打架，互相谩骂，恶言相加。GI 为何到处都有？坐
在长椅的一个 GI，正在玩弄女人的手指。远远望去，女子的指缝内似
乎藏着污垢。果真如此，黄昏的暗影就会最先染上那些指头。

　　一雄为自己手里拎的手提包而感到羞愧。提包似乎在鸣不平呢。
里面装着盒饭和标有"机密"的少数文件，但又厚又重，发散出令人
恶心的臭味儿。提着这种包，人也就不值一提了。

　　桐子的家是战火中幸存的古老中流住宅。大门旁侧照例连着客厅。
门铃的按钮发黄了，布满细密的裂纹，用力一摁，像是一块饼干，粉
尘纷纷落了下来。

　　女佣走出来，肥胖、白皙、毛发稀疏、蛆虫般的女子。这女人毫
无表情地望着一雄。挨揍了，被杀了等等，都是大事情，一雄觉得"被
看了"几乎同样很沉重。要是这样地看人，那么人都成了怪物。然而，
一雄并非什么怪物，所以，反过来有理由把这个女佣看作怪物。

　　接着，九岁的女儿出来了。看起来，这孩子很孤独，待人很亲切，
就连陌生人也一样。为了讨人喜爱，微笑时露出牙齿来。一只手挽着
裙子，身子向那边倾斜，另一只手一边噼里噼里甩弄着绯红的袜带，
一边冲着一雄不住地笑。

　　玄关很暗，一雄喜欢带有黯淡意味儿的玄关。他走了进去。已经

掌灯的一间唐纸隔扇打开了半边。桐子出色地迎来了斜斜站在半个门槛上的男人。房间中央，已经摆上了各色下酒的小菜。

那不是什么贺宴般的晚餐，席上有眼下已很少见的特别珍藏的苏格兰威士忌。只要看上一眼，就会明白这个家庭显露了悲惨的奢侈。这是一个男主人整天不回来的家庭。这样的家随处可见。这并非什么不幸的全部。然而，正如这个家一样，不能不对家庭的不幸抱着深深的敬意而生活下去。

跳舞吧，母亲说。女佣去客厅放童谣唱片。门扉大开，歌声清晰地传进这座客厅。九岁的房子跳起来了。其间，桌子底下，桐子握住一雄的手。他被尖尖的戒指扎得很痛。舞蹈好像持续不断地进行下去。房子跳着，一点儿也不害羞。一雄看着灯光照耀下的盘中剩菜。桐子的神经全然没有感到悲惨的意思。往后成长起来的房子，即便想起这个晚上的舞蹈，想必也不会感到自我厌恶吧？遗传这东西很可怕。

跳完舞，房子被催促睡下了。女佣繁谷将威士忌和小菜端进客厅。程序很严谨。繁谷放上舞曲唱片，关掉天花板上的灯，点亮墙边的两盏台灯。

"你可以走了。"桐子吩咐道。

蛆虫般的女佣，默默低着头消隐了。两人在地毯上跳起舞来。桐子首先接吻。一曲既罢，桐子走向门边，将钥匙插入锁眼，旋转了一下。

那钥匙的响声，那轮廓清晰的小小响动，一雄从自己的背后听到了。

"什么女人！"——他并不怎么感到恶心。她装着在换唱片。在他的背后，此时的外界被完美地割断了。

天刚刚黑下来。他的外界，通过那钥匙的响声，被命令，被强压，被料理了。一味地连续不断，就像清凉饮料商标上时常见到的，瓶口的标签上画着青年女子举起瓶口喝饮料，那画面中的瓶口标签上又有一个青年女子举起瓶口喝饮料（一雄居住的现实具有这样的构造），无限持续的现实的连锁，很畅快地断绝了。瓶子标签中的瓶子，那瓶子标签中的瓶子……直到最后的标签，都是空白。他喘了口气，接着慢慢腾腾脱去了上衣。

此时，女人上锁确实很重要。没有这道程序不行。以往，向女人求欢时，一雄为各种观念所苦恼。例如，女人西服的铜扣解开了，远远地闪耀着一星银色的光亮。刹那间，铜扣一时和所有的一切关联在一起。就连他所背负的外界的各个角落，也浸透着铜扣的意味。那样不行。然而，桐子凭着自己的意志，随便就斩断了他的关联。

开往新宿的都营电车的放电火花，闪烁于窗户上边的夜空。这个季节，即使有虫鸣也不奇怪，但因为放着唱片音乐，并未听见。两人一边跳舞，一边接吻；一边接吻，一边倒在地毯上。这是需要技术的舞蹈。桐子从袖筒里掏出扁平的香水瓶子，周围都洒遍了香水。她决不肯解衣带。

一雄烂醉如泥，头脑里轰轰作响。对于桐子来说，自己完全免除了性的虚荣心，这是很有意思的。她感到自己简直就像一个白痴的童贞女。如果不是白痴的童贞（一雄自己也有记忆），一定会照着书本写的那样行动吧？有了虚荣心，就会变得苍白起来。

他热衷于将自己当成无限软弱的可爱的玩具。假若闭着眼睛拼命将自己看作一个香烟盒，人实际上在某一瞬间，就能成为一个香烟盒。

正如同其他女人同床共寝一样，突然，无论是剩余价值说，还是犯罪构成要件，或者海上物品运送条约……再也不会想到这些了。

一雄舒舒服服、快活地尝到了受刑的味道。他醉了，脉搏比平时加快了十倍。其间，龙卷风袭来了。龙卷风从天花板方向飘舞下来，包裹了他。没有必要地睁开眼来，正如钟表的分针和时针交会在一起，女人的面影时时落在他的脸上。此刻，他嗅到了她脸上的香气。世界远离了，在十分遥远的地方，像大树梢头的小小蜘蛛网，闪闪发光。

桐子完全不叫唤一声。可以说，不叫唤也是一种意识的陶醉。地毯也默不作声……过了一会儿，两人倒在地毯上，像死尸似的，样子很难看。如果有人从窗户外面看到了，定会打破窗玻璃跳进来，快速关闭煤气阀。可是，在使用火炉的时代还没有煤气阀，一定是盖紧软木塞，拧紧螺丝，为防万一松动，还要用百货店买来的结实绳子，绑成个十字花儿。不漏一丝煤气，空气比户外还干净。香水继续缓慢地挥发，两人做了深呼吸，听到家具干裂的响声。

……"自那以后，定时访问开始了。"一雄断断续续地回忆着，"定时阁僚会议，定时记者招待会，定时同衾……大臣和我都一样，而我的次数更多。喊，说到大臣倒想起来了，好容易碰上礼拜六，必须起草大臣在储蓄奖励大会上的讲话稿，读人家写好的有什么意思？本日有这么多人与会，这次大会的召开，我深深为之感到欣慰……

"即便对于恶习，我也是有节度的。'沉溺'这个词儿，是多么愚劣的表现啊！恶习是一种机器。为了对付恶习，必须采取非人的手段。沉溺的人，只不过犯了单单将机器作为人处理这一方法上的错误。

"一个月前，女人在我胸口上突然犯了心脏病。桐子稍稍吐了，

上锁的房子

213

她用手帕捂着嘴巴说：

'快快回去，不要管我……医生来了……赶快叫医生，我不想让医生见到您。'

"我打开锁，女佣傲然地走进来。她一点儿也不惊慌。听说医生马上就到，我就回去了。当夜天明时分，桐子死了。"

…………

一雄喝干可可，放下杯子。雨还未变小，走下车站的人影稀少。礼拜六午后开始了。"礼拜六是人鱼。"一雄想，"以礼拜六正午为中心，上半身是人，下半身是鱼。我也是鱼的部分，只能用力朝前游去。"

他或许要去"上锁的房子"。桐子虽然死了，但还是有些什么活在那里。他不明白，究竟是什么原因，令他对桐子的死去一点儿也不觉得悲伤呢。她死后第二天，他照样去上班。几份无甚意义的机密文件转到他桌面上来了，他把文件带给科长。上访团的一位成员悄悄送他一磅黄油。黄油是白色的，看起来那是非常无气力的颜色。

一度在梦中，出现了胸口上的桐子苍白的面容。梦里想到，虽然可怕，但我一点儿也不害怕。感情的沙漠。但是，他又厌恶"沙漠"这个词那种感伤的、微不足道的含义。完全没有必要将毫不悲伤的感情作为一种偶像处理。

晴天里，严寒的一月天气持续着。他去舞会，和一位对自己的容貌没有自信的女孩子好上了。她老是照镜子，令人很心烦。一雄并不讨厌丑女，他认为，说不定会出现奇迹，丑女自己不知不觉之间就转化成美人了。真正能尊重男人的，只有具有劣等感的女人。皇族来了，不管哪里的集会都少不了他。一定是想出名吧？一雄当晚阅读从朋友手里借来的翻译小说 *Mademoiselle de Maupin*[1]。无聊的小说。

……他走出咖啡馆，张开雨伞。湿漉漉的雨伞，每个褶裥都粘贴在一起，随着张开发出裂帛般的响声。他的袜子在鞋里还是湿的。所谓厌恶就是这样的感觉……他横穿过十字路口。汽车群一边摆动着雨刷，一边停了下来。因为走得快，路面的积水溅在足跟上，他感觉自己很不幸。

到桐子家需要穿过一片废墟。建筑用材被雨水打湿了，放散出鲜艳的色彩。很冷。或许要下雪了。

一雄戴着手套的手冻僵了。他用指尖儿摁了一下已经死去的东畑桐子家的门铃。门铃的声音响彻全家。一座黑暗而空寂的住宅。

门开了。房子出现了，门的把手高及她的胸脯。房子用力将胸脯抵在把手上，抬头冲着一雄笑。

"好久没来了呢。"

"都不在家吗？"

"妈妈死了，爸爸总是不在家，繁谷阿姨去买东西了。"

"你今天没去上学吗？"

"哎呀，真糊涂。今天是礼拜六，中午就放学了。"

一雄正要回去，房子拽一下他的裤子，歪着头，抬眼望着他笑。她无疑学会了跳舞时如何向对方谄媚，她的媚态未必会让人想起她的

---

1 中文译名为《莫班小姐》，为法国诗人戈蒂耶（Théophile Gautier，1811—1872）所著的长篇小说。

母亲。一雄攥住九岁少女的手，从裤子上拽下来。那只小手在男人的手掌中屏气静息。

一雄进去了。房子引路，打开客厅的门扉。雨日的白昼，光线昏暗，便开了灯。接着，她又点燃了炉架下的煤气炉。一股寒冷而阴湿的香味儿。香水的气息早已消失了。炉架上放着桐子的照片，扎着黑色的缎带。照片前边的香炉里燃着线香。

"来，请向我母亲道声午安吧。"

房子说。一雄点燃线香，插在堆满香灰的香炉里。新插入的线香很难立得住，那香灰就像骨头一样硬。一雄要插的第一支香折断了，折口上泛着浓绿。线香很细，仿佛制造出来就是为了断掉。多么夸张的纤细！桐子的照片没有微笑，但那神情也不是很认真。这样的表情意味着什么呢？恐怕她丈夫也猜不出吧。好不容易歪歪斜斜插上了一支。点燃的同时，线香被白灰包围着，显露出橙黄色。死的气息扩散开来了。

当时，一雄忽然一惊。背后又响起同那时一样的声响。上锁的声音，那轮廓清晰的小小响声。

他不敢回头张望，好容易才回过头去。房子背过手去旋动了钥匙，她笑了。

"为什么要上锁？"

"妈妈不是一直上锁的吗？她一次也没有放我进来过。那么，房子和一雄叔叔在一起，自己也想从里面锁上门。"

一雄疲惫地坐在长椅上，房子坐在他的膝盖上⋯⋯

一雄想起今早一上班，科长就对他大声讲起自己做梦的事，全体科员都听见了。

"……我竟然梦见自己成了帝银事件的犯人了。我怎么会呢。"

属下们似乎对别人做的梦丝毫不感兴趣，但还是发出了爽朗的笑声。一雄没有笑，他不觉得有什么潇洒。小市民善良的面孔，却在梦中想变成罪犯的面孔，并且加以模仿。这种梦由于被公平地分配，社会生活稍稍保持着均衡。这么说来，一雄昨夜也做了梦。这梦有个题目，题为"誓约的酒场"。

"誓约的酒场"这种东西开设了，它们位于城市的四面八方，都是凌晨一时开放。一雄走在街上，现在还不到凌晨一时。

一雄不知道那是怎样的酒场，也不知道为什么要开设，为什么要取这么一个名字。总之他必须去那里，他是会员。

"誓约的酒场"据说是依据政令而开设的。这是政府假手于无秩序的奇怪的征兆。也不知道场所在哪。他接到去"最近的"酒场的指令，必须问清道路才行。

街上响起关门的声音，商铺开始打烊了。灯光透过门缝，长长地拖曳在马路上。

"'誓约的酒场'在哪里？"

一雄打听着。店老板的脸孔背着灯光，一团暗黑。

"你是政府官员吧？"

他窥伺着一雄的脸问。

"是的。"

老板告诉了他，关上门退去了。一雄迈开步子。那里位于町镇郊外，从那里再向前是住宅区，没有一盏街灯。根本找不到什么酒场。

道路弯弯曲曲，寒冷的夜风在马路上劲吹。道路虽然相当宽广，但好容易看到的标记只是路面上铺的白色小石子。周围是幽深的树林和漫长的石墙。看不见一星灯火，远方有狗吠。

拐过一角，黑暗的道路中央站着一个外国人。看似站着，实际上是在走动。那人不是前行，而是慢慢向后挪动脚步，是在后退。外国人没有注意到一雄，一雄迅速从他身旁走过去。

到了一个地方，道路变成T字形。走到这里，正当T字把柄的道路，格外幽暗。人在这种幽暗之处，会慌忙紧缩起身子。刚才的道路和这里的道路交叉之处，有一座石墙半毁的废墟般的房屋。石墙坍塌的部分似乎是出入口。"誓约的酒场"肯定就是这里。

他走了进去。幽黑而闲静，这里有一个被混凝土包围的逼仄的部分，似乎就是原来的后门。头顶上是阴霾的夜空。低矮的混凝土围栏的对面，似乎是一带河流或荒草地。

这里的确是"誓约的酒场"。空酒瓶子散乱于污秽的水泥地上。其中一瓶似乎是被踩碎的，黑血似的酒流淌出来。一雄嗅了嗅，弄不清是什么酒。

一雄暂时停住脚步。天气严冷，没有一个人走过来。

他气馁了，又从石墙毁坏的部分走出来。T字柄上的道路更加幽黑，路面上再次出现一个紧缩着身子的人影。一雄走回原来的路面上。那个外国人以同样的速度向后退，他依然丝毫没有注意到一雄……

——梦到这里他醒了。然而，至今清晰记得的都是奇态。

……房子坐在他的膝头。孩子的小小躯体，比起肉体这一观念，更具有紧绷的肉的实感。拥抱女人时，我们大致分别抱着脸部、乳房、局部和大腿，将这些总括在"肉体"的观念之下。然而，九岁的女孩儿就不同了。这妮儿可是真正的肉啊，一雄想。他的皮肤透过裤子，正确地测量着肉的温度和重量。

房子闹开了，她骑在男人的膝盖上，双手伸向他的两肩，肆无忌惮地盯着男人的眼睛瞧。

"叔叔的眼眸里有个房子，房子的眼眸里有个叔叔吗？"

一雄回答说"有"。房子继续深情地凝望着，带着一副女人的表情，嘴唇两端稍稍抬起，似乎把接吻当作一件人生的大事。即便狗有时也会浮现女人般的表情。过去，一雄饲养的"乔利"，就有这样一副脸孔。

房子连忙凑过脸来，小声说：

"亲亲嘴儿吧，好吗？"

一雄无法躲避。小巧而干燥、噘起的嘴唇飞过来了。他避开了接吻之后的事。接着，他很困惑。他勃起了。他把房子从膝头放到地下，动作有些粗暴。总之，放下来让她体面地坐在长椅上。房子的两脚交替地跺着，她生气了。

有人敲门，是繁谷的声音。

"喂喂，小姐，在客厅里吗？"

房子模仿电话里的声音：

"喂喂，是繁谷吗？我是房子，现在正在客厅招待贵客呢。"

"喂喂，咚咚咚，客人是哪一位呀？"

"儿玉一雄先生。请端茶和上点心。"

"来了，来了。"

脚步声远去。只听声音，繁谷绝不是怪物，倒是个妖艳的女子。

房子去放唱片。一雄不想放那张经常和桐子一起跳舞的唱片，他走过去干预。他叫她放上一张桐子从未放过的唱片。

音乐响起来了。歌声开始了。看来，这间屋子似乎和桐子的回忆没有关系，可是这支曲子一旦响起，桐子在那间舞厅就会皱起眉头。

"不对，这支曲子，我很厌恶。"

一雄想起来了。他对死人抱着嫉妒。桐子听到这支曲子，一定被有关别的男人不快的记忆所折磨。如果桐子活久一点儿，一雄也许更加痛苦。

再一次响起了敲门声。房子天真地跑去打开锁，繁谷捧着盛有红茶和点心的果盘出现了。她热情得有点儿怕人。

"小姐一个人很寂寞，请经常过来玩玩。礼拜六，中午一块儿吃吃饭吧，怎么样，小姐？"

第二天是礼拜天，一雄迷迷糊糊度过了。他散步走到自家附近郊外的电车站，心血来潮买了张车票，乘上电车，随便到一个车站下了车。这座车站过去一次也未来过。黄昏郊外町镇的繁华景象开始了。扩音器里一个女人的嗓音，尖利地播送着家具店的广告。他不想到那座镇上去。他坐在车站的椅子上，眺望进站出站的电车。一位身穿披风的老者，紧挨着坐在他旁边，念唱着谣曲。

"披风、谣曲、郊外电车、小小车站、盆栽梅花……我总有一天施恩，将这些东西赠送到大家手中。"

——然而，老人的这首谣曲实在啰唆。这个世上无害的爱好是不存在的，持有这种想法才是明智的。眼看着我也快到喜欢拼命给他人造成麻烦的年龄了。健全的人，都是如此救济自己的孤独的……他戴着手套的手，触摸着长椅的格子木板。椅子上沙沙拉拉落满灰尘。电车来了，老人和谣曲随着电车一起离去。在夜晚睡眠之前，一种活生生的观念缠绕于一雄的脑子里——"健全人的沦落"。

尚未到达"沦落"程度的男人，礼拜一在机关会议室里，举行"通货膨胀对策"的讲演。通货膨胀对策的根本，主要是政治力的问题。只能有待于国民的自觉，这就是结论。不可思议的是，国民自觉这一说法，谁都不肯亲口提出来。"国民""自觉"之类的词儿，具有奇妙的幽默的味道，就像郊外出售的扁圆的炸肉薯饼，同山芋一起包在废报纸中的那种冷肉薯饼一样。这类词儿随时出现，怎能叫人不发笑？讲演者想必也很气馁吧。

一雄回到办公桌，起草金融白皮书，他受命书写一份金融融资准则的项目。从窗户的一部分所能看到的狭小天空，笼罩着熏熏白银般的云朵，似乎很温暖。前面的桌上，女办事员用铅笔尖儿捅倒了绒线娃娃。绒线娃娃还好好儿的。一雄将那位女办事员和勤杂工带到餐厅去，为她们买了十元钱的牛奶和十元钱的水果凉粉。

回程的国营电车中，一个女孩子对着一雄发笑。面孔很陌生，但笑容很迷人。电车里很拥挤，一个孩子一边从窗户向外看，一面大声唱着《东京布基伍基》[1]。母亲没有制止他。女孩子似乎想说什么，露

---

1 布基伍基，19 世纪 70 年代美国黑人创作的爵士乐，在 20 世纪 20 年代开始流行。1930 年代，服部良一将这种音乐形式引介至日本，并于 1947 年以此风格作曲《东京布基伍基》，由铃木胜作词，笠置静子演唱，成为战后日本象征的代表曲之一。

出质朴的微笑。电车摇晃着，女孩子的身体碰到了一雄，犹如松了绑带儿的温软的小包裹。

"对不起。"——她终于开口了。

"在哪儿上班呀？"

"财务省。很冒昧，你叫什么名字？"

"我姓桑原。"

"我姓儿玉。"

"儿玉……一雄先生？"

"你怎么知道的？"

"信封上经常看到的。"

恐怖的幻想吓得一雄脸色惨白。他的身份无疑在某处被全部调查过了。所幸，一雄到达了要下的车站。他哎的一声迈开脚步。女孩子微笑了。

"我是 T 大就业办的主管。"

——礼拜四的午休，无聊的同级学士们集合在一起。一雄谈起了这件事。大家都努力回忆那个姓桑原的女孩子。一个人终于想起来了，他喊道：

"啊，那孩子就是 N 教授领养的，实际就是 N 教授的私生子。有人说是 N 教授的小老婆。"

接着，大家都寻找那些相互不损害知识和社会虚荣心的话题来。金钱不足啦，不讨女人喜欢啦，净拣这些消极的话题，这个很重要。会名很难决定下来，利用这种无聊的讨论，度过了午休。只定下一件事情，即召开凯恩斯¹的《通论》研讨会。这又要花去一周中的一整天时间。

礼拜五是个晴明和暖的日子。午后，一雄陪同副局长去日本银行。那里有"小学生储蓄宣传优秀招贴画和制作方法审查会"。

一雄喜欢跨进"日银"的大楼，他也喜欢这座阴森庞大的非人性的建筑。这座大楼嘀咕着通货膨胀。"通货膨胀"这个词一被如此嘀咕，就重如千钧。通货膨胀……通货膨胀……这样一来，换回几千次回响。于是，这座建筑也渐渐嘀咕起通货膨胀。这个"通货膨胀"也具有千金之重。这将有反响。通货膨胀……通货膨胀……

内阁首席的提名，是趋向吉田²还是芦田³，据说直到今天还不清楚。副局长说可能是芦田。一雄跟在副局长后头，走在大理石围栏铺着油毡的廊子上。廊下，二层，三层，错综复杂，这就是银行的银行。能在这座如此无视感情的建筑中上班，该是多么美好！不管拐过哪个角落，巨大的石柱都默默将你推押回去。哪里都没有黏性的东西。一雄厌恶人性的建筑。他把脸颊贴在大理石上，脸颊变冷了，扁平了。应该生活在坟墓中。这种具有活力的坟墓很美好。同所有的墓地一样，"银行的银行"，充满着于终极之处支配人的生活的自恃之念，冷酷而黑暗。

---

1 约翰·梅纳德·凯恩斯（John Maynard Keynes，1883—1946），英国经济学家。利用有效需求论、乘数理论、流动性偏好理论为根干，通过代表作《就业、利息和货币通论》等，阐明失业和不景气的原因，为现代经济学变革提供了理论基础。

2 指吉田茂（1878—1967），生于东京，政治家。1946年任自民党总裁，并组阁。战后作为日本首席代表，出席旧金山会议，签署旧金山和约以及日美安全条约等。

3 指芦田均（1887—1959），京都人，政治家。曾任日本民主党总裁。1948年组阁。著有《革命前的俄罗斯》等。

生活的极致就是模仿墓穴。《天方夜谭》中一对异母兄妹情侣，为了快乐而深闭于坟墓……上锁的房子。一雄想起这个，他畏惧那里的恐怖和快乐。

这座巨大的坟墓装有电梯，副局长和一雄乘了上去。两人被领进黑暗而豪华的客厅。战后，这种通暖气的温暖房间极为少见。

主宾朝山画伯等待着，要审查今天的招贴画。朝山画伯矮小健壮，待人热情，举止潇洒，姿态和为人活像一张安乐椅。他知道自己很有人气，虽然心性高雅，但无论对大臣或瓦匠打招呼时都夹杂着笑话。有的人堪称社会润滑油，总是一副绯红色的脸，总是拿着一条小小的花手帕……

副局长、"日银"的干部们与朝山先生谈了一刻钟，立即被他迷住了。所谓有地位的男人们，都具有少女般的感受力。平时虽说颇为羞赧，一旦稍不留意，被不三不四的人拍了肩膀，立即高兴起来。朝山先生很能细心体察此种呼吸。一雄想，我很快也会变秃的。世界将变圆，人际关系就像太阳底下的饴糖融化为一体。

大家被领进一间宽敞的房子里，高大的窗户可以让人把街道上的大楼一览无余。周围墙壁和中央的大桌子上都装饰着许多五颜六色的招贴画。孩子们竟然能如此巧妙地懂得这么多阿谀拍马的口号，实在令人吃惊。一幅画上画着一只老母鸡教导鸡雏们如何储蓄粟米。有的画面上画着满满的储蓄箱正在生龙活虎地跳绳子、转圈儿，而几天不吃不喝的流浪储蓄箱则面孔惨白地躺在椅子上。

"这幅的色彩很好，尽管图案一般。"

朝山画伯说。有地位的男人们跟在画伯身后缓缓而动。画伯伸出圆墩墩的指头稍微摸摸画纸，从稍远处眺望。户外大街洒满早春明丽的阳光，副局长悄悄地打了个优雅的哈欠。

"这幅画很好。图案没有勉强表现什么意味，但善于运用色彩。哦，这是九岁的女孩儿画的，九岁的女孩儿很有眼光啊！"

人们都倒背着手，慢慢走近另一幅画。图案是气氛明朗的家庭阳台，描绘人物实在很困难，这位作者很巧妙地回避了这一点。阳台面对花坛的草坪，只有家人的椅子沐浴在阳光下。父亲的椅子上放着报纸和眼镜，母亲的椅子上放着编织到一半的毛衣，孩子的椅子上放着正在阅读的画本和玩具娃娃。全家人似乎有事，临时离开了。这幅画的意思无疑是只要拼命存钱，就能产生如此幸福的家庭。

一雄一看名牌，十分惊讶。上面写着：

G 学院小学部二年级 东畑房子

审查会一直进行到夜间。装饰着大玻璃吊灯的贵宾室里摆设着西餐晚宴。一雄弄错了，上水果之前，他已在洁手盆里洗了手指。

他累了，他是睡了懒觉起来慌忙出门的，胡子也没刮。礼拜六又下雨。他摸了摸自己的面颊和下巴，胡须似乎在悄悄耍阴谋，不知不觉中一齐长长了，结着又短又硬的穗儿。

办公室内昏暗而寒冷。科长出差了，工作也都停滞下来。去财务省内理发店，只要请假，就能公然前往，在那里公然消磨时间。这地方的工会，通知"安全上班，按时下班"。懒惰，似乎总是多少同社

上
锁
的
房
子

会正义连在一起。

一雄向办公室主任请假要去理发店刮胡子。因为一周前刚来过，那位熟悉的理发师露出微微惊讶的神色。一雄从远处摸着下巴给他看，理发师一边动着剪子，一边点点头。一雄安心地坐在休息室的椅子边上。那里一直满员，已经先来了五个人。

一雄喜欢这里。先来的人越多，他越高兴。首先，店堂很明亮，不惜点亮所有电灯，让三面大镜子全部映射出光来。一股生发剂酒精的气味、肥皂和消毒液纯白的气息。他在火钵上烤烤手，然后心情舒畅地躺在椅子背上。

娱乐杂志胡乱地散在椅子上，上下的书角如脏污的纸花。等待期间，他把这些杂志从头到尾翻个遍。里面登载着打扮精致的流行歌手的照片，下面是抒情的歌词，电影演员不断有恋爱，小说家创作着连载的黄色小说。

"受欢迎的生意也很好啊！"一雄想，"公然从无秩序中获取利益。这样，自己不受伤害。"他想象着自己正在做一名流行歌手。一身水兵服装打扮，涂着油彩，显得很年轻。这样的空想刺激了他。歌手都具有白痴的素质。唱歌这类事，妨碍着某些心理的凝固。他们仅仅涵泳于某种流露感之中而生存着，这样，就没有任何作为人这一形式的必要——这种非流动性的，粗粗拉拉的，由骨、肉、血和内脏组成的不像样子的肉体。这就是问题。

他想唱歌，刚一张嘴，就沉默了。

"……像月台一般明亮。"

"……没有忘，没有忘……"

鍵のかかる部屋

"……很了解苹果的心情。"

镜中那光辉的白布立起来了。客人交换了。一雄感到，自己下巴上那又硬又密的胡须，一直将自己牢牢锁在肉体的领域内。否则，他要歌唱，他要飞翔。不论多么细小的间隙，作为流动体，他都能穿越过去。现实的联系解开了。

咒文般的东西，唱出一点来就好。

"夜的悲凉，思君……"

还有：

"胸中燃烧着青春的火焰……"

他唱着这些痞里痞气的歌词。

——一雄坐在镜前。胡须剃得干干净净。他知道，这张脸肯定是唱不出歌来的脸。

……房子从一雄手里夺过提包，首先跑进厨房。厨房里暖和。"真高兴，真高兴。"房子叫着。房子早已厌恶独自一个人吃饭了。

"你的储蓄招贴画获三等奖。"

"太高兴了，您怎么知道的？"

"我参加评审了。"

"评审是什么？"

"我参加打分了。"

房子带着一副茫然不知的表情沉默了。不懂也好，一雄认为没有说明的必要。但是，他对房子画的画感到很生气。

"为什么要画那些？"

"是老师叫画的。"

"不是。我是说为何画那种图案？"

"啊，那个吗？那是模仿美国书上的图案。"

一雄不追问到底是绝不肯罢休的。一个九岁的女孩子，怎么会用这样的图案暗示储蓄奖励？这怎么可能呢？

"你怎么会想起用那种图案表示存钱呢？"

"哦，是呀，难道叔叔也不明白吗？房子也不太明白。不过，老师大加赞扬，说这图案很好。"

"你真的对那图案一点不懂就运用了吗？"

"嗯。"

一雄略微放心了。他嘴里叼着香烟，房子为他擦火柴。

"不用擦火柴。你在哪里学会的？"

"你什么都问，你这叔叔，就像个老师。(房子笑得很可爱。)过去，谁都没问过我'在哪学的'。"

"没人问过？"

"妈妈经常带我和各位不同的叔叔吃饭，因为我对火柴点火很感兴趣，就要求点一次试试看。于是妈妈说'房子，真了不起'，自那之后，这事儿就由房子一人包下来了。"

繁谷手捧盛着火腿和蔬菜色拉的盘子进来了。这个女子的肌肤为何如此白皙而光艳呢？因为肥胖，胸间的衣服稍显旷达。恐怕这个女人什么都知道。是个绝对可靠的女人，不管什么都侧耳静听，必要时停住脚步，侧耳、注目，绝不将秘密出卖给别人，是个乐于自己一人储藏秘密的女人。即使独身活到八十岁也将无动于衷。就是说，她最喜欢独寝。她的被窝里充满腋臭般秘密的气息吧?

繁谷的腕子上套着两三个橡皮圈。那些橡皮圈深深勒入雪白而肥硕的皮肉里。

"哎,午饭做好了。"

"来,吃顿可口的午饭吧。"

一雄被刚才房子的话刺伤了。"不同的叔叔""别的叔叔""其他的叔叔"——这就三个人了。谁都不能独占一个死人。死人已经脱出肉体的槛栏,遍布于各地了。"其他的男人们",于都市的各处继续着各自的生活,桐子确实存在于他们之间。至于一雄呢……有房子!这种想法,形成一股可怕的力量,渗入他的心间。

吃罢饭,房子稍稍放肆起来了。她失掉母亲却一点也不觉得悲伤,真是个奇怪的姑娘。她讲述着去练习跳舞、去动物园的情景,脑子记忆模糊,听其话音,像个自甘堕落的女子。她时时用一副非常孩子气、非常有技巧而热切的目光打量着一雄。

"很奇怪,总觉得这孩子和我有相似的地方。"一雄想,"一个对睡过的女子的死无动于衷的男人,同一个对母亲的死一无所感的少女。"

房子拉着一雄的手叫他站起来,走向客厅。她吩咐繁谷:

"准备红茶和点心,再点着壁炉。"

繁谷行动起来了。她点上了台灯,煤气炉腾起蓝色的火焰。

"你可以到那边去了,繁谷,有事我会叫你的。"

繁谷消失了姿影。房子骑到一雄的膝盖上。

一雄紧紧抱住膝上九岁的女孩子。头发泛着乳臭，肉体散出甜香。一旦抱紧，便觉一种人肉的实在的抵抗。房子急忙像玩杂技一般，紧缩着身子，挣脱他的两腕，又蹦又跳地拍着手。

"咱们跳舞吧！咱们跳舞吧！"

房子放上唱片，音乐响起来了。凭着自然的动作，房子向门边走去，她把遗忘的钥匙拧上了。

"咱们跳舞吧！咱们跳舞吧！"

尽管如此，到底还是需要技术的舞蹈。房子的个头只能抵达一雄的肚腹。他用右腕抱起她来跳着。房子的身子很重，有点儿晃晃悠悠的。然而，这样一来，两张脸孔都在同一高度了。房子噘起小嘴，干涸的嘴唇聚起的皱纹，盖章似的压在一雄的嘴唇上。

一雄粗暴地搌下房子的身子，惊恐而慌乱地直视着房子的眼睛。

"我们约定绝不接吻，好吗？否则我就不跟你跳舞。"

"好的，好的。"

房子搂着他的脖子，急忙吻了一下，逃走了。

春天似乎渐渐临近了。盛春时节，通货膨胀的厄运眼看就要到来了。

一雄沉迷于妄想之中。房子的身子。房子的身子。少女的肉体为何会奇妙地促使人泛起冒渎的恶趣呢？一雄对于三十岁浪女的身体也很虔敬。

暂时不要再去见房子了吧。他害怕"撕裂"这个词儿。如果再这样下去，他一定会将房子的肉体撕成碎片方肯罢休。

他又继续做起"誓约的酒场"的梦来了。一天深夜，他在梦中走进那座酒场，只见三四个男人坐在废墟的水泥墩上喝酒。

"啤酒！"一雄喊道。

"没有啤酒。"一人回答。那人随即将一只酒杯递到一雄手中，然后从酒瓶里倒出鲜红的酒液。喝一口，粘嘴。

"这是什么？"一雄生气地问。

"是血酒。"那人回答。

"是从少女肉体里精制出来的上等酒浆。"另一个人加以说明。

一雄弄明白了。"誓约的酒场"这种场合，就是"萨德主义者"[1]的聚会场所。政府对于"萨德主义者"立法加以保护。报纸一角，有过一篇短小的报道。基于政令第 × 号，都内各地都开设了"誓约的酒场"，夜间一点开张。

他观察另外四个人。一个秃头小个子，似乎像是商业街和服店的老板。其余三人都很年轻。一个公司职员打扮、腰板挺直的瘦高个儿，一个银行办事员模样、行动谨慎的小伙子，一个戴着老学究般的眼镜、据说是某个研究室的助教。

四个人都穿着极为稳重的服装，一副老老实实的表情。他们都不是故作姿态，而是内心里确实是老实人，亲切、诚实、可靠，而且都是"萨德主义者"。

"有什么话请说吧。"公司职员打扮的男子说。他的嘴边挂着血酒丝，滴滴答答。他连忙用手背揩去了，接着说道："不论什么，请不必客气，只管直说好了。不要让我说体验，很可悲，我们没有体验。

---

1 原文为英语：sadist，萨德主义者，虐待狂，性虐待狂者。

因而，我们似乎把空想作为一种体验叙说出来，这已成为我们的通例。"

"还是从您这儿先说吧。"一雄说。

"就从他开始吧。"和服店老板被人指着。

"可以。"老板开腔了，"其实，我不是开和服店的，我是开染料坊的。这次我要着手采用新工艺印染法，也要拿许多到银座去销售。诸位，请去看吧，非常富于艺术性……要问我是怎样的人？我觉得人体的断面尤其美，当然是指女的。由此想到染色，今年夏天的单层和服，打算设计成'女人的肠子上散落着头发'这样的图案。这样就显得很凉爽。红的地方，都用杀死女人的鲜血精制的染料染色。科学先进多了，什么防止变色，都不需要特别制作了。问题是蓝色，是肠子那种难以形容的纤细微妙的蓝。那种颜色怎样才能制造出来呢？真是没办法呀。为了做试验，杀了十八个女人，对仍在冒热气的肠子仔细研究一番。最后的结论是，只能就地提取那种色素。我如今采集了好多肠子，至少需要两千人的份，每人的蓝色素极少。"

"我呀，"银行办事员发话了，"想了好多女子死刑的执行方法。有这样一个方法，非常有效，所以当前正想实行下去。我已经厌恶将女人的衣服扒光了，这次让她穿着衣服实行。为此，首先需要一本服装手册。最近我亲手做了，女人很高兴。首先让女人挑选衣裳，十分合身的礼服最时髦。总之，衣裳必须非常合体。为了给她穿衣，首先要全裸。让她穿衣是很费时间的，为什么呢？因为是刺青的服装。

"给她穿上全身刺青的礼服，礼服条纹的刺青越是凝重越好。女人痛苦非常，不过，因为衣服好，什么都能忍受。一旦完工，即可屡屡与之同寝。您现在身子很温热，要不了几天，就会变成蛇一般冰冷的肌肤，同穿着衣裳的女人睡觉也很得趣。

"马上执行死刑。给女人购买手帕和化妆包。不把那些东西装进手提包，而是给她装在西服口袋里。一点不费事，用小刀在胸脯的口袋之处画一横线，将叠好的干净手帕深深装进去。眼看着手帕染上鲜血，真美呀！接着，腹胁刺青的口袋也划下深深的伤口，将化妆包塞进去。过一会儿，再把化妆包掏出来，打开检查，白粉已经浸染鲜血，耀眼夺目。再过五六个小时，女人就将死去。"

"那化妆包的镜子上映出您的面孔，是怎么回事呢？"

一雄问道。银行办事员站在窗口，露出和蔼的微笑。

"是呀，所谓恶鬼的形象同我们无缘。那是世界对'萨德主义者'最大的误解。我……要强调地说，那是一副非常温厚的面孔。"

大家都想叫一雄讲话。全体人员都像午饭后杂谈，气氛变得很热烈。

"我吗？我凌辱过少女。我将少女'撕裂'了，少女流血而死。还是个九岁的孩子。"

"就是这些吗？"

"就是这些。"

一个人笑了，大家跟着大笑起来。笑声在废屋里回荡。

"您被既有观念约束住了。"老学究模样的男子宽慰他。

"我们谈的都是幻想，内心的自由是属于我们的。眼下，言论的自由即是属于我们的。政府是属于我们这一方的。若说我们的骄傲么，怎么说呢，就是人对于爱与残虐的嗜好，完全是同一种东西。我们的爱很温柔，精神的残酷是我们缘分最遥远的伙伴。皮肤下边才是爱的根据地。世间的人，很快不再爱皮肤，而爱女人的心以及心脏，不是吗？

上锁的房子

与此相比，我们只爱鲜血和肚肠，爱内脏，这一点是相同的。我们幸好获得政府的支援，开展启蒙运动，必须让世间擦亮眼睛。爱，必须回归于残虐。爱，就是杀戮。我们对温热的东西永不满足，只有一个例外，那就是血。"

掌声在深夜的废屋里回荡。学者型的男人装模作样进行总结发言：

"今天众多人士与会，对于本次大会的召开，我深感欣慰。"

"这正是我起的稿。"一雄想。

到这里，他醒了。

……这个梦的影响很巨大。例如，他受命到商工省出差，回来时在虎门车站等电车，同样有一边等电车一边闲聊得很愉快的四五个男人，一雄留心倾听他们的谈话。肯定是谈论"誓约的酒场"的事吧。

晴天的午休，他经常到上智大学一旁的土堤上面散步。无风的时候，阳光下的枯草显得很和暖。从四谷站前，到赤坂见附，他沿着土堤而行。一雄看到土堤松林的一棵松树下边，三四个男人坐在枯草里谈笑风生。其中一人看到一雄在路上行走，就跟他打招呼。他有一副"誓约的酒场"那位高个子公司职员的面孔。

一雄迅速迈步穿行过去，自言自语：

"他也是'萨德主义者'，他也是！"其间，他意识到自己的想法很迂执。那人很可能是其他局的办事员，曾有一次一雄向他要资料，两人见过面。对方还记得一雄，很热情地跟他打招呼。一雄也还记得他，那副相貌只是出现在梦中罢了。

在银座，一雄偶然遇到高中时代的同学，那人似乎很苦恼，两人一起喝了啤酒。那位同学是孪生兄弟的弟弟，同哥哥长得一模一样，兄弟二人一起进入了伯父的公司，时常被人认错。兄弟双方的左手小指一样弯曲，只要离开一瞬间，哥哥就会思念弟弟，弟弟同时也会思念哥哥。

"我很苦恼。"他说，"这么一来，我喝啤酒，向同学袒露心事，哥哥也肯定在喝啤酒，向往昔的朋友诉说衷肠。其实，哥哥爱上孪生姐妹的姐姐一方，并且订了婚，于是大家极力劝我同妹妹也结为连理。可是，我不喜欢那个妹妹。我虽说另有所爱，但人们还是劝我同那位孪生妹妹结婚。"

"我知道了。"一雄摆出一个道理，"世界喜欢成双的东西，就连花瓶不是也爱买一对吗？"

"不是，不是。"他敲着桌子说，"我为何非要同哥哥一样，必须喜欢那位孪生妹妹呢？一想到这里，气就不打一处出。"

接着，他转向壁镜，镜子映着他的脸。他执拗地想说服老同学，指着镜子说道：

"你看，坐在那里的不是我，是我哥哥。我在这里，对面是我哥。"

——罢工在蔓延，芦田联立内阁呈现弱势。机关内每每由工会决定放假，在楼顶召开职工大会，一开就是好几个小时。一雄溜出机关去看电影，回来时大会还在继续。下雨了，楼顶布满雨伞。银行也一起放假。三月二十六日，"全递"[1] 开始罢工。电话、广播和邮政一起瘫痪。

1　"全递信劳动组合"的简称，原为递信省职员的工会组织。随着邮政业改革，2004年，更名为"日本邮政公社劳动组合"。2007年，日本邮政业实行民营化。

机关工会抵制两千九百二十元的低工资。政府力弱。政府向司令部哭诉，结果，又被提出更为不利的条件，真是祸不单行。

一位税务署长真想上吊。当地的军政部下达命令，职工大会不能在上班时间内召开。但工会按照上级的指示，坚持在上班时间内召开大会，时长一刻钟光景。然而军政部一旦得到消息，推测署长也是同谋，于是打电话给警察厅，让他们逮捕署长。

革命和通货膨胀的灾难，很可能同时到来。"我是'萨德主义者'！"一雄对着半空里喊叫。但实际上，他根本不是什么"萨德主义者"。他害怕和房子相会。

樱花四月七日左右全开了，上智大学一旁的土堤是赏樱的好地方。一雄同本科的职员们一起去那里散步。盛开的花朵密密丛丛，他并不喜欢。

四月十日，礼拜六，天晴。从机关下班后，一雄吃了盒饭。出现在走廊上的那位对过的女职员，通知他有人来访。繁谷和房子走进办公室。一雄本想跟科内那些爱管闲事的人说明一下，以免他们日后问这问那，但立即又想：

"总不会有人怀疑我同一个孩子的关系。房子只是一个笑容可掬的前来见面的人。"

繁谷瞥了一雄一眼，随即坐在空闲的椅子上，让房子坐在自己的膝头上。房子在闹别扭，繁谷代她开了口：

"先生不常来了，小姐一天到晚念叨着叔叔叔叔，好可怜啊！所以，实在对不起，我就领着小姐找上门来啦。"

"我不太想到你们家里去。"

"老爷不到凌晨一点是不会回来的，所以不必担心。眼下好容易托人看门才出来的，就请您立即随我们过去吧。"

一雄害怕繁谷大声说话，便做好回家的准备。他想好一条妙计，先打发繁谷回家，然后把房子带到另外的地方去。他邀房子看电影，吃点心。房子很高兴。他们在四谷见附同繁谷分手，两人登上开往新宿的都营电车。

使人顿生歹念的事有的是，因顿生歹念而杀人的事有的是。然而，持续即疯狂。他对房子的感情是持续的。怜悯和残酷，混合着各色各样的因素，始终思虑着房子的肉体，那种未熟、桃红而松软之物，那种完全技巧性的天真无邪。他暂时置于手心，静静凝视一番，然后用力一握，果液就会奔涌而出。

罗曼蒂克的人，会认为一雄一定是想将清纯据为己有吧。不过，清纯之中也存在着肉。大家都以为小孩子没有肉，可是有心脏、血液和肠子。梦中的"萨德主义者"恪守这种限制是正确的。不过……这里存在着可怕的矛盾，污浊和淫荡自然具备着肉。肉是同质的。

房子总想伸出双手抓住吊环，一雄暂时扶住她的身子。细薄的皮肤下，女体显露出九成来。房子不是使用孩子的语言，而是只想运用女人的语言滔滔不绝地说话，就连自己也不知其意。这是因为房子本人一向没有被自己的外形所欺骗的缘故。……房子很快活，她让一雄放手，一雄稍微放松了手后，房子便用两手把自己吊在半空里，乘客们都对这个浪荡女孩儿感到惊讶。工作三十多年的满脸煤灰的列车员前来制止了她。

电影很好看，点心很香甜。房子似乎很满意。她在外头丝毫不表示媚态。她看起来像"回到了儿童"。

刮风了。两人走在刚被命名为"歌舞伎町"的大街上，一雄看到手掌形状的指示路牌："星空舞厅就在那里！"

两人向那里走去。"星空舞厅"只有三百坪，周围围绕着粗糙的布满缝隙的板壁。板壁内侧，每间隔一米，种植着一棵落满尘埃的瘦弱桧木。枝条到枝条之间，缀满了五彩缤纷的小电灯泡。这些小电灯泡随风摇曳，明灭闪烁。

到了傍晚，逐渐阴暗的天空令人心情不畅，但没有出现星星的预兆。所有的一切过于明亮。唱片的音乐充满活力，企图吸引穿运动鞋和趿拉着木屐的客人入场。在这里，即使穿长筒靴也允许入场。眼下，还没有一个客人。正在跳跃的只是旋风卷起的尘埃。

房子很想走进舞场。售票处涂着浓重的油漆，票价三十元，带舞伴的五十元。一雄付了五十元。售票处的女子在椅子上弓着腰，透过铁丝网眼俯视着房子。

三百坪正方形地面的中央，有一座旋转木马式的圆舞台，连缀着檐端的波浪形饰带脱落了，半圆形松松地垂挂下来。三四位乐手，带着陌生的表情谈得很投机。客人到来之前，可以放唱片。一个角落有个涂漆的小卖部，出售鱿鱼丝、花生米和汽水等。

房子对桧木枝头不住摇动的小电灯泡很感兴趣。

"真想在家里也装饰一棵呢。"

下次假如仍被指派画储蓄招贴画，一定画上小电灯泡。东畑家果真有存钱的可能吗？

"这孩子的肉体，"一雄握住房子的手，心里想，"一想到这个肉体，就碰到不可能的东西。我现在孤单一人，能同这孩子封闭在那间上锁的房子里吗？我会毁了这孩子的，会把她撕裂。还有一间上锁的房子——牢狱在等着我吧。"

两人周围完全具备着抒情的背景。"人对于爱和残虐的嗜好，完全是同一种东西。"没有比这更混账的了。假如一雄能够像一般人那样具有庇护的感情，光明正大地爱这个少女……要是这样，那么，这春天的夕暮、小电灯泡、偷懒的乐手占据的舞台、时髦的涂漆的小卖部……所有的一切，都将成为无可比拟的感伤，以及含有哀愁的甘美之物。他将同少女跳舞。其实，在舞会上，曾经见过这样的一对。

然而，一雄一心只想着这副柔软的、水灵灵的肉体。世界和无秩序存在于对方一侧。期望被冒渎的小小肉体就在眼前。戳穿这副肉体，世界就会展现在他面前。或者他将变成自适、自在的无秩序的住民。

小电灯泡随风摇摆，客观地看，一个心性纤弱的青年，正牵着一个可爱少女的手站立着。懒洋洋的乐手们，有气无力地弹奏着吉他。风变强了，桧木的叶子翻卷着，渐渐昏暗的地面上，尘埃沙沙地飘动。此时，附近咖啡馆声音洪亮的扩音器，开始雷霆般地唱起了流行歌。吉他音乐听起来更加刺耳，乐手们着急地用手指不住叩击着麦克风。

一雄发现同他们长相相似的一对儿不知何时走进了舞场。啊，他恍然大悟，是镜子。沿着壁板，装设着一面带有防雨棚的镜子，边框上用白漆书写着粗大的文字：川口家具店。镜子救了一雄。那是别人的眼睛。虽然只是一刹那，既然他感到别人的眼睛看到了他们（看起来完全是感伤的青年和九岁的女子，颇为纯情的一对儿），别人也同样感到他们两个看到了自己。他联想起那位孪生弟弟看到镜子时"那是哥哥"的一声叫喊。

"跳舞吗？"一雄问。

"跳吧，跳吧。"房子跳起来搂住他的脖子。

他们那副架势就像父亲哄女儿似的跳起来了。今日房子的头发没有乳臭。

"哎呀，搽香水了吧？"

"嗯。"

房子的面颊抵着他的胃肠所在的部位跳着。

"啊呀，现在，肚子正叫唤呢。"

一雄听到这句话，感到很愉快。他仰望天空。"星空舞厅"的招牌简直胡说八道。没有星星，除圆舞台周边的檐端贴满大大小小银纸的星星之外。

人们期盼的事情实现了，那是欢迎新任学士的例会——其自去年秋天起，就因种种缘由一味拖延了下来。每周一次的"通论"讲习会一结束，大伙儿就围绕这个话题谈论开了。横滨海关还给他们看了黄色电影。

一雄斜睨着这十多位相同年龄的伙伴们，其中至少有一半是童男之身。只顾学习，连同女人睡觉的空暇都没有。或者因为不了解女人才会阅读法律的书。一旦谈起性来，童男们都满含憧憬的目光。他们一位二十九岁的前辈，最近以童贞的身子结了婚。他来到那些亲密的后辈友人之间，开始询问如何同女人一起睡觉。保守童贞直至二十九岁，这是了不起的才能。世界有一半是以清白无瑕取得的。在这之前，先将女人关在门外，让她们等着，再一边慢悠悠抽烟，一边研究国家财政。

绝不着急的男人是有的。他在世上被称为"有自信的男人"，就像一枚灭蝇纸一般飘飘荡荡地等待着。人生，犹如苍蝇一只只沾上灭蝇纸。这样的男人是如何将苍蝇当成傻瓜而终其一生啊！其实，也有不被灭蝇纸所骗的聪明苍蝇。

海关招待他们乘小汽艇参观港湾。几乎全是外国船，日本船破破烂烂的，令人怀疑是否开得动。停泊在洋面上银光闪闪的轮船，腾起静而缓慢的火灾般的烟霭。有晴朗绚烂的阳光。汽艇从旁通过时，看到的船舶十分漂亮。船的形状是大海对机器构造进行美的修正的结果，那种形态越看越觉得复杂得使人着迷，宛若盘子里造型优美的菜肴。复杂形态的各个部分——曝露于海洋上没有荫翳的日光里，使其具有明确的形态、阴影和量感。他不知何时又想起自己对"肉体"的思考。

"你认为会发生革命吗？"一雄问同僚。

"不会吧。"

"为什么？"

"有司令部啊。"

"通货膨胀的灾难也许会到来吧。"

"不会吧。在这之前，GHQ 会有作为的。首先，只有这样才能保护司令部无损，不是吗？"

在这般年龄，回答者已经暴露出两根青筋的粗颈项上，套着照相机的皮带子。带子在背后拧绞了，他没有注意到金属环儿。即使注意到了，也不是什么大不了的事儿。他对现实的判断没有错。关于未来，该下结论就应下结论。关于过去，全都应该忘却。实际上，这种男人具有成年人的观点，他活在人际关系之中，只相信人际关系，即便将大体的东西都看作权力机构的司令部，也被他当作一种人际关系。他活着的期间，多半不会去修正这种想法。

一行人被卡车运往海关长官舍。摆出酒菜晚餐，接着开始放电影。最初的字幕出现时，隔扇倒了，砸在放映机上，修理了一个小时才继续放电影。《森林中的宁芙[1]》这部片子中，时时出现的是躺在池畔的梦呓的裸女。两位妖女苦心保持的闲静之地，突然出现形象可怕的森林魔鬼。"恶魔的形象同我们无缘"——女人被森林之魔所追击，倒下了，用羊齿苋覆盖身子，这时候，梦醒了。虽然是无声电影，但结尾最感人。总之，是一种诉诸味觉的办法。女人急急忙忙帮助男人脱掉西服，那富于神经质的白皙纤细的手指不停地运动着。一雄想起桐子的手指。裸体女人走向屋角，将自己的手提包夹在腋窝里折回来。她付给男人钱。那光着身子夹着小包碎步跑动的姿态，堪称崇高的滑稽。童男们也笑了。手提包确实是具有威严的物品。

第二天，一雄接到好久未见面的朋友的来信，只有一行字：

前略。活着，敬具。

两三天之后，那个老母亲给一雄打来电话，说她儿子自杀了。

一雄已经很久没有参加过葬礼了，他一点都不难过。吊唁的行列

---

1 宁芙（Nymph），希腊神话中山川河谷、森林泉水的美女精灵，喜爱唱歌跳舞。

慢慢向前移动，因为人数很少，应尽量缓缓朝前迈步才好。参加葬礼的人在别处大声议论的事情，如今又窃窃私语开了。政治的话题，儿子获得第一名毕业后就职的话题，等等。

"那小子写下'活着'时，或许就决心自杀了。"一雄想，"那信就是不在场的证明。那小子只不过报告一下事实罢了。他写信时，多半也知道，自己死后，别人肯定还活着，也会参加他的葬礼。他知道，什么世界崩溃只不过是幻想。他知道别人会一直活下去。他一旦确实意识到这些，除了自杀别无他途。"

长生不老，能够传给子孙的说法是谎言。长生不老的观念却能够由他人继承。

一雄对面桌上的绒线娃娃很顽健，它不会死。女办事员每天早晨上班后，将十支铅笔削得尖尖的，用来刺穿绒线娃娃的身子。娃娃倒了，就静静等待着她的指头将它扶起来。

一雄在报上每每看到"冷战"这个新鲜的词语，据说是去年十二月二日 A 报上外国记者文章中开始流行起来的新词。自从总司令部禁止"全递"罢工以来，罢工就式微了。梦中，"萨德主义者"，那些老老实实的市民，都在密谋计策："……用鲜血和黑暗涂抹这个世界吧！"

一雄一如既往去机关，又回来。资金计划被充分执行了。一种不快的爆发性的东西，将他从里到外慢慢压缩起来。是胃部不好吧，他吃了胃药。他去看病，医生保证他百分之百健康。其实，他已经远离失眠、食欲不振和疼痛等一切症状，只觉得被一种软绵绵的东西所拥抱。那东西要是促起歹念，将他再次压缩，那么他的生命之根也就停息了。

"我如今再也不相信什么无秩序了。"他想。观念全都死绝了。

虽然还去玩女人，但事态并非因此而产生变化。只是世界被打碎了，似乎在哪里看到阴郁的科学而冷静的手臂，欲将它缝合起来。他害怕那只手臂。玻璃打碎了令人安心，粉碎的玻璃立即知道就是玻璃。那种十分透明、过分磨光的玻璃，看不到。

我孤单一人。目前的确是这样。再过些时候，人们也许会说他的怪话，躲开他而行吧。如今，谁也没有避开他。早晨，大家都对他道一声"早安"，分别时道一声"再见"。他对人们的问候不堪忍受，仿佛获得别人不当的酬劳。

午休时常常出外散步。明丽的行道树下，财务省的杂役们在练习打棒球。球描着直线或曲线飞来，远处的一双棒球手套跑过去一把抓住，简直就像把球吸到那个凹坑里。一雄站着看了一会儿，很是感慨。那球要是有什么意义，那球要是具备某些意义，就不会那样前行。球将会跌落下来，掉在草丛里永远找不到了。

四月的太阳光辉灿烂，路上的行人时时掏出手帕擦擦额头的汗水。出汗是生存的证据，同撒尿一样。汗水和小便没有什么意义，要是有意义，汗和小便一旦堵塞，他将会死去。

一雄的世界瓦解了，意义四散，只剩肉块了。只有这包含无意义分泌物的肉块，被周到地管理着、完全地操作着，毫无迟滞地运动着。正如医生所说，百分之百健康。

走着走着，一雄进入小公园。穿过小公园后门，眼前就是东畑家，到那里看看吧。今日是寻常的一天，房子大概还没有放学吧。他想到那间"上锁的房子"独自一人休息一会儿。繁谷不会不同意吧。一个人从里边锁上门，那里的空气像墓穴一般宁静。如果愿意，也可以拔掉煤气阀门。不过，我恐怕不会自杀。他生下来也不是为了自杀。既然对未来没有确实的意识就不会自杀。他拿出火柴盒，用不沾火药的那一头一边掏耳朵一边行走。耳朵痒很快活。痒虫藏在远远的地方，手指尖儿够不到。痒虫躲在黑暗而幽深的场所，一直蜷缩着身子。火柴达不到。火柴绝达不到，这使他感到一时的幸福。

　　一雄摁了门铃。铃声在空荡荡的家中回响。毛发稀薄、白蛆般肥硕的女佣打开大门。户外很明亮，玄关内十分晦暗，泛着霉味儿。一雄尚未开口，繁谷一副妖艳的嗓音独自唠叨开了。

　　"欢迎，欢迎，您要是午休时间想来，随时都能来的啊！太好啦，小姐今天在家，她身子偶感不适，请假休息来着。不过，没关系，一点不用担心。……听，里头有动静了吧？她听到您的声音，慌忙爬起来，正在脱掉睡衣换洋装呢。她每见您一次，都要穿不同的洋装，很费时间。然后，跑到镜子前边，将脸孔仔细妆扮一番。小姐近来很会化妆哩。那种一看就明白是小孩子的化妆很可笑，但小姐化妆深得其奥妙，表面上绝对看不出来是化了妆。她说，早晚给儿玉先生看到了也没关系，睡前进行各种面部保养，然后才就寝。……来来，请进来吧。要到客厅去等待吗？小姐马上就来。我也得准备茶水去了。小姐平时不是说要拿红茶和点心招待儿玉先生吗？……那么，就请等一会儿吧，马上就来。"

　　一雄坐在窗边的长椅上。房间被窗前树荫遮挡了，内部昏暗。里头壁炉架上桐子的照片，似乎带着不正经的表情望着这边。白天，公园的声音听得很清楚，不时传来孩子们尖利的喊叫。

大门的细缝渐渐打开来。女佣说是洋装，房子穿的却是彩虹般的法兰绒服装，勒着鲜艳的柠檬色扎染腰带，身后垂着蝴蝶结。腰带稍稍勒到了上方。关门时，她一直凝视着一雄，面带微笑。和平时不同，她的动作十分娴静。她走到长椅上一雄的身旁，规规矩矩地坐了下来。接着，她不住摆弄自己的指头，引起了男人朝这边的注意。一看，指尖儿上涂满了淡红色的指甲油。

"病了吗？"

"嗯。"

"可以出来吗？"

"好的。"

"没有精神啊。"

"嘻嘻。"

鍵のかかる部屋

房子望着远方笑了。一雄照旧抱住她的双肩，他知道她缩紧了身子，这种抵抗刺激了他。他第一次对房子做出适合于女人的接吻。房子的嘴唇不再干燥。

一雄长期被恐怖的词语所征服，即"撕裂"。他不知如何是好。毁掉吧。我把她撕裂吧。房子温顺地被他抱在怀里，肉就在他掌中等待。

一雄注意到刚才房子没有锁门，他想走过去拧紧钥匙。这时，响起敲门声。繁谷手捧茶盘站在门外，盘子里盛着红茶和点心。一雄从打开的门缝里探出头去，繁谷低声说了声："请来一下。"一雄走出来，随即关上门。繁谷把茶盘放在一边的橱柜上，将一雄叫到走廊上去。她身上散发着廉价雪花膏的香气。女佣悄悄地问道：

"您知道小姐得的是什么病吗？"

"什么病？"

"今早第一次来那个了。"

"哦，房子不是才九岁吗？"

"也有人来得很早呢，我就来得很早。那是没法子的事啊。"

"为什么？"

"我一直瞒着您呀，实话告诉您，她是我的孩子啊。"

繁谷回到玄关来拿茶盘。捧着茶盘走进客厅的女佣的身后，一雄在跟随着。房子老老实实等着。一雄仿佛感到那间屋子浸染着鲜红的血迹。

繁谷摆好茶杯和点心，出去了。一雄一言不发，房子也闷声不响。一雄身旁坐着个女子，她完全使自己正常化了。

一雄已经不能主动再做什么了。他慢悠悠说道：

"我还是不来的好。现在告辞了，可以不再见你了，这也是为你好。"

房子没有吱声。一雄站起身握住房子的手，房子的手无力地下垂着。

"再见吧。"一雄说。因为恐怖，他避开了接吻。

房子没有站起身子。一雄打开大门。他关门时，感觉到身后飞跑过来的房子的身影。

一雄听到自己背后那轮廓清晰的小小的声音。房子锁上门，他第一次从外边听到这种声响。

肥白的女佣走出大门，一边唠叨一边向他逼近。

"您回去了？这可怎么行啊！"

她手里攥着溺死鬼般的大抹布，不住落下来许多水滴。

一雄背对着上了锁的门扉站在那儿。房内听不到一点儿响动，待在房里的也许是桐子吧。

女佣越发逼近他身旁，看起来她迫使他走投无路。而且，她仍在重复着：

"您回去了？那可怎么行啊！"

山
魂

一

对于开发电源这个问题，展开了种种讨论。有人为引进外资，对日本的殖民地化作出了贡献。然而，即便在战前，建设水库的资金，也主要依靠美国的外债。知道这一点的人极为稀少。战前，电力公司为建设水库将一亿数千万美元的债务转卖给了美国。

最近争论得不可开交的水库工程补偿问题，非自今日始。有些人物为补偿问题奔走一生而名声大振。

桑原隆吉是伊势一家木材商的儿子，生于明治十一年[1]。

打从幼年时代起就奔跑于山间各地，对自家经营的木材的原木很

---

1 即 1878 年。

山
魂

有感情。他会爬树，动物般伸展自如的足踝，走上百十里山路都不觉得疲劳。

小学一毕业，父亲立即让他在自家就业。隆吉带着建筑工人进山，在树上摸一把，就能知道这些木材的价值。他二十几岁时，在五十铃川的上游伐木，运用流水运输，攒下令亲老子深感惊讶的一大笔钱财，在伊势城大肆吃喝玩乐。这些面色红润的年轻人，不知道优雅的游乐，用粗绳子拴着十个女人，从客厅到客厅拽着走。

隆吉从这些引人注目的山上，陆续采伐木材，伊势附近没有他不熟悉的山了。这位本来记性不太好的男子，后来即使指着地图问他哪座山有什么样的山林，他都能对答如流。

他从年轻时期就爱下围棋。走在山里时，用半截木材自制棋盘，摆在杉树荫下的苔藓上，同他所中意的民工对弈。有时候，大雨沛然而降，陷入长久思考的隆吉并不站起身来。雨水有时飞溅在少数棋子上，强劲的雨点敲动着棋子。他并没有注意到躲雨的对手早已不在眼前，大声吼着："不准动我棋子！"

三十二岁时，隆吉提倡"帝室林野开放论"，呼吁将山林委托给当地乡村。他为此去找波多野宫大臣强行谈判，但未获允许。

大正十年[1]前后，四十五六岁的隆吉，拥有岐阜县广大山林，被称为木材大王。这时，发起了庄川水库的建设计划。

1 即1921年。

键のかかる部屋

二

　　号称日本三大激流之一的庄川，两岸壁立，河底呈药臼状。这种舟船形适合于流木。例如，山毛榉、榉树和橡树等阔叶林木材，一旦含水，则重如岩石而沉入水底。不可编成木筏，只得一根根放流。碰到庄川这般药臼状的激流，即便根根流木沉入水底，在河底翻转流动，也能冲到下游去。这种流木便称为"木吕"[1]。

　　川仓位于向北流贯富山县的庄川下游，坐落于流水中的川仓一旦放水冲漉滚木，被冲漉的滚木便挤在诱导渠内，顺流而下，聚集在储木场内。

　　富山县东砺波郡东山见村小牧这地方，决定建设小牧水库。由后来合并于日本电力的庄川水力电气公司承建。预计大正十四年[2]开工，已经对沿岸重点村民实施赎买政策。

　　南面有长良川北和庄川的分水岭，位于飞驒和美浓的分界线上。过去在飞驒高山上，传说吃新鱼会中毒，只有腥臭无比的鱼才有利于健康。平时常食秕谷，人临终时，在竹筒里盛上米，放在耳畔摇晃着发出声来，呼唤道：

　　"喂——这可是米呀！"

　　"啊，是米吗？谢谢啦。"

　　然后合掌而死。

1　读作 koro，即"流转"之意。

2　即 1925 年。

山
魂

时兴杀婴，不敢杀婴的媳妇被看作没胆量。方法是，将一百张和纸濡湿，贴附在婴儿脸上，使之窒息。一百张和纸价值四角钱，有的人家连四角钱都拿不出。

为电力公司的赎买所心动的，并不是这些朴讷的贫民。这些人一无所知期间，赎买的交涉，已经以地主和山林所有者为对象在进行了。

于是，作为煽动家的隆吉，到了崭露头角的时候了。但隆吉的行动，未必出自真正的社会正义感。山林相当于隆吉的肉体，被称作"庄川事件"这长达八年的补偿之争，已经化作这被高山所养育的男人肉体的私有之物，成为其一大支柱。

三

水库堤坝高度应该达到二百八十尺，储水区域（backwater）遍及上游二十八公里。滚木无法停留，庄川上游一百二十公里的山村民众因此而吃不上饭。树木生长到一定年数就要采伐，原地还应植林。如果放置不管，山林长着长着就枯萎了。适于流木的药臼状的庄川，必须在水库工程实施中加以保护。工程对于上下游的渔民很不利，一旦有了水库，产卵期的香鱼就无法回溯到上游。

即使山村民众打算凭实力对抗工程，但因为是乌合之众，敌不过拥有炸药和手腕的土建公司。不仅如此，因为授予许可的是县厅，一旦有事，警察就会站到公司一边。这么一来，金钱、警力、炸药和土方，全都集中到工程这方面来。

桑原隆吉为直接同中央官厅谈判做准备，他到处举办演讲会，攻击电力公司和县政府。警官屡次呼喊：

"停止演讲！"

隆吉喜欢演讲。作为古典风格的大时代的演讲爱好者，以往他也时常参与"政友会"的竞选演讲。听众表示赞同的鼓掌和喝彩，在他心中起到重大作用。他从未怀疑过听众的感动。骤雨来临仍坚持同对手下围棋的隆吉，说着说着，他渐渐感到同听众化为一体了。他从来没有先煽动自己然后再煽动他人的想法。

隆吉带领数百名山村民众，打起草旗，去找内务和农林两位大臣陈述情况。流域地区的村长和村议会议员也被拉去演说，紧随其后。隆吉独力承担数百名山村民众的盘缠钱和伙食费。

一旦陈述未能如愿，就向行政法院提起取消水库建设许可的诉讼。这要花费巨额资金。

此时，一个可以同隆吉终生为友或终生为敌的姓飞田的人出现了。

再也没有可与隆吉形成好对照的人物了。隆吉色黑，容貌魁伟；飞田则是个皮肤白皙的斯文男子。隆吉嗓门粗大，飞田说话像蚊子叫。隆吉一板一眼据理力争；飞田的话，听着听着，就暧昧模糊起来，不知将你引导到何处去了。隆吉一兴奋就脸红；飞田几乎不红脸，总是一身绸缎，风度翩翩。

飞田当初见到隆吉，以为遇到了可以终生利用的香饵。他觉得这个人虽不知底细，但似乎是自己用得着的人物。

飞田同仓井忠兵卫约定，让仓井为隆吉拿出必要的资金。仓井忠兵卫当时号称全日本第一位高利贷者。隆吉不太相信。

然而，不知飞田是怎么跟他说的，对于这场毫无把握的补偿之争，仓井——答应出资。经过飞田介绍见到隆吉的仓井，立即成为隆吉的知己。每逢必要时，飞田就往返于岐阜的隆吉和神户的仓井之间。官司打了八年，仓井为隆吉筹集了八百万元，相当于现在近三十亿的金额。

隆吉听从飞田的好办法，放弃毫无指望的行政诉讼，转向大阪地方法院提出民事诉讼，要求对方补偿一千万元。

四

隆吉从这桩案子中获得了什么呢？除了一大笔债，什么也没有。

官司由当时的内务大臣参与其中作出决断：木材全部由电力公司购买，为了保护香鱼产卵，水库一方将保证开通一条专供香鱼溯游的水渠。但据用户方面反映，由于隆吉的一场官司拖延了工期，公司支付了巨大补偿，过去一千度电价值八百元，如今一下子上涨五倍，达到四五千元，也不得不接受随之而来的电力涨价了。

在山村民众看来，既获得了补偿，又托电力公司的福，修建了道路，木材也能从陆路运输了。因而，也就不必大闹特闹了。

这期间，飞田利用渐次瓦解的公司，不失时机地聚敛财富。他把女儿嫁给电力公司庶务科长，叫女婿给他看蓝图，迅速抢购用地，抬高价格卖给公司。

隆吉自任社长，分配飞田担任专务董事，创立桑原木材公司。飞田私自占有这家公司的土地，以两百万元卖给电力公司，将这笔钱装进自己腰包。

隆吉得知后大为恼怒，将屋里的东西全都扔了，电话机扔了，墨水瓶扔了，立即准备行装，去了东京。

他到山本农林大臣[1]那里告状，政友会的犬养内阁庇护隆吉。

隆吉无法坐在客厅里等待，他站起身，原地走动着。隆吉看到农林大臣一出面，就说：

"我被他骗了，请把那帮家伙抓起来吧。"

"我可不是警视总监。"

温厚的大臣回答。

"万事都把我们当自己人，政友会就不会吃亏。"

隆吉嗓音洪亮地说道。

其实，隆吉打内心里喜欢吵闹，他在农林大臣官邸的客厅里能如此大声吼叫，证明在好多方面他都很可爱。

就这样，一路追击隆吉来京的飞田一行，在赤羽站遭到逮捕，随即从卧铺车厢被带走了。然而，在审问期间，飞田运用灵活而奇妙的手段笼络警方，公布的调查报告避而不谈飞田的罪过。

这期间，"五·一五事件"[2]发生，犬养首相被暗杀，成立了举国一致的斋藤内阁。

隆吉的处境发生逆转，内阁站在电力公司一边，仓井忠兵卫因别的小案件被捕，关在市谷监狱。

飞田获得了报仇的机会。

---

1 指山本悌二郎（1870—1937），属立宪政友会，1931年入犬养毅所组内阁，曾二度出任农林大臣。

2 1932年5月15日，海军青年军官和陆军士官学校学生，袭击首相官邸，刺杀首相犬养毅。军部趁机推行独裁统治。

在补偿案件中，桑原木材公司的业务搁置下来，股价跌到最低点，分不到红利。大半股份都在仓井名下做债务担保。要问如此一无价值的股份何以能作为担保？那是因为隆吉用来作为场外股以操作市场的缘故。

例如，隆吉本人通过证券公司，写信通知股东以每股三十元购入，一俟股东回信，利率已定，隆吉便将此种股票带给仓井，以昨日每股三十元出售的十股为证据做担保，折算后以每股十五元左右借入。

仓井出狱后，飞田立即陪同电力公司要人看望仓井。仓井失去平日的锐气，被飞田的花言巧语所迷惑，同飞田一起大摆隆吉的不是。一听就明白，仓井装作被隆吉所骗，明知没有价值，还要为他做担保。昭和初年，似乎还有这种"善心待人"的高利贷者。

然而现在，仓井对于这桩每股十五日元买断无价值担保的交易依然很感兴趣。在飞田的引导下，电力公司成为占有"桑原木材"半数以上的股东。

股东大会召开了。隆吉以及隆吉派的要人几乎全部解任，"桑原木材"被电力公司接管，隆吉失去了争取补偿的根据地。

五

大会结束，他们一伙儿走出会场时，飞田笑容满面地走向隆吉。隆吉默默无语来到廊下，飞田飞快追过去，两人自然肩并肩走到了一起。飞田有个习惯，他总是不知不觉间，如流水一般悄无声息地走在别人的身旁。

"您到底是我的好伙伴啊。"

飞田说道。隆吉没有理他。

"还在生气呐，长远地看，到最后，您不会吃亏的。仓井君那笔借款包在我身上了。我来想办法。"

隆吉沉默着，满脸通红，他耸起肩膀，做出要撞到飞田的姿态，接着便向门口飞奔而去。

——起诉数月之后，内务大臣居中调停，事态急转直下，迅速解决。这之前的一段时间，隆吉默默在山里走着。

股东大会当天，迎接隆吉回家的妻子，看到丈夫竟然如此默默地表现自己的愤怒，甚感惊讶。隆吉忽然走到院子里，家人来不及阻挡，他迅速爬上那棵山毛榉大树，两腿跨在树杈上，高声喊叫：

"喂喂，混账！混账！"

这位五十岁的汉子，骑在树枝上，向着自己公司的上空吐唾沫。

第二天，隆吉突然提出要进山，妻子并不觉得稀奇。因为自打结婚第二天起，这位丈夫就进山伐木，两年没有回家。

隆吉久久巡视着自家山野。有的地方，他望着急匆匆种下的杉树苗，流下了眼泪。他走进杉林深处，坐在青苔上，一坐就是好几个小时。

一棵棵树木围绕着隆吉，默然无语。

隆吉同样默默地和每棵树木的灵魂相融合，他仿佛觉得自己理解树木的语言。

他感到这八年来，自己似乎是受到山野精魂的怂恿而采取行动的，遇到如此的挫折，就连树木这副默默无语的样子，也立即被看成是对他的背叛。

读过回心转意的故事的人，逢到这种地方，必能进入隆吉彻悟的心境。即使不能进入，或许也想沉浸在自然的慰藉之中。

可是，隆吉的回心转意，严重地背叛了人们对他的期待。

他抡起手里的鹰嘴镐，疯狂地来回奔跑，碰到哪棵树，就把哪棵树砍得稀巴烂。他一边大叫，一边跑得气喘吁吁。于是，自负心苏醒了，复仇心抬头了。世界如此背叛自己，这回必须背叛世界。他想，后半生再也不会用所谓的"赤心"同这个世界交往了。隆吉本不是个易于伤心的主儿，然而一度被伤害，下次就会为无垢的热情而愧悔。

六

飞田好美衣美食。他在飞驒高山上有座大宅邸，名曰"飞田御殿"。但他几乎不回那儿，而是待在金泽别墅。关系不睦的妻子住在飞田御殿，经常白马横鞍，出外散心。她是个气性刚烈的女子，骑在马鞍上可以跳越一米多高的障碍。

飞田住在金泽别墅里，搜集古董，搜集茶道用具。庭院内，模仿八窗庵建了茶室。金泽盛行地方味儿的谣曲，飞田拜宝生流[1]的人为师，立即凭借财力推出《道成寺》[2]，上演了一出颇为随意的能乐踢踏舞[3]。

---

1 能乐主角流派之一，据传流祖为宝生莲阿弥。
2 《道成寺》于谣曲分类中属四·五番目物，取材于道成寺的传说故事。纪伊牟娄的少女清姬，恋慕住在自己家中的僧人安珍，变成巨蟒尾追其后，放火焚毁道成寺。安珍于火灾中被烧死。
3 原文为"乱拍子"，能乐舞剧之一。即在鼓、笛等音乐伴奏下，以腿脚特殊动作为主的舞蹈。作为能乐舞，仅适用于《道成寺》。

飞田不想轻易舍弃隆吉。总之，隆吉对他很有用。可使隆吉扮演的节目是没完没了的。飞田明白，对于处理完补偿问题的电力公司，再怎么献殷勤也拿不到一文钱。为了抬高地价以便据为己有，他对招标建造纺织工厂的运动也投入热情。

要想通过水库建设赚上一笔，就必须在补偿问题上大闹一番。开工前，电力公司要不惜花大钱，为此，永远需要隆吉这样的人物。飞田从担任庶务科长的女婿那里，得知各地水库建设计划，企图通过一笔一笔的补偿，为自己大捞一把。

隆吉在庄川问题上背负一大笔债。隆吉要想老老实实还债，那么隆吉的山林将永远消失。飞田打算将那笔债务转到自己头上，但决不替隆吉还本，只答应一直支付利息。这样一来，隆吉不但没有减轻重负，而且永远离不开飞田。

通过长达八年的交往，飞田深知隆吉的性格中，存在着因喜欢争斗而沉迷于争斗的难以避免的陷阱。

眼看着官司就要最后扫尾了。飞田用私家车装满礼品，翻越白山，拜访位于岐阜的隆吉宅邸。

夏日酷暑的一天，隆吉正在睡午觉。飞田原以为会吃闭门羹，没想到立即就被引入内宅。

夫人在走廊上说：

"正睡午觉呢，说不起来了，吩咐直接就到那里去。请包涵着点儿吧……"

飞田进去了。晦暗的十二铺席房子中央，一张宽大的紫檀木桌子之上，躺着个海豹般的东西。

隆吉只穿一条裤衩，光裸着身子睡在桌子上。飞田后来才知道，夏天里，隆吉喜爱紫檀木冷阴阴的触感，总是直接躺在桌子上睡午觉。飞田很感慨，不愧是木材店，深知各种木材的性能和用途。

飞田坐下了，隆吉还是像貉一样横卧在桌上。礼品一件件搬下来，在屋角里堆成山。

飞田一直等待着。他的体质不大会出汗，便一边欣赏着庭园，一边摇着扇子，将阵阵清风送进罗纱和服外褂的袖口。

隆吉终于微微睁开眼，依然没有动弹一下。

"来了？"

"唉，来向您赔礼了。"飞田大大方方地说道。

"唔，来了好啊。"

隆吉说罢折身而起，盘腿坐在桌子上。

"拿好酒来，咱们喝冷的。"飞田说道。

酒杯摆好了，斟上冷酒。隆吉终于没有下桌，主客分别在桌子与榻榻米上对饮起来。

七

从此以后，各地水库建设计划一旦就绪，必有桑原隆吉出来煽动居民，打起草旗，带领数百人进京请愿，言辞激烈。电力公司深感头疼，飞田每次借以大赚其钱。

隆吉利用飞田的银行账户，随便开支票。有人到隆吉这里告贷。"包在我身上了。"隆吉说罢就立即开支票。要酒，开支票。要旅费，开支票。

不论隆吉如何拼命开支票，比这更多的金钱却流入了飞田的腰包。

水库、隆吉和飞田，似乎是三位一体的。

隆吉的演说越来越富于热情，因号称"火球演说"而闻名。他的演说触动着单纯的心弦，令人感动，也是有道理的。直到今天，唯有在演说之中，隆吉才是幸福的。

政党政治崩溃了，进入军阀独裁的时代，隆吉的演说越来越带有国士风格。心醉者增加，他成为一名特别突出的伟人。他开出的支票，依然属于飞田所有。

水库其后也都逐一被列入计划，而朝鲜和满洲的水库他们却无力顾及。

战后，年老的隆吉和飞田的友情越来越深厚，隆吉的进京依然威胁着电力公司。

飞田的资产超过十亿，成为北陆地区[1]的首富。

---

1 本州北部地区，包括福井、石川、富山和新潟四县。

山
魂

兰陵王

蘭陵王　一九六九年十一月

八月二十日，我们的盾之会，在炎阳照耀下的富士山麓，举行堪称新队员毕业考试的野营拉练。行军和阵地攻坚战的三次匍匐前进和突击期间，有的学生耐不住暑热倒下了。整个上午的行军途中，沿着林间小径到达架设在清流上边的小桥畔，尖兵发现走错了路，小队暂时停了下来。当时，一个学生捅捅我，指着插入清流深处的一枝绿叶。

　　那是像庇檐一般伸展出水面上的杂木树枝，在重重叠叠绿荫的繁茂之中，完全曝露于日光下的枝头上，躺卧着一条蛇。蛇体掩映于丛丛绿叶之下，时隐时现，似乎将茶褐色的斑点散射于树叶之间。起初，即便被吆喝呼唤，它全身也很难蠕动一下；这期间，随着树枝逐渐反折成山形，发现那蛇头原来正搭在下面另一枝条上，连成一体，正在酣眠。

　　蛇似乎被我们吵醒了。等它动弹时，才开始看到蛇身的闪光。看上去，宛若绿叶丛中一股浓稠的脏油流淌下来。但是，蛇头依然留在原来位置，吐露着一缕殷红的信子。

弄清了正确的道路，小队随即由山间小径折回头，来到夏季野外宽阔的道路上。田野里点缀着瞿麦、鸭跖草和蓟草花。

这次行军和整个上午攻坚演习的小队长，由来自京都某大学的 S担当。

S 身个儿高挑而健康，却长着一副适合戴便帽穿猎装的面孔。这位 S 能吹横笛，我记得在长冈某寺院幽会时，他先到寺院里等着，通过吹横笛告知女子自己的所在。我问过他为何学吹笛，他回答我说，自己打算仿照能乐剧《清经》[1]的那段话而死：

> 莫对人言，伺机而动，远望长天晓月，口中吟哦登船板。拔出腰间横笛，吹出澄澈音色，原都是当今俚曲。思往事，看未来，人生终一死，这形体随烟波消泯，不再回到过去。

他的话一直留在我心中。虽说同是现代青年，但实际上青年也各有各的不同。

当天演习得浑身都是汗水和尘埃，回营房后吃的晚餐着实香甜，入浴后心情舒畅。

我一边用肥皂沫充分洗涤全身的汗水和泥土，一边想到皮肤奇妙

键
の
か
か
る
部
屋

---

1 能乐剧，二番目，世阿弥作。描写平清经投水而死，化作亡灵向妻子诉说决心赴死时的复杂心境，表达人生无常以及对爱情的哀感。

的不可侵犯性。如果皮肤粗松，汗和尘土就会渗透进去，时间一长，肯定洗也洗不掉了。皮肤的更生及洁净，受到其圆滑而有光泽的不可侵犯的保护。没有这些，我们就无法从一种噩梦中醒来，就无法治愈污浊和疲劳，这一切就会立即积聚起来，迫使我们回归泥土。

越是考虑这些愚蠢的事情，我的疲劳恢复起来就越清醒，越舒畅。浴场归来路上，闪电划过天空。

回到房间，听到黑暗的窗外传来了虫声，这是我来这里之后首次听到的虫鸣。这间一无装饰的房子令我很满意。

一张桌子，一张铁床，墙壁上挂着雨衣、迷彩服、钢盔和水壶……没有一件多余的东西。敞开的窗户对面，营房庭院黑暗的远方，可以感应到广阔的富士山麓的原野。存在，以密度，屏住呼吸，黝黑地包围着这座兵营的灯火。长年期盼的粗豪而简素的生活，如今为我所有。

我为指甲旁边的肉刺涂了些碘酒。其余没有需要涂药的伤口，也不感到疼痛。肉体像枪炮一般被细心地管理着。总之，我很幸福。

房门那里有了响动，S拎着一根细长的锦囊进来了。刚才S对我说过，他想让我听他吹笛子。我对他说，洗完澡就请过来吧。我以为，剧烈演习结束后的夜晚，最适合听人吹笛子。

他一进来，我就将晚上十点前熄灯的时间表对学生公开了。接着又有四个学生进来，听吹笛的连我一共五个人。

大家一同谈论起来，有的说小队指挥是如何困难；有的说各班的掌握难以如意进行；有的说临时下达命令需要如何熟练；还有的说，行军中的尖兵小队遭遇敌人时，要判断能否击败敌人，途中路上侦察任务如何重要；等等。他们今天分别担任班长、小队陆曹[1]和途中侦察的人员。一人还说，所谓非常优秀的指挥能力，是指勇猛，同时似乎还有优美。

S似乎放过吹奏的机会。在我的督促下，他终于从锦囊里掏出横笛，向我亮了亮。

这是雅乐[2]使用的横笛，我第一次拿在手里看了看。

笛子和武器不同，指头上感受到的是轻捷而又沉实的重量。重量本身存在某种优美。用一百五十年前砍伐的竹子制作而成。避开吹口与七孔，裹以桦树和樱树之皮。再给卷裹的树皮施以赤褐色的漆。然后再将每一孔填进朱红色的漆。头端按照左方为乐的惯例，刻有小而圆的赤地锦断纹。吹奏时其头在左，尾在右。七个气孔，从尾部起依次表达断金、平调、下无、双调、黄钟、盘涉和壹越等日本十二律中的七律。例如，用雅乐演奏黄钟调时，是将此黄钟之音指斥为宫音之调。

据说亚西比德[3]为了保持嘴唇的优美形态，避免吹笛子。人说，日本的横笛没有这个避讳。

S不知吹什么曲子为好。我请他吹那首被称为名曲的《兰陵王》[4]，他先对我说，曲子有点儿长啊。

---

1 陆上自卫官级别之一，相当于日本原陆军的下士官。

2 日本古代宫廷社寺演奏的音乐。

3 亚西比德（Alcibiades，公元前450—前404），古代雅典政治家，将军，苏格拉底至交。曾鼓动雅典公民大会作出决议，发动对西西里的远征。后因卷入渎神罪案，投靠斯巴达，导致远征失败。后逃往小亚细亚，被波斯人杀害。

4 雅乐，壹越调古乐中曲。林邑乐之一。配以单人快步舞。描写北齐兰陵王大破周军的英雄气概。

舞乐[1]使用的兰陵王面具，下巴吊在另一条纽带上，模仿龙的可怖相貌，并因此闻名。众所周知，北齐兰陵王长恭，为了遮盖自己温和的面孔，戴上一副怪奇的面具，率领五百骑出征。这首乐曲就是根据这则故事而产生的。

兰陵王未必因自己温和的面孔而羞愧，抑或他自己暗暗为此而骄矜。然而战争，迫使他必须戴上狰狞的假面。

另一方面，兰陵王也许丝毫不会为此而感到悲哀，他甚至在心里暗暗庆幸亦未可知。为什么呢？因为敌人的畏怖在于他的假面和武勇，正因为如此，他温和而俊美的容颜才能永远得到保护，不受一点儿伤害。

要是死了，秘密就会被揭穿，但兰陵王没有死，他反而在金墉城下击破周的大军，胜利而归……

S眼看就要将嘴唇抵住笛子的吹口时，我不由地将目光转向敞开的窗户。此时，窗外的暗夜电光闪闪。我想象着，这闪电照耀下的广阔富士山麓的暗夜，白天所见到的瞿麦、鸭跖草和蓟草的花，将会浮现怎样的色调呢？

S开始吹出一段号子，然后吹奏《兰陵王》曲子。

尖厉的序曲，以嘹亮震耳的高音开始了。

音乐似乎在描述着芒草叶的某种形状，我心中感到原野上禾本科植物锐利的叶尖儿，不住磨蹭着我的面颊。

窗外的秋意包蕴着室内。过于明丽的灯光下，我和学生们一律身

---

[1] 伴有舞蹈的雅乐。

兰陵王

穿枯草色的戎衣，已经干涸的汗气又从那儿升起。

音曲渐渐带有喜色，变得有节奏了。不料，又再一次变得肃穆而悲壮起来。

音乐仿佛使人感到圆睁的眼角满含泪水，酝酿出凛凛的紧张；接下来的音曲又促人联想起宴饮快乐的倦怠。

背后不断有青年的呼吸之音贯穿这样的变幻，成为抒情的核心。急剧而竭力的呼吸之音，立即同午前炎天酷暑中行军的喘息结为一体，令人想起被抛掷于凉气砭肤之夜的青春的迷惘。

我发现，这杆笛子，将呜咽的濒死的抒情和充溢着生命奔放的抒情，这两种相反的东西，对等地关联在一起了。兰陵王出征了。此时，两种抒情，绝对的姿影，通过怪奇的面具表现出来。这霹雳引弓惊弦般澄澈的绝对的抒情！

……笛音，却是一股接着一股，连续不断地向倾听的耳畔涌来，宛若茫茫大海的夕暮波涛。

"随后情愁又来临。"我的心里突然浮现出《松风》[1]中的一句。

不是用耳朵听，而是用头脑深层听。正因为自己脑袋里也有个黑暗的旷野，所以感觉到，那径直传向遥远深处的，仿佛就是头脑深处遥远的彼方，十分娴静的鸣奏的笛韵。

音乐没有一片暖色，全都被寒色占有。听起来远不可及，忽然又近在咫尺。此刻笛音之中，出现了伫立不动的面影。

音乐顺缓缓的斜坡下滑，接着又开始沿着连接永恒的陡坡上升。

鍵のかかる部屋

---

1 古典能乐剧目之一。

急切而苦痛的气喘，充溢着全身。冰结的死，在远方张开大嘴，准备迎接青年的呼吸。

我知道，横笛的音乐流传下来，没有任何发展。没有发展，这一点很重要。如果音乐真正忠实于生命的持续（正如笛声如此忠实于人的呼吸！）那么，还有比绝不发展更加纯粹的吗？

音乐连续不断涌流过来，犹如来而复返的波涛永无完结，但却是一时性的。

音乐有时简直是奇迹般的停滞。

而且，先前遇见的音乐，数度又回来，再度相见的音乐具有怀旧的色调，于某种和缓的流动中，纠结着深深的焦躁。

一次又一次！一次又一次！反反复复的感情，以及每次各不相同的爱的切实，千百种类，各自微妙而不同的真实，一切都似黑暗中的清泉，闪闪流动。白日里所见的那座小桥的急湍，如今也在晦暗中流动，发出相同的水音吧。

一旦留心时，笛音正在流入不可再度返回的某一处深渊。我看见了那笛音苍苍然圆滑的脊背。弄不清那是怎样的深沉心情，抑或穿越心情，凭借更加深邃的透明，进入幽暗的境界，那笛音突然像鹰隼一样攫住我们的世界，就像孩子掌心无意握住的酸浆果，随时能一下子将其挤碎……

——《兰陵王》一曲结束了。我和四个学生受到同样深刻的感动，好一阵沉默不语。

一人说，这样的夜，一切都适合听这笛声，听《兰陵王》。大家都有同感。

S也很高兴，他谈了关于横笛的种种事情。

雅乐演奏之际，笛音围绕觱篥之音，宛若盘绕的蛇一样缠绵，所以谓之"龙笛"[1]。S的话，立即使我想起今天早晨所看到的树上的那条蛇。

S还提到，练习吹笛要是连续吹上好几个小时，可能是一直吐气的缘故，据说能见到幽灵。

"你见到过吗？"我问他。

"没有，没见到过。若能见到幽灵，将被认为学到家了。我还没能耐看见呢。"S回答。

过了好一会儿，S猝然对我说：

"假如我明白了您心中的敌人和我心中的敌人不一样，那时我就不战了。"

---

1 龙笛是日本的一种传统横吹木管乐器，由竹制成，常用于演奏日本雅乐。

译后记

三岛由纪夫不仅工于长篇小说和戏剧，同时也是写作短篇小说的能手。三岛六岁进入学习院初等科，十二岁升入中等科，十三岁时的习作《酸模》发表于学习院辅仁会杂志。一九四〇年，三岛十五岁，出版《十五岁诗集》，十六岁于国文学杂志《文化文艺》发表小说处女作《鲜花盛开的森林》，从此正式步入日本文坛。收入本书的十二篇小说，是作者十五岁至四十四岁约三十年间创作的部分短篇秀作。同其他短篇集一样，我们可以从中再度窥见三岛笔下五光十色、丰富多彩的人生画图。

　　不同于那种着眼于作家个人生活、乐于自我暴露隐私的所谓"私小说"，三岛由纪夫一出手就以独特的题材、迷幻的情节结构、出人意表的想象与譬喻，以及奇诡多变的语言表达，在现代日本文坛异军突起，别树一帜。

《彩绘玻璃》和《祈祷日记》，虽然都是十几岁时的少年之作，但风格各异，很难想象出自同一作家之手。三岛在《自我改造的试验》一文中，曾经对过去写作的小说按年代顺序逐一说明其文体的变迁。例如，《彩绘玻璃》的文体是受新感觉派[1]、保罗·莫朗[2]、堀辰雄[3]以及拉蒂格[4]的影响下多元素的合成体。作者运用多彩的笔墨，就素材、文体、作风、文字等各方面进行实验，充分享受实验的快乐，宣告一个"真正写人"的作家的出世。

　　三岛后来的作品也一样，细心的读者都能从他的大部分作品中捕捉到日本古典王朝文学，明治、大正时代的森鸥外等"老大家"，司汤达、托马斯·曼、川端康成等各个时期文学和作家的多种文体风格的影像。

　　《彩绘玻璃》是一篇描摹昭和时代初期日本社会有闲阶级的心理小说。作品中的人物是一对时髦的"初老"夫妇，以及他们的侄子及其女友。本来可以写成一篇情致绵绵、感人至深的爱情小说，但作者却别开生面，利用幽默谐谑的文体，细致入微地刻画了人物的心理世界，使作品富有轻喜剧的情调。

　　《祈祷日记》具有将王朝时代的"雅文"移入现代日语之趣味，

鍵のかかる部屋

---

1 此处指日本新感觉派。其为 20 世纪初日本文坛一个以小说创作为主的文学流派，由 1924 年创办的《文艺时代》的同人形成，代表人物为川端康成、横光利一。他们接受西方现代派文学的影响，反对传统的现实主义，企图进行一场文学革新运动。

2 保罗·莫朗（Paul Morand，1888—1976），法国著名作家，法兰西学院院士，外交官，被誉为现代文体开创者之一。

3 堀辰雄（1904—1953），生于日本东京，昭和初期的新心理主义的代表作家。

4 雅克·亨利·拉蒂格（Jacques Henri Lartigue，1894—1986），法国著名摄影家。

278

行文中一方面氤氲着燃香般的古典气息，一方面又混合着法兰西香水般的优雅。此篇秀作是三岛对日本古典文学殿堂的一次敲门寻访。

《慈善》，通过一对情人的情感生活的变化，折射出战后无道德社会中人们对前途的迷惘与困惑的心理。

"战争使道德沦丧，这是谎言。道德随时随地都会跌跤。然而，正如运动的人需要运动神经一样，没有道德的神经，道德也就无从把握。战争所丧失的是道德的神经。没有这样的神经，人也就不可能有道德的行为。因此，也就不能到达真正意义上的非道德。"

作者在本篇中对战后日本社会道德观的评述一针见血，发人猛省。

三岛对亲眼所见的现实社会里的所谓"俗物"，则是另一种文体和文字。他说："描写小资，片刻都不能忘记使用侮辱的笔墨。"（《小说是什么》）三岛笔下的所谓小资即为"俗物"，所谓"侮辱"即为揭露和鞭挞。

《讣告》，三岛根据自己大学毕业后进入大藏省银行局短暂的机关生活体验，揭露当时银行局长那种精于算计、虚伪自私的丑态，表达了作者对日本当权阶级，政治家、官僚、实业家、金融家以及地方豪强等的憎恶与愤恨。手法多彩多姿，文字痛快淋漓。

《怪物》，描写没落贵族松平齐茂子爵的种种恶行。文学评论家田中美代子认为，所谓恶行同时也可以说是对"恶"的讽刺。因为具有道德的人通常不会为"恶"的行为所驱使，子爵的恶行不外乎是对"无缘的幸福"的复仇。所谓"无缘的幸福"，一切都是无道德造就的。齐茂子爵的诸多恶行，不过是社会上一部分绅士人物无恶感、无意识和无神经的行为表现。

当然，子爵的恶行也不折不扣地受到了无道德社会无恶感、无意识和无神经的回报。

《江口处女备忘录》，又是一篇绝妙的对恶女恶行的记录，集中揭露战后时代的阴暗与人性的扭曲。作者尤其对被美军占领的不正常社会投以冷眼，他愤恨地指出：

"占领时代是屈辱的时代，虚伪的时代，是阳奉阴违、肉体以及精神的卖淫、暗算与诡诈的时代。"

《水果》《上锁的房子》和《山魂》，使用从容的笔墨揭示战后各种社会矛盾，展露各阶层人物变异的精神世界。

《死岛》则通过散文诗般的叙述与描写，歌颂自然风景的美丽，表达人性中追索向往原始自然的不灭的灵魂。

《兰陵王》，借助中国古代题材，抒写历史与现实、士兵与艺术、战争与和平等对立因素之间微妙的纠结与矛盾。字里行间闪射着奇异的光彩，可视为作者一篇颇有见地的音乐艺术论。

三岛由纪夫四十五岁的一生，除了少量的旅行、演说和社会活动，他几乎每天都在奋笔写作。长篇小说、戏剧脚本和短篇小说，交互进行，参差竞出。单就短篇小说而论，据不完全统计，三岛一生大约写作了一百六十七篇，其中有的文字较长，如《鲜花盛开的森林》《仲夏之死》《春子》《狮子》《明星》《女神》和《伟大的姊妹》等，数量略微超过芥川龙之介。日本新潮社编纂的文库本（袖珍本）三岛短篇集一共七集，前三集（《仲夏之死》《鲜花盛开的森林·忧国》《殉教》）为作者自选，后四集为日本学者编选，共八十二篇；其余收入全集的散篇计八十五篇。

我在翻译三岛长篇的同时也交叉翻译短篇，前三集已由上海译文出版社出版，四、五集（《女神》《天涯故事》）去年也已交稿；六、七集（《上锁的房子》《魔群的通过》）由广西师范大学出版社出版。此外，人民文学出版社还将出版译者编选的三岛短篇第八集（《绿色的夜》），作为"蜂鸟文丛"之一种。

三岛短篇和长篇及戏剧一样，同样具有三岛文学独具的魅力。尤其在文体结构和语言表达方面自有过人之处。三岛对于自己的文学语言的发展过程曾做过如下表白：

> 我少年时代专念于诗和短篇小说，其中笼罩着我的哀欢。经年累月，可以说前者流入戏曲，后者流入长篇小说。……于是，我思考问题的方法，由警句型徐徐转向体系型，喜欢缓慢而耐心地说服读者，使其逐渐理解，避免了"寸铁杀人"式的语句。虽说思想走向圆熟，但也说明那种迅疾而轻捷的联想随着年龄逐渐衰微了。可以说，我由轻骑兵装备成了重骑兵。
>
> ——《新潮文库本〈鲜花盛开的森林·忧国〉解说》

这里，再次引用日本学者田中美代子关于三岛文学文体语言的论述：

> 从特征上说，三岛小说极少有那种描写个人生活、自我告白式的

所谓"私小说"。对于他来说，借助奇拔的题材，创造愉悦的作品的世界，比起"自我告白"来具有更大的快乐。作家精神的本领，进一步发挥于另一种天地。……

三岛文体，不可简单论定为写实或叙述的文体，那不是在平坦道路上步行的文体，而是蹦跳式的舞蹈的文体。读三岛小说，读者不得不尽情沐浴在作家语言机关枪的弹雨之中。作者就像一位魔术师，使用幽默机智、潇洒谐趣、玩笑和逆说、警句和反语等表现手法，创造了一个斑驳陆离、生龙活虎的精神体操的竞技场。

———《新潮文库本〈上锁的房子〉解说》

希望爱读三岛长篇的读者朋友同时读一读他的短篇——三岛文学的"轻骑兵"作品，在您眼前将另外出现一方方阡陌纵横、蜂蝶欢舞的文学百花园地。

译　者

2016 年 4 月 19 日

谷雨 于紫藤花下